风起云涌的变革时代　个人命运的起起落落
周梅森以“人民的名义”书写近代中国大历史

周梅森 著

周梅森
历史小说
经典

原狱

江苏凤凰文艺出版社
JIANGSU PHOENIX LITERATURE AND ART PUBLISHING, LTD

图书在版编目（CIP）数据

原狱 / 周梅森著. — 南京：江苏凤凰文艺出版社，2018.7
ISBN 978-7-5594-1722-0

Ⅰ. ①原… Ⅱ. ①周… Ⅲ. ①长篇小说－中国－当代 Ⅳ. ①I247.5

中国版本图书馆 CIP 数据核字(2018)第 049415 号

书　　名	原　狱
著　　者	周梅森
责任编辑	邹晓燕　李　黎
装帧设计	夏艺堂艺术设计+夏周
出版发行	江苏凤凰文艺出版社
出版社地址	南京市中央路 165 号，邮编：210009
出版社网址	http://www.jswenyi.com
印　　刷	江苏凤凰通达印刷有限公司
开　　本	718×1000 毫米 1/16
印　　张	17
字　　数	230 千字
版　　次	2018 年 7 月第 1 版　2018 年 7 月第 1 次印刷
标准书号	ISBN 978-7-5594-1722-0
定　　价	46.00 元

目录

第一章　这里的土不是土

到了大漠河边，形同丐帮的队伍再也走不动了。男人们见着河水眼睛全亮了，一个个卸下身上的破包袱、肩上的烂挑子，跳到河里去洗脸喝水。女人和孩子也跟着男人们往河下跑，水葫芦流星一样飞到河里，溅出片片飞旋的水花。河里的划水声，堤上的脚步声和大呼小叫的喧闹声，肆无忌惮地响着，伴着八月的夕阳，泻满了同治七年的大漠河滩。

老团总就是在这一片骤起的喧闹声中倒下的。

二团总肖太平立在河堤上歇脚擦汗时看到，载着老团总的独轮车爬上堤时不知因啥摇晃了一下，老团总软软地从车上滑落下来。独轮车一边坐着老团总，一边装着铺盖家什，老团总滑下来使车子失却了平衡，把推车的曹二顺闪了一下。前边拉车的肖太忠不知道，仍背着纤绳木然往前走着，便把一头沉的独轮车拉翻了。

肖太平骂着肖太忠，连忙跑过去搀扶老团总。那当儿，老团总还不像要死的样子。

老头儿勾头趴在地上，昏花的老眼不看堤下的大漠河，也不管河里弟兄们造出的响动，极是困惑地看着距自己鼻尖不到尺余的地面，嘴角抽搐着，似乎想说什么，又说不出来。肖太平扶老团总在地上坐起时，老团总才抖颤着大手，抓起一把灰黑的渣土在鼻下嗅着，嘴里咕噜了一句："不……不是土哩。"

这就引起了肖太平的注意。

肖太平看到，老团总所说的那不是土的土，顺着大漠河堤铺展着一条灰黑的路道。路道上有同样黑乎乎的牛车、马车在"吱吱呀呀"地行走。远处近处的旷野上，艾蒿丛生，几达人深，颇有一种史前的景象。行在路道上的牛车、马车如同行在丛林中一般。时有三五成群的力夫从旷野深处的小道里钻出来，携着一身黑乎乎的炭灰走向西面一个浓阴掩映的村落……

老团总一生好奇，在生命的末路上，又一次表现出了自己非凡的好奇之心。

看着面前的景象，老团总很吃力地对二团总肖太平说："记……记下来，时同治七年八月，吾……吾曹团部众家眷凡三百逾四人，昨出旧年县，今夕徙……徙入漠河境，沿途景象颇异。于路道上见……见黑人来去，不知操何营生？尤怪者覆地之土也，灰黑如渣，似土非土，似石非石，竟为何物？待……待考之！"

肖太平没去记载这寻常的事物，笑了笑，对老团总说："老舅，您老人家别考了，我知道的，咱现在已到了漠河窑区。一年前，我和一帮弟兄被官军追得急慌时，到窑下躲过几日，对窑区的事也算熟哩。这过往黑人都是在窑下挖炭的窑夫，这似土非土的东西是矸石渣，挖炭时挖出的，烧火不行，铺路道最好，下雨不粘脚。老舅啊，这窑区倒是个好地方哩，混口饭吃容易，官军来剿时也能往窑下藏哩！"

老团总"哦"了一声，有了点精气神。老头儿让肖太平和儿子曹二顺把自己扶起来，挪到了堤上的一棵老槐树底坐下，再次打量起面前的这片天地。

细细打量下来，老团总大约是满意的。旷漠多艾草，极目少人迹，况且又有活人的煤窑，正是落难英雄们暂时落脚的好地方啊！于是，老团总稍一沉吟，对二团总肖太平交代说："那……那咱就在这里避一避吧，待歇息过来，再……再赶路。"

在同治七年八月的大漠河畔，老团总还是想着要继续赶路的，至于要赶到哪里去，估计他自己也不知道。北方的老家是不能再回了，那里已被征伐的官军夷为平地，村村过火，人人过刀，回去死路一条。大势也不好，东西两路捻子都败亡了，再也没有哪个王能收容他们。他们这支曾隶属于西路捻军的曹团已在一年前舍弃了刀枪，卖光了战马，只谋求一个简单的目的:避开官军的追剿活下去。

当晚,曹团男女老少以老团总依据的这棵盘根错节的老槐树为中心,在大漠河畔的一片荒坡地上安营扎寨,支锅做饭。饭烧好,肖太平给老团总送饭时,老团总已起不来了,眼神飘忽迷离,口中只有呼出之气,几无吸入之气。

老团总英雄盖世,历经恶战无数,身上伤痕累累,逃难途中又无药可用,胸前和腰后的伤口早已化脓生蛆,自然逃不过一死。然而,对死在这片黑土覆地的窑区,老团总耿耿于怀。躺在老槐树下的一张破草席上,老团总干枯的手臂抬了抬,指着从槐树枝叶间隙滴漏下来的同治七年的零碎星光,对聚在身边的肖太平和唯一一个活着的儿子曹二顺断断续续地说:"你……你们别……别把我埋……埋在这!你们回家,要……要带上我一起回,这里的土不……不是土……"

……

老团总故去的这夜,成了一个历史性的日子。后来大家才知道,这个日子竟是曹团弟兄告别颠沛流离的反叛生涯,转入平和安居生活的一条分界线。就是从这一天开始,让官军闻风丧胆的西路捻军的曹团突然消失了,一群来路不明的窑夫出现了。这也成了嗣后曹肖两大家族子孙们回顾家族历史的一条重要线索。

这夜,大漠河在皎月星空下静静地流淌,两岸丛生的芦苇伴着夏夜的轻风沙沙作响。河边蛙鸣此起彼伏,聒噪之声不绝于耳,映衬得天地间一派平和。空气中飘荡着的潮湿的河腥味和泥土野花的芳香味,更使这份平和显得异常真实。

二团总肖太平凝立于老团总的遗体旁,突然间生出了顿悟:人生一世,实以自然平和最为可贵。他们这支家族部属在经过多年的流血躁动之后,现在也该归复山野,去谋取自身的那份平和了。浴血苦战是一生,平平和和也是一生,聪明人还是应该于平平和和中获取自身那份生存权的。老团总如果早知道这一点,就不会在八年中送掉四个儿子的性命,自己最终也倒在这块黑土地上了……

在大漠河畔掩埋了老团总，二团总肖太平白日黑夜地沿着大漠河转悠，察看旷野上耸着的一座座煤窑，设想着把属下曹团团丁变成下窑窑夫的可能性。

看来是很有可能的，曹团残部扎营住下来只几天，桥头镇上李家窑和王家窑的窑主、柜头就纷纷过来了，想招请团里的弟兄下窑挖煤。这地方本来就人烟稀少，加上经年大乱刚过，煤窑又都是新开的，力夫严重不足，工价便高，让不少弟兄动了心。弟兄们私下都和肖太平说，老这么躲着官军到处奔逃也不是办法，倒不如就地扎根，到煤窑上去挖煤了，既躲了官家，又能混口饱饭吃。

这也正是肖太平的想法。

于是，肖太平按老团总立团时定下的规矩，对此等大事进行全团公议。公议的结果不出意料，大多数弟兄都赞成留下。肖太平便顺着大多数弟兄的意思，把老团总在此歇脚的计划，变成了就地扎根的计划。并公议决定一举分光了曹团多年攒下的尚未用完的几百两公积银。

分配曹团公积银时，肖太平想到了属于曹家的偌大份额。

肖太平对自己老婆曹月娥说："公议已定，曹团就要散了，团里的公积银一分，日后大家就得到窑下独自谋生了，别人我不担心，倒是为你二哥担心呢！"

曹月娥说："就是，二哥老实巴交的！可还有咱呢，咱不能扔下他不管吧？"

肖太平说："那是。所以我就想和你商量，二哥那份银子不分给他了，就存在咱们这算了，还有你爹和你那几个兄弟哥的恤金，也都存在咱们这儿吧！"

立团起事之初，老团总就为曹团立过规矩：曹团弟兄同生共死，皆不得自蓄私财。对团里的弟兄，伤养死葬负责到底。凡战死阵上的弟兄，都有一笔恤金。

曹月娥说："只要你能对得起二哥，我就随你。不过咱一家分了这么多，好不好呀？都是一起上阵打杀出来的生死弟兄，爹一死，咱就这么做，人家会不会骂咱呀?”

肖太平说:“谁骂?咱分得多,说明咱曹家出的力大。我老舅自己和一门四子都死于官军刀枪之下,这份恤银还不该拿么?再说咱也顾不得这么多了,太平天国和东西两路捻军的大汉国都被官家剿绝了,咱们也得活命呀,是不是?”

曹月娥认为肖太平说得在理,也就不做声了。

肖太平又把曹二顺拉到自家窝棚里,和曹二顺谈扯这事。

曹二顺听了半天没说话,两眼只盯着自家妹妹曹月娥看。

曹月娥解释说:“……二哥,太平这么着是为你好哩。你这人太老实,又做不成个啥事,倒不如傍着我们过,相互也有个靠头。”

肖太平也说:“二哥,在这儿安定下来以后,得空我就带你四处走走,找到合适的女人给你娶过来。到那时,有嫂嫂替你管着家,我们也就随你的便了。”

曹二顺这才问了句:“那……那咱再不走了?”

肖太平反问:“走?还走到哪去啊?”

曹二顺说:“回家呀。爹……爹说了,他……他要回家哩!”

肖太平叹了口气:“唉,哪里的黄土不埋人呀!”

曹二顺摇头:“爹……爹说了,这……这里的土不是土……”

肖太平说:“我说这里的土就是土,它能活人!”

曹二顺落泪了,咕噜着强调:“爹……爹说了,要……要咱带他回家哩!”

肖太平手一摆:“你别说了,现在不行!咱得先避过追剿的风头!等过上几年,这个,路上太平了,官军不再剿咱了,咱走时就把爹一起带回家……”

曹二顺抬起泪脸问:“真的?”

肖太平点了头:“真的,他是你爹,也是我老舅,还是我丈人嘛!”

曹二顺絮絮叨叨地说:“那……那就好,那就好!我这人没本事,干啥都不行,这么多年从未给爹帮过啥大忙,爹临终时就……就托付我这么一件事，我……我要是再办不成，那……那不成孽子了么？妹，你……你说呢？”

曹月娥红着眼圈点了点头：“倒也是哩。”

曹二顺说：“只要往后能把爹带着一起回老家，别的事都依着你们吧！”

……

这次分配，终结了一个鲜血和生命铸就的公义时代。曹团历年公积结余下来的五百多两银子，经银钱师爷曹复礼的手，分配到了各家各户每个弟兄手里，人均不到二两。肖太平占着曹家死去和活着的六个人份额，再加上自己和曹月娥的份额，共计分得十五两二分三厘纹银和一口铁锅，成了曹团中最富有的男人。

除却占有了曹二顺和曹家的份额外，应该说，这最后的分配还是公道的。精明过人的肖太平，在同治七年八月，也只是精明到占下曹家的便宜，最早有了金钱意识而已。至于在这片黑土地上开窑做窑主，挣下一片黑炭白银堆起的偌大江山，并使得曹肖两姓家族几代人在嗣后百年的风风雨雨中和这片黑土地融为一体，肖太平可真没想到。

老实巴交的曹二顺就更没有这种预见将来的目光了。在这决定未来几代人命运的重要历史关头，曹二顺的思维仍停留在不蓄私财的曹团中。望着肖太平分到手中的十五两二分三厘纹银，曹二顺还以为这又是一次弟兄之间的过手，他日后的一切依然会像往常在曹团中一样，有饭吃，有衣穿，一切都用不着自己操心哩！

第二章　侉子坡主人

曹肖两姓弟兄在大漠河畔刚落脚时没啥高低贵贱的差别。最早的房屋全是土墙草顶，没一间青石瓦屋。这个新建的移民村距漠河县的桥头镇不到五里地，当时还没村名，桥头镇上的人就称它为侉子坡。还纷纷打探，这帮口音怪异的侉子是从哪来的？肖太平便教两姓弟兄编出口径一致的故事说，他们是因着黄河决口，遭了水灾，才千里辗转流落到此的。桥头镇人便信了，便唏嘘不已——同治七年的桥头镇人不但轻信，还很有同情心哩。

桥头镇上的无赖王大肚皮却不知悲天悯人，以为来了敲诈的机会，自称是河下这片荒坡的主人，带着一帮痞子来坡上闹事。曹团的弟兄先还客气，要王大肚皮拿出凭据。王大肚皮拿不出凭据，却撒开手脚放赖。肖太平气了，反叛本性爆发，一声号令，弟兄们拿出了捻党余威，一阵拳脚棍棒把王大肚皮和那帮无赖全打了回去。王大肚皮吃了亏，马上跑到漠河城里向荒坡的真正主人——白家窑窑主白二先生禀报，要白二先生去认地。白二先生那当儿正为窑上的力夫不足而发愁呢，得了王大肚皮的禀报，才知道来了这批侉子，就从漠河城里急急赶来了。

侉子坡最先见到白二先生的是曹二顺。

白二先生光临侉子坡的那个历史性的上午，曹二顺正满身大汗，为自己和肖太平的三间土屋苫草顶。骑在屋山上，曹二顺居高临下，就第一个看到了坐在无顶小轿上的白二先生和正往坡上走的白家账房、窑掌柜一干人等。曹二顺看那阵势，就揣摩着这群人非同凡响，以为是官府的捕快差人，本能地一阵心慌，没和在房下递草把、和泥浆的肖太平打声招呼，便"吱溜"一声滑下了土墙。

正干活的肖太平不明就里，瞅了曹二顺一眼，问："咋了，二哥？"

曹二顺向坡下指了指："喏，太平，你……你看！"

肖太平便也看到了来认地的白二先生一行。不远的半坡上，那白二先生伸出白白胖胖的手撩开蓝布轿帘，正从轿里钻出来，笑眯眯地往坡上看呢。一边看一边用手上托着的水烟杆四下里指指点点，那架式就像主人家在指点自己的家当。

肖太平仍未想到白二先生是来认领自己的荒坡地了，还以为又是哪个窑主要到坡上招人下窑，便没理睬，努了努嘴，示意曹二顺重新上墙，把草顶苫完。

曹二顺便又踩着垫物爬上了屋山。

白二先生就这样被肖太平忽略了。

待得肖太平再见到白二先生时，白二先生已碰到了麻烦：来认地的白二先生被照例不认账的曹团弟兄围住了，在坡上的老槐树下动弹不得。白二先生和一干人等便于无奈之中大喊大叫。这喊叫声惊动了肖太平，肖太平甩下屋山上的曹二顺不管，独自循着白二先生洪亮的喊叫声，到了老槐树下。见肖太平来了，弟兄们纷纷让开了一条道。这样，肖太平就在曹团兄弟的簇拥下，出现在白二先生面前了。

肖太平一脸威严地问面前的弟兄们："出了啥事？"

肖太平的弟弟肖太忠指着白二先生气咻咻地说："哥，又来了个认地的！这家伙说，咱垒屋的这块坡地是他去年买下的窑地！哎，你看他是不是活腻了？"

被围困的白二先生发现肖太平是这帮侉子的头目，便瞄上了肖太平，冲着肖太平抱拳行礼说："哎，哎，这位当家的弟兄，我说这块坡地是我的，可不是乱说，我是有地契文书的！我今日到这儿来，也不是一定要赶你们走，只是想和诸位见个面，认识一下嘛！认识了，啥事不好商量呢？是不是？"

白二先生身边的窑掌柜章三爷马上向肖太平介绍："这位侉爷，你们可是不知道我们白二先生哩！白二先生是我们漠河县最最有名的大善人！他老人家今日来看看大家，确是一番好意哩！”

白二先生带来的老管家也从白二先生身后凑过来，用瘦而长的手指蘸着口水，把契册翻开，展出发黄的地契让肖太平看：“看吧，这是不是白家的地！”

肖太平不用看老管家手里的地契，心里已多少明白了，这块坡地看来是有主的。白二先生体体面面，不是王大肚皮一类无赖人物，断不会凭空跑来放赖的，因此必得以礼相待。于是，肖太平便向白二先生拱了拱手说：“白先生，这块坡地既是您的，我们走人就是，这么大个漠河县，总能找个地方栖身的！”

白二先生笑着说：“不必，这倒不必！你们的事我有所耳闻，你们本是遭灾逃难到这来的，借我的一块荒地落下一脚，真是不值一提！况且这些草屋你们又都盖好了，我要硬赶你们走，像什么样子？不把我的名声败坏完了？我在这里把话说明了，这块坡地是我买下的窑地，只想日后挖地下的炭，并不想种啥，你们只管用，先用三年吧！三年以后，我要真挖这地下的炭了，咱再商量咋办吧！”

肖太平认为，三年以后的事谁也说不清，若是这地方不好活人，没准三年后他们便走人了。肖太平便代表曹团弟兄向白二先生道了谢，还给白二先生作了个恭敬的大揖，说：“既借了白先生一块宝地，日后就要多多拜托白先生了！”

那日，肖太平已隐隐约约感到，自己将来势必要和这位白二先生发生点什么联系，至于是什么联系，他一时说不清。肖太平没想到，这位白二先生会是个从根本上改变他命运的人。

地的事不谈了，白二先生很自然地谈起了他的白家煤窑。立在老槐树下，看着坡上坡下那么多青壮男人，白二先生就像看到了一圈的好牲口。白二先生很是亲切地在一些弟兄健壮的肩背上摸捏着，两只细小的眼睛明亮无比：“……好，好，都是好后生哩！”

肖太平不知白二先生的意思，目光困惑地看着白二先生。

白二先生笑眯眯地对肖太平说：“你们初来乍到，整治荒地一时也没收成，犯难了不？这个忙我就得帮了，谁叫你们住到了我这地上了呢？我不帮你们，谁还会来帮你们呀？！”

肖太平试探问：“先生的意思是……”

白二先生把托在手上的水烟袋向面前的弟兄指了指：“我的意思呀，叫你们这些弟兄都到我们白家窑下窑去吧，填饱肚子不是问题！”

肖太平不知道白二先生的真心思，还以为白二先生真想为曹团弟兄帮忙，便说：“多谢先生一番美意，下窑的事倒不愁，李家窑李五爷和王家窑王大爷都派人来过了，好些弟兄已经跟他们干了哩。”

白二先生一怔，脸挂了下来：“哎，这么说，我……我还来晚了？”转而埋怨窑掌柜章三爷，“这些侉子弟兄到坡上都快一个月了，你咋不过来看看？要不是王大肚皮跑来说，我还不知道！在咱地界上，还让他们李家王家占了先！”

窑掌柜章三爷讷讷地说：“窑上的事太多，兄弟……兄弟一时没顾得过来……”

肖太平这才看出，白二先生是想让曹团的弟兄下他的白家窑的，忙说：“也不是所有弟兄都去了李家窑、王家窑的，还有些弟兄可以到先生窑上去做哩！”

白二先生点了点头，脸色仍不好看。

章三爷这才明说了：“我说各位爷啊，你们既住在了白二先生的窑地上，得了老白家的恩惠，咋好去下别家的窑呢？都得到我们白家窑上去做才好呢！”

肖太平看看身边的弟兄，又看看章三爷和白二先生，吞吞吐吐地说：“这……这得和弟兄们商量哩！李家窑、王家窑对弟兄们都不赖，窑上管中午饭，一天还给四升新高粱……”

白二先生小眼睛一亮，当场问章三爷：“哎，咱窑上给多少高粱啊？”

章三爷说：“一样的，桥头镇上三家小窑都是这个价。”又说，“先生，你忘了？年前咱和李家窑、王家窑一起立过规矩的，同业同价，不能独自拉抬哩。”

白二先生想了想，把油黑的大辫子一甩，决断说：“这些侉子弟兄不是寻常窑夫，人家是在老家遭了灾流落到咱地界上的，咱得帮人家一把嘛！这样，凡是到咱白家窑下窑的，咱要管两顿饭，一天再给……给五升高粱，就这么定了！”

章三爷一怔，有些为难：“这好么？只怕……只怕李家、王家不高兴呢！”

白二先生眼皮一翻：“有啥话叫他们到漠河县城找我说好了。”

这结果是肖太平和曹团的弟兄都没想到的，肖太平和身边的弟兄都为白二先生仁慈的下窑条件感动了，不少弟兄当场表示要到白家窑效力。

原想好好教训一下白二先生的肖太忠，这时也说：“白先生，不说您老管两顿饭，还给五升高粱，就是和李家窑、王家窑一样，我们也下您老的窑！为啥？就为着先生您的义气！”

这一来，白二先生很满意，他的煤窑因为这帮北方侉子的到来，再不怕力夫不足了——在白二先生看来，这帮来路不明的侉子简直就是老天爷给他送上门来的一群好牲口，他不把他们抓到手上尽力驱役他们，实是暴殄天物。

这一天，曹团的弟兄们也很满意，他们不但获得了这块坡地的栖身权，还获得了仁慈开通的白二先生仁慈无比的下窑待遇。

最为满意的还是肖太平。肖太平在获得了白二先生公开的许诺之后，又在独自送别白二先生时，获得了白二先生私下的许诺。白二先生在坡下大道边上，临上轿了，突然颇有意味地对肖太平感叹说：“老弟，咱桥头镇可是个好地方呀，地上长庄稼，地下有黑炭，只要有本事，不愁没饭吃，也不愁发不了家哩！”面孔转向章三爷，白二先生又说，“哎，前年关外来了个李黑脸——就是现在李家窑的李五爷，来的时候吊蛋精光，这不到二年就发了吧？”

窑掌柜章三爷会意说：“可不是发了？发大势了，两年赚了几千两白花花的银子，盖了一片大瓦屋，还娶了二桥村张茶壶的闺女做了老婆……”

肖太平心活动了，知道白二先生和章三爷话里有话，就眼巴巴地看着白二先生，等着白二先生进一步指点。

白二先生微笑着，用圆鼓鼓的手指点了点肖太平的脑袋说："老弟，好好干，你能发。我看得出，你这人不一般，服众哩！那些侉子弟兄都听你的，对不对？"

肖太平点点头，本想说，我是他们二团总哩！可终是没敢说，怕说出来惊闪了白二先生和章三爷，也坏了弟兄们在此扎根的大计。公议散伙那日，肖太平就领着弟兄们对着青天绿地发了血誓，从今往后，任谁都不能再提捻乱中的曹团，敢提的，杀无赦！于是，肖太平只说："这些逃难弟兄们听我的，我就听先生您的，您说啥是啥。往后还得请先生多照应哩！"

白二先生拍着肖太平的肩头说："好说，好说！老弟，你先把坡上的弟兄都给我弄到白家窑来下窑吧！全给我掇弄来，李家窑、王家窑一个人都别去。只要你老弟能把手下的弟兄都弄到我的窑上下窑，我就给你发三份的窑饷！日后干好了，我就请你包上一座炭窑，让你大把大把地赚银子！"说到大把大把地赚银子，白二先生两只白手向自己怀里扒搂着，做了一个夸张而诱人的手势。

这就在肖太平心里第一次种下了野心的种子。肖太平由此而知道了包窑这码事。许多年后回忆起来，肖太平还真切地记着白二先生扒搂银子的夸张手势，和自己在那一刻的亢奋心情。

盯着白二先生晃动在轿前的笑脸，肖太平很想向白二先生表一番忠心，甚至还想把自己已有的那点家底——解散曹团时分得的十五两银子亮出来，向白二先生讨教一下该如何让这注小银子生出一注大银子？然而，因着对白二先生的真诚敬仰和内心里无比的亢奋，前捻党首领肖太平一时竟说不出话来，心里一急，腿弯一软，对着白二先生直直跪下了……

第三章　下窑

曹二顺跟着肖太平和曹团弟兄到白家窑下窑，是在白二先生光临侉子坡后的第三天。

那天的情形曹二顺记得很清楚。天还透黑哩，肖太平就把他叫起来了，要他满坡去吆喝人。把吆喝起的弟兄领着往白家窑走时，东边的天际才有一抹白。到了白家窑上，天算是亮透了，弟兄们就在窑上口的账房上了名，各自领了工牌。

白二先生说话算数，真就管两顿饭呢！凭手上的工牌，窑掌柜章三爷让窑上的人给弟兄们每人发了一个粗瓷大海碗，一人一碗高粱米热粥，外带两个叠得方方正正的黄玉米煎饼。下饭的咸菜疙瘩是用大瓦盆装的，满满一大盆，都切成了丝，摆在大席棚下，随便大家吃。那阵势有点像大户人家办婚嫁喜事，怪热闹的。

曹二顺素常不喜欢凑热闹，领了一碗粥和两个煎饼，抓了一把咸菜丝，就避到大席棚后的一辆木车上坐了下来。开初只顾吃，并没留意周围的风景人物，也没注意到响在身旁的风箱声。只是吃到末了，让最后一口煎饼就着咸菜丝滑下了肚，曹二顺才觉着有点渴——不要钱的咸菜丝吃得太多，又不知窑下有没有水喝，便想起找水。

这就看到了大妮。

大妮在距曹二顺不到五步开外的地方，帮一个辫发花白的老铁匠侍弄一盘红炉，一手拉着风箱，一手抓着个水瓢在喝水。

这是曹二顺第一次看到大妮，看到的是大妮单薄的背影。那背影决不像一个年轻女子，倒像一个十四五岁的小男孩。曹二顺便以为大妮是那个老铁匠的儿子，或是徒弟，就走过去，拍了拍大妮的肩头说："哎，兄弟，给口水喝！”

大妮一惊，手中的水瓢差点儿掉到了地上。

曹二顺忙将大妮手中的水瓢捧住了，往自己碗里倒了半碗水。

倒水时，曹二顺才发现，大妮不是个“兄弟”，却是个干枯瘦小的女人。年纪一下子看不出，像似十几岁，又像似二十几岁。穿着一身满是补丁的老蓝色土布褂子，胸脯鼓鼓的。饥黄的脸仰着，两只俊美而困惑的大眼盯着他，嘴里还发出咦咦呀呀的怪声。曹二顺觉得自己拍了一个女人的肩膀，有点失礼了，直向大妮赔不是，好像还尊称了大妮一声“大姐”。

正拨弄炉火的老铁匠，抬头看了曹二顺一眼说：“我外甥女是个哑巴，不能和你扯哩！”说罢，老铁匠对大妮做了个手势，要大妮好生拉风箱。大妮又“呼哧呼哧”地拉起了风箱，还笑笑地指着身边的水桶，示意曹二顺多舀点水。曹二顺肚里已装得比较饱满，并不需要水了，可碍着大妮的盛情，还是鬼使神差地舀了半瓢水，拼命牛饮下去……

这就是曹二顺和未来的老婆大妮第一次见面的全过程。缘分是水，情形也平淡如水，没有任何传奇色彩。曹二顺那时根本不知道哑巴大妮名声不好，更不知道她舅舅老铁匠也夜夜乱伦操弄她哩。后来窑上的柜头摇起了铃，弟兄们都领了煤镐、铁锨下窑了，曹二顺才慢吞吞地放下水瓢去了窑口。赶到窑口时，弟兄们差不多都走完了。

在窑口，曹二顺先见了妹夫肖太平，后见了满脸大胡子的章三爷。

肖太平指着曹二顺，悄悄地对章三爷说：“……三爷，这位是我内兄，您老看看，是不是能……能分个轻巧一点的活给他干干？”

章三爷在白二先生面前乖得像孙子，在弟兄们面前却凶得很，才不买前二团总肖太平的账哩。章三爷像打量啥稀罕物似的，上上下下打量了肖太平好半天，才把牛眼一瞪，说：“想轻巧都回家搂老婆去，白家窑没啥轻巧活！”说毕，扔了一个满是湿炭渣的破煤筐给曹二顺，又扔了一个给肖太平，“你们都去背煤吧！”

这让肖太平吃了一惊。

曹二顺后来才知道，那日肖太平原没打算下窑。肖太平以为只要把曹团弟兄都从李家窑、王家窑弄到白家窑来下窑，把弟兄们给管好了，不闹事，就算替白二先生尽到了责，就能理所当然地拿那三份的窑饷，日后还能替白二先生包窑。

肖太平可没想到，头一天就会被章三爷搞个下马威！

人在屋檐下，不能不低头。肖太平只一愣，便把身后粗且长的黑辫子盘到脖子上，把地上的背筐拾起了，阴着脸，拍了拍曹二顺的肩膀说："二哥，咱走！"

曹二顺并不知道白二先生给肖太平私下的许诺，自然感受不到肖太平的那份委屈，便老老实实跟着肖太平顺着伸入地下的斜井，一步一滑地往炭窑下走。

初到窑下，曹二顺觉得有点像乡下老家的地窖。窑顶窑帮四处都是黄土，不是很吓人的样子。可越往下走，越觉得气闷，就感到有点吓人了。手上的豆油灯鬼火一样跳动着，照不出五尺远。四处还都是水，窑顶上哗哗落着，脚下呼呼淌着，走在前面的肖太平一不留神，就摔了一跤。再用油灯照着四下里一看，黄土早不见了。发霉的木柱、木梁支起了一片黑乎乎的天地，满眼都是那种不是土的东西。回转身再往上看，窑口已变得很小很虚，像一轮挂在天上的薄月。

曹二顺心里怯了，对肖太平说："这……这窑多深呀，怪……怪怕人哩！"

肖太平恶声恶气的："怕啥怕？老子……老子就要在这里挣下一片江山！"

这话里隐藏的一种凶狠的野心，曹二顺是听不懂的。

曹二顺却以为听懂了，愣了一下，说："也是哩！种地再好，也没这下窑发得快。人家窑上管咱两顿饭，那一天五升高粱就是净赚。这一天五升，一年就是一百八十斗，十八石。这可是咱老家七八亩地的收成哩！这样干个三五年，还不就挣下个几亩地的江山了……"

肖太平又冲着曹二顺吼道："一年十八石，你老婆孩子一家老小不吃不喝了?！都把脖子扎起来呀?！"

曹二顺这才看出肖太平心情不好，就不和肖太平争了，心里却仍是不服的。

往窑上背第一筐煤时，曹二顺又在心里悄悄算起了账：就算日后他讨上了老婆，再生几个娃儿，一年肯定也吃不了十八石高粱么！粮食哪能可劲吃？总得加上一些糠菜的。那么再不济，有个五到八年，他几亩地的江山也挣下了……

这么一想，窑口高悬的月亮变成了火热的太阳，迸发出理想和希望的光芒。

希望的光芒照射得曹二顺浑身是劲，曹二顺渐渐地也就不觉得怕了……

背完第五十三筐煤，曹二顺和肖太平一帮背煤的弟兄在地上窑口吃了饭。刨煤、装煤的弟兄不能上窑，就在窑下吃。地面上吃饭的弟兄一下子少了许多，显得有些冷清了。

因为第一天就背煤，因为背煤而在窑上吃中饭，曹二顺就再次看到了大妮。

大妮还在炉前拉风箱，早上洗净的脸已满是烟尘。盘着花白辫子的老铁匠手持火钳钳着一只只煤镐"叮叮当当"地在铁砧上打，火星直往大妮身旁溅。曹二顺就没来由地替大妮担忧起来，心想，万一火星落到大妮脸上，不就破了大妮的相了么？大妮虽说是个哑巴，可面孔挺俊俏的……

曹二顺嘴里含着半口煎饼，痴痴地盯着大妮看，让一个叫钱串子的当地窑工发现了。

钱串子用胳膊肘捅了捅曹二顺，说："……哎，看上这小女人了是不是？伙计，你只要给她铁匠舅舅五升高粱的钱，她就让你日一回，你日不日？"

曹二顺忙把自己的目光从大妮身上收回来，对着钱串子直摇头。

钱串子以为曹二顺没看上大妮，又掇弄说："你要嫌这哑女人不好，咱天黑到桥头镇上的三孔桥去，日花船上的姑娘好么？不过价码贵了点，日一次得……得两三天的窑饷哩！"

曹二顺心里狂跳不已，脸上慌乱得很，不知所措地看着钱串子，再次摇起了自己的大头。

“那咱晚上打牌，打牌好不好？输赢也不大，也就是一两天的窑饷罢了，赢了你拿走，输了先欠着也成。”

曹二顺还是摇头。

钱串子不高兴了，指着曹二顺的额头说：“你这人真没劲，不日女人又不打牌，哪天在窑下砸死了亏不亏呀？”

这情形让坐在一边炭堆上吃饭的肖太平看见了。

肖太平走过来，拉走了曹二顺。

下午再下窑时，曹二顺春心晃动了。花船上的金贵姑娘不敢多想，窑口的大妮却老在心里装着，好几次想对一起背煤的钱串子说，他就贴上这五升高粱，和大妮日一回——反正他又没家没口的，赚下这些高粱也没用。在煤窝里装煤时，钱串子就在跟前，曹二顺几乎想说那句“我要日了……”

偏巧肖太平过来了，没头没脑地对曹二顺说了句：“二哥，人活一世总要立个大志向！”

这就让曹二顺警醒了。

曹二顺又按照自己的思路来理解妹夫的话，一路理解下来，再次觉得妹夫高明：是哩，人活一世是该有个大志向啊，光想着日一回算啥大志向？日完今天明天咋办？再说日一回五升高粱也太贵了一点。若是天天去日，那不就天天白干这卖命活了？他的江山不就日腾完了么？只怕到老连块埋尸的地方都挣不下哩！——要有大志向！曹二顺野心勃勃地想，他说啥也得把这个哑巴女人弄到家里当老婆，那就能不花一文钱天天日了。想象着天天日哑巴女人时的种种朴实而淫秽的场面，腿裆竟变得不大利索，脚跟也变软了……

自那以后，大妮的姣好面容和身影就像一道景物，老贴在曹二顺的眼前晃。在窑上是大妮，在窑下还是大妮，满世界都是大妮。每每走过大妮的铁匠棚，总忘不了到棚里喝水，还很卖力地替大妮拉风箱。

伴着虚虚实实的大妮和时远时近的风箱声，曹二顺挣下一片江山的梦想一天天变得充实了，下窑成了他年轻生命的一种依附和享受。这使得曹二顺在此后的一生中都念念不忘这个充满希望和肉欲的年头，至死都在心里保持着对肖太平的佩服。肖太平在日后奔那大志向的拼杀中，不但成全了他和大妮，也成全了一个轰轰烈烈的小窑时代。

曹二顺由此认定，同治七年不但对他是个重要的年头，对桥头镇来说也是个重要年头。桥头镇煤炭业的真正历史应该从那年算起，从肖太平背着湿重的煤筐，和他一起走进白家窑窑下那天算起。

那天，不但是在桥头镇，就是在整个曹团里，也没人知道肖太平是何等了得的人物，只有他曹二顺知道。他曹二顺十分真切地听到了肖太平对他说的话：

“为人要有大志向……”

第四章　不夜的繁华

在嗣后的漫长岁月中，桥头镇将以双窑著称于世。

双窑中的一个窑是煤窑，还有一个窑就是花窑了。

花窑最初不是花窑，是花船。后来当花船全上了岸，连船板都没一块了，桥头镇人和下窑的弟兄还老爱把逛窑子称作“压花船”。最早的一条花船是漠河城里俏寡妇十八姐带来的，比肖太平和曹二顺们到桥头镇下煤窑早了大概一年多。十八姐的花船顺着大漠河悠悠然漂进桥头镇，泊在了镇中心的三孔桥下，给桥头镇带来了最早也是最原始的娱乐业，同时也给桥头镇带来了几代脂粉繁华。

那时的桥头镇根本不是个镇。十八姐站在花船的船头看到的镇子，只是个乡土味很浓的杂姓村落，人丁不足三千，官家册籍上有记载的居民只四百来户。镇子范围也不大。在三孔桥泊下花船上了岸，十八姐试着在镇上走了一圈，没用了一袋烟的工夫。当时镇上只有一条东西向的黄土小街，晴日尘土飞扬，雨天一片泥泞。小街两旁有几家杂货摊，小饭铺，一家铁匠铺，还有一家名号唤作“居仁堂”的中药店。中药店兼卖茶叶、茶水，又成了镇上唯一的茶馆，常引得镇上三五个土里土气而又自以为是的头面人物在此相聚，倒也有几分热闹。

因为镇子太小，又没有寨圩子保护，有钱的主大都不在镇上住。占了桥头镇一多半土地的白家，就常年住在漠河城里，只到收租时才到镇上来一趟。若不是两年前发大水，冲出了地表的露头煤，白二先生开起了小窑，白家也不会在三孔桥下盖那一片瓦屋做掌柜房的。白家大兴土木之后，另两个开窑的窑主王西山王大爷和李同清李五爷也各自盖起了掌柜房，才把桥头镇装点得有了几分气派。

就是冲着这几分气派，十八姐在章三爷的邀请下，从漠河城里赶来了。来时并没认真想过要在桥头镇安营扎寨，更没想到后来会把一盘人肉买卖做这么大发，以至于和养活了几千号人的煤窑并称“二窑”。

那年，十八姐二十七，却因着镇上人不知她的根底，自称十八岁，便落下了个“十八姐”的花号。而她在漠河城里的本名，却除了老相好章三爷外几乎没人知晓了。十八姐用脂粉和娇喘掩却了不少岁月，成功地欺骗了早期不少窑工。随十八姐同船到来的还有一个叫玉骨儿的姑娘，那年十七岁，称十八姐为姐姐。

十八姐记得，花船泊下的那夜，正是三家煤窑放饷的日子，天还没黑下来，章三爷就带着一脸坏笑赶来了，指着玉骨儿问十八姐：“这姑娘一夜能接多少客?”

十八姐那时还把桥头镇当作漠河城里，以为这里的嫖客也要吃酒听唱，流连缠绵的，便说：“我们就姐俩，一人接一拨客，你说能接几个?!”

章三爷不许十八姐接客，只要玉骨儿接。背着玉骨儿，章三爷对十八姐交底说：“……妹子，你记住了，这里可不是你漠河城里。做窑的人粗得很，谁也不会和你斯文的，人家来了就要日，日完提着裤子就走！给的钱也多不了，了不起就是一两斗高粱的价钱，你就让手下的那个姑娘接吧，想法多接几个就是。”

十八姐漫不经心地应下了，心想，就让玉骨儿试着接接看，倘或生意好，她就再弄些姑娘来应付，不行就早点走人。那夜夜幕降临前，十八姐的确没想过把自己也搭上去，做这一两斗高粱一次的廉价皮肉生意。她在漠河城里可从没有一两斗高粱一次贱卖过哩。

送走章三爷，十八姐没有多少高兴的样子，倒是有点心灰意冷。就算自己不卖，让玉骨儿为一两斗高粱卖身，十八姐也觉得太亏了点。

不曾想，头夜开张就爆了棚。

天一黑下来，手持窑上工票的弟兄们在章三爷的指点下，从三家煤窑的掌柜房院里鱼贯而来，直到下半夜仍没有止歇的意思。可怜玉骨儿打从脱下衣裙就再没机会穿上过，小小的花船在月光下一直晃个不停。

晃到下半夜，玉骨儿终于吃不消了，光着身子趴在船帮上对十八姐喊：“……姐，你……你别收人家的工票了，我……我不行了，要叫人家日死了……”

这时，守在河沿上的十八姐已收了三十六斗高粱的工票，这就是说，玉骨儿已接了十八个客。可十八姐仍不满足，手里攥着一大把“当五升”的石印工票，十八姐发现了这廉价皮肉买卖的妙处：薄利多销啊，这可远比漠河城里的赚头大哩。一个玉骨儿不到一夜就给她赚了三十六斗高粱的钱，若是有十个玉骨儿呢？不就是三百六十斗么？一年是多少？那账还不把人吓死！

这让十八姐兴奋不已。

然而，十八姐那夜还没有十个姑娘，只有一个玉骨儿。十八姐便好言好语劝玉骨儿忍着点。自己把衣裙一脱，也在临时用花布遮起的船头卖上了，价定得比玉骨儿要高一些，一次三斗高粱的工票……

那一夜实是令人难忘。十八姐记得最清的是两个动作，一个是支起身子收工票，再一个就是倒下去让人压。压到后来，整个身子都麻木了，十八姐才伴着早上的雾水收了工。

在蒙蒙雾气中挣扎着爬起来，十八姐立马挪到玉骨儿身边，把玉骨儿挣来的工票全收走了。收工票时发现，玉骨儿下身湿漉漉的，脸上也湿漉漉的，正躺在那儿哭。十八姐就黑着脸对玉骨儿说：“……哭吗哭？别这么娇气么！古人说得好，吃得苦中苦，方为人上人。姐姐今天不也和你一样被这么多人日了？也没日少一块肉嘛！”

玉骨儿不说话，仍是哭。

十八姐替玉骨儿擦去脸上的泪，缓和了一下口气，又说：“玉骨儿，你只要这样卖力地跟姐姐干下去，姐姐保证以后给你一条花船，让你挣大钱……”

玉骨儿这才止住了哭泣，睁大了泪眼：“真……真的？”

十八姐点点头：“真的，你现在吃苦受累跟姐姐一起干，就算个开国元勋了，姐姐自不会让你老这么干下去的。生意既是这么好，姐姐就得多弄些船，多弄些姑娘来了。”

玉骨儿那时心就野，不管十八姐的遐想，只咬定对自己的许诺不放：“姐姐，到时候你……你真会给我一条船么？你……你舍得么？”

十八姐其时已明明白白看到了桥头镇卖淫业的美好前景，搂着玉骨儿，很是神往地说：“姐姐咋就舍不得给你一条船呢？等你有一条花船时，姐姐也许会有十条二十条花船了，到那时，这三孔桥下到处都是姐姐的花船，到处都是！”

玉骨儿心里酸酸的，没有做声。

十八姐又说：“……为了那一天，咱姐妹俩今儿个就得硬下心来挣钱。不要怕，姐姐还没听说过哪个女人是被男人日死的哩……”

玉骨儿带着对十八姐最初的仇恨，牢牢记住了十八姐的这番话。后来，当玉骨儿最终搞垮十八姐，成了桥头镇所有花船的主人后常想，那一夜实际上已决定了她和桥头镇卖淫业的未来，那么多男人都没日死她，她不发达是没有道理的……

花船上的生意实在是好，十八姐赚了大钱，便不断地扩张，买船买姑娘。到得次年秋天，三孔桥头已泊下了十八姐的八条花船。其中一条专接有钱富客的大花船还是两层的楼船，是十八姐托人从扬州买来的。最早的那条小花船，十八姐没按自己的允诺送给玉骨儿，而是租给了玉骨儿，让玉骨儿独立门户。其实，十八姐连租都不想租，而是想让玉骨儿继续留在她手下为她挣钱，她提出租给玉骨儿，本意是想试一试玉骨儿的胆量。没想到，话一说出口，玉骨儿就应了，宁愿一天交一半的收入给她做花船的份金，也不愿在她手下干了。那当儿，十八姐本应在玉骨儿坚定而怨恨的眼光里窥出点什么，从而看到自己未来的危机。可十八姐陶醉于最初的成功中偏没看到，这就为自己后来的惨死埋下了祸根……

许多年过后，玉骨儿仍在想，同治七年她敢于在十八姐逼人的目光下独立门户，决不是基于一时的义愤和冲动。尽管对十八姐违背诺言，她恨得咬牙，可却不是她独立门户的主要动因。她独立门户的主要动因是钱，是那一把把“当五升”、“当百文”、“当银一两”的红红绿绿的石印工票和银票。她再也不能容忍这些代表财富的纸片只在自己这儿过下手，就全装进十八姐的口袋。她在心里暗暗算过一笔账：从在桥头镇第一夜开张到在十八姐的允诺下独立门户，她至少给十八姐净赚下了四条花船的银子，十八姐就算信守诺言送给她一条旧花船，她仍是吃了大亏的。为了日后不吃更大的亏，她就得从十八姐手下脱出来，早早替自己干。

十八姐人坏，可有些话说得不坏，比如：吃得苦中苦，方为人上人。为十八姐，她尚且吃得起那么多苦，为自己，再多一些苦她也能吃下去的。到得她真成了人上人那一天，她做的第一件事，就是要十八姐的好看！这老贱物不是说过么？没有哪个女人是被男人日死的，她就要让这老贱物被男人活活日死……

玉骨儿后来也想，她当时敢一个人一条船单干，还因着那时啥都好。

相对以后的时代来说，同治七年真可以算是桥头镇卖淫业的黄金时代了。花捐、花税根本没听说过，王大肚皮的帮党也还没开始收月规银。煤窑上的生意也旺，不论是白二先生的白家窑，还是王大爷的王家窑，李五爷的李家窑，都掘着浅表煤，日进斗金。每月逢五、逢十窑上放饷的日子，三孔桥下的八条花船能从日落晃到日出，晃得满河涟漪。

自然，赚大钱的还是十八姐，这老贱物既有接窑上粗客的小花船，又有专接雅客的大楼船。窑上章三爷、王大爷、李五爷，还有从漠河城里来的主儿，都是十八姐楼船上的常客。有时这些常客白天也过来，伴着琴瑟歌乐，搂着十八姐手下的俏姑娘们一起吃花酒。

每每看到十八姐的大楼船，于白日的睡梦中被楼船上的歌乐之声吵醒，玉骨儿就烦，就恨，就不止一次地想过，要把楼船凿沉到河湾里。坐在自己寒酸简陋的小船舱里，玉骨儿老盯着十八姐的楼船看，想着十八姐已是荣华富贵，再不会一夜接那么多粗客，而自己却仍一日复一日地苦着身子累着心，往往就会于不知不觉中落下满脸泪水……

在玉骨儿恨着楼船的时候，还有一个日后必将成为人物的无赖也恨着楼船。

这无赖就是到侉子坡闹过事的王大肚皮。

王大肚皮那当儿还不是人物，最大的能耐也就是试着欺负一下外地窑工和小花船上的姐妹。对十八姐的楼船和楼船上的爷，王大肚皮既恨又怕——怕还是超过恨的，那时，王大肚皮连到十八姐的楼船上闹事的胆量都还没生出来哩。

玉骨儿记得最清的一幅图画是，王大肚皮不论白日黑里，总爱懒懒地躺在桥西自家门前的竹躺椅上。肚皮是袒露着的，很圆，很亮，像似闪着永远抹不去的油光。大腿跷在二腿上，晃个不停。脚上的鞋是踩倒帮的，与其说是穿在脚上，不如说是挂在脚上。过往的行人谁不小心碰掉他的鞋，麻烦就来了。是花船上的姑娘，他就公然捏屁股，拧胸脯。是侉子坡或其他外籍窑工，他就招呼身边的无赖们一拥而上，扁人家一通，再翻遍人家的口袋。

玉骨儿和王大肚皮结下最初的缘分，就是同治七年的事。起因不是王大肚皮的无赖，倒是王大肚皮的义气。王大肚皮是在一个不眠的白日，以送茶为名，跳到玉骨儿船上来的。那日，王大肚皮抓着提梁大茶壶，倒了碗茶给玉骨儿，笑笑地挤到玉骨儿身边问："玉骨儿，你是叫玉骨儿吧？"

玉骨儿懒懒地问："你咋知道我的名？"

王大肚皮咧着大嘴笑："这八条花船上的事，我啥不知道？我不但知道你叫玉骨儿，还知道你和十八姐那老×不是一回事！你敢甩了那老×自己干，哥我就真心服气你！"

玉骨儿又问："那你想干啥？"

王大肚皮说："不想干啥，就是想和你说一声，哥我敬着你，啥时要用着哥的时候打个招呼，哥就来帮你。"

玉骨儿不相信有这种好事，她眼见着王大肚皮欺负过不少姑娘，就以为王大肚皮是来讨便宜的。没想到王大肚皮还算不错，占便宜之前还送了茶水，说了这许多奉承话，便说："好了，王大哥，你那德性谁不知道？我敢让你帮忙么？想日我就说日我，别花言巧语乱说一套。"

王大肚皮上船时真没想过要和玉骨儿怎么样，可玉骨儿这么一说，且又主动松了裙带，王大肚皮就不由自主地爬到了玉骨儿身上，弄得玉骨儿白白的身上沾满了自己的臭汗。完事之后，王大肚皮有了些惭愧，跑到街上弄了两个面饼和半荷包猪头肉，捧到玉骨儿的小花船上，要玉骨儿吃。

这让玉骨儿多少有点惊异——王大肚皮从来都是白日人家再白吃人家的，还从没给哪个姑娘送过猪头肉，今天是咋啦？

王大肚皮这才说出了自己的惭愧："玉骨儿，我……我今天原……原没想日你，是……是你让我日的。我看得出你心气高，日完之后就犯了悔，我……我就怕你从今往后再也看不起我了……"

玉骨儿有了些感动，说："没啥，没啥，只要你王大哥看得起我，我自会看得起你王大哥的。"

王大肚皮说："往后我和手下的弟兄都会替你拉客，给你帮忙……"

这话让玉骨儿的心为之一动：若真有王大肚皮这无赖帮着拉客，那生意就好做了，自己也就有依靠了。她若是把买卖再做大些，拉客就更重要。她不是十八姐，没有那么多煤窑上的掌柜爷帮衬，要想在桥头镇立住脚，也必得靠牢一个王大肚皮或是李大肚皮的。

嗣后回忆起来，玉骨儿实是为自己的幸运暗暗称奇：她的命真是怪了，单立门户没几天就结交上了王大肚皮，且是在王大肚皮尚未成为人物的时候。

玉骨儿就对王大肚皮说："王大哥和弟兄们若真的这么抬举我，我也断不会亏了你们。现在我还没发起来，只能让你王大哥随时到船上耍。往后若是发了，但凡有我玉骨儿赚的，也就有你和弟兄们赚的，你记住我这话就是……"

王大肚皮自是把这话记住了，混成了一方人物之后，就名正言顺地收起了姑娘们的月规。与人谈讲起来，总免不了要带着几分敬意提到当年也做过姑娘的玉骨儿，说是月规银是玉骨儿早年答应下的，说是玉骨儿在同治七年就知道自己将来会拥有一百多个姑娘，成为暖香阁的主人……

同治七年秋天——也就是单独接客的第二个月，玉骨儿终于有了属于自己的第一个姑娘。这姑娘是王大肚皮用一块大饼骗来后，以十张工票的价码卖给玉骨儿的。姑娘长得不俊，且又痴傻，连自己姓啥，是哪儿人都不知道，年岁多大也不知道。玉骨儿就冲着她的模样猜，猜定了个十八岁，给她起名叫“玉朵儿”。

玉朵儿刚来时浑身奇臭无比，身上没有一缕布丝儿是干净的。玉骨儿就把玉朵儿弄到河里去洗，像洗一头刚买回来的脏猪。把玉朵儿洗出来一看，身子却白得很，看来能卖。

为了试试到底能不能卖，玉骨儿把王大肚皮叫来，要王大肚皮把玉朵儿先日一回看看。王大肚皮一看脏猪变成了个白白净净的姑娘，邪劲上来了，当着玉骨儿的面把玉朵儿脱光按倒日了一回。玉朵儿不哭不闹，只是傻笑。王大肚皮完事了，玉朵儿仍是傻笑着躺在地上不起来。王大肚皮一边系着裤带，一边用脏脚踢弄着玉朵儿的脸，对玉骨儿夸赞说：“好货，好货，你看看，她还没日够呢！”

玉骨儿有些忧心，白了王大肚皮一眼说：“她这是傻，只怕卖不出去呢！”

王大肚皮胸脯一拍，说：“玉骨儿，你只管去卖，哪个粗客敢多啰嗦，自有哥去给他说话！真是的，只要日得舒服就是，傻不傻关他们屁事！”又说，“要我说，还是傻点好哩，真弄个精明的来，你的麻烦事就多了！”

玉骨儿开初没怎么让玉朵儿接客，怕玉朵儿于麻木不仁中吃那些粗客的亏，更怕万一被哪个粗客弄死了，自己白赔十张工票。心里更时时想着，玉朵儿再傻也还是自己的第一个姑娘，自己的东西总要爱惜，要细水长流，用得持久才好。

到了窑上放饷的日子，王大肚皮和手下的弟兄不住地往船上拉人，玉骨儿一人忙不过来，就顾不得玉朵儿了。玉骨儿便把玉朵儿脱光了，把花船的船舱一隔为二，两边同时做将起来。不曾想，玉朵儿虽说傻，身子骨儿却还行，一夜接了十九个粗客也没把她压倒下，天放亮时竟光着满是秽物的白腚跑到岸上抢人家的油饼。

这一来，让玉骨儿丢了大脸。花船上的姑娘和嫖客知道玉骨儿弄了个疯姑娘来卖，都骂玉骨儿心太黑。十八姐也对玉骨儿说：“背地里，你老骂我心太黑，今儿个你玉骨儿的心不比我还黑上几分么？你咋就不想想，这疯姑娘真要被人日死了，你就不怕吃官司么?”

玉骨儿嫣然一笑，用十八姐自己说过的话回了十八姐:“姐姐，你听说过哪个姑娘是被男人日死的?!”

十八姐气得要命，却说不出话来，头一扭，上了自己的楼船，打那以后，只管收花船的份金，再不理睬玉骨儿了。

玉骨儿虽说嘴上硬气，心里还是有几分怕的——不怕玉朵儿被粗客日死，倒是怕玉朵儿一不注意光腚跑到岸上去，再给她带来麻烦。玉骨儿就把玉朵儿双手用绳捆了，像拴狗一般拴在船上。卖价也因着名声的不好，降了一半，从一次四张“当五升”，降为一次两张“当五升”。

降了价，就不能任由着粗客们的心意乱折腾了。玉骨儿便在桥头镇花窑史上第一次发明了线香计时法。烧完一根线香算一次，两根线香就算两次。线香不是集市上卖的那种长香，是用长香截成几段的短香，长三寸，烧完一根不过一袋烟的工夫。玉骨儿让王大肚皮点着线香试着日过，就算日得很利落都够忙乱的。

这法儿原是为降了价的玉朵儿发明的，后来玉骨儿觉得自己也没必要为四张“当五升”就让粗客长时间折腾，也把香点上了。起初为掩人耳目，倒是有点区别，线香长出一寸。后来这区别也没有了，都是三寸的短香，没日完想接着日的就得老实加钱。

十八姐一看玉骨儿这法儿经济实惠，让自己接粗客的小花船都照此办理。线香计时法在同治七年十月风行了桥头镇，粗客们便有了个新名号，叫作“一炷香”……

这时，十八姐看出了玉骨儿的不同凡响，对放玉骨儿单立门户有了深刻的悔意，想让玉骨儿重回自己旗下。十八姐自己不好去说，就托了章三爷去说。

玉骨儿回章三爷只一句话:“要我回去，所有花船的收账都得分给我二成。”

十八姐一听就火了，连连对章三爷说:“这小婊子疯了，疯得忘了姓啥了!”

玉骨儿可没觉得自己有啥疯处，守着自己唯一的财产玉朵儿，玉骨儿心定得很，已于朦胧中看到了自己必将辉煌发达的前程。在没客的日子，玉骨儿还是会盯着十八姐的楼船看，只是眼光中的怨恨一日日减少，轻蔑却一天天多了起来。

每到这时候，玉骨儿就不把玉朵儿看作疯姑娘了，就像亲姐妹一样，搂着玉朵儿，也让玉朵儿去看十八姐的大楼船，呢呢喃喃地告诉玉朵儿："咱日后也要有这样的大楼船，比这还大，还好看。为了这一天，咱都得吃苦，吃得苦中苦，方为人上人……"

玉朵儿的回答永远是拖着口水鼻涕的傻笑。

桥头镇因为十八姐、玉骨儿和大小八条花船的存在，不再是个土里土气的乡间集市，成了远近闻名的风流去处。甚至漠河城里的登徒子们也都不在意路途的辛劳，或骑着驴，或坐着轿，大老远地赶来，只为着三孔桥下的一夜销魂。

桥头镇就这样因煤而兴，因娼而盛了。

同治八年，三孔桥两旁的小街上，一下子涌出了许多酒馆、店铺，赌钱的牌房——连漠河城里都还没有的大烟铺也在镇上出现了。于是便有了这样一番景致：白日里，三孔桥下一片沉寂，八条花船静静地泊在水上，无声无息，桥东头的"居仁堂"和沿街酒馆却门庭若市。大人先生们引经据典，纵论天上地下，酒馆里划拳行令，造出了桥头镇白日的喧闹。入夜，镇里市声渐息时，三孔桥上下却又是一片红灯高悬，淫声荡语了。十八姐和玉骨儿花船上的姑娘们，或依桥卖笑，或于船头扭捏作姿，又造出了小镇不夜的繁华……

第五章　差点儿送了命

同治八年，桥头镇的每一缕空气中都充斥着人类的原始欲望。

花船上滋生着年轻女人的梦想。

煤窑下沸滚着青壮男儿的热血。

仅仅下了五个月的窑，肖太平就觉得自己已把煤窑的秘密看透了：这是一件多么简单的事情啊，只要有一块掩埋着煤炭的土地，有一帮年轻力壮想挣钱的男人，窑就立起来了，煤就挖出来了。这里的关键不是开窑的资本，也不是开窑的技艺，而是人的蛮力，只要有使不完的蛮力，就有源源不断涌出地面的煤炭。

在嗣后终生难忘的五个月的下窑生涯中，肖太平几乎干遍了白家窑上的每一份活计。先是和曹二顺一起从窑下往窑上背煤，继而又和一帮肖家兄弟在窑下刨煤，拉拖筐。还在小窑被淹时做过几天排水工，从十丈多深的窑下，用牛皮包和木桶打出了半河沟的水。

肖太平认为，除了蛮力之外，如果说窑上真还有点唬人之处的话，那也就是窑下的通风和排水两件事了。近十丈深的窑下没有风是不行的，那得憋死人。刚下窑时，肖太平咋也吃不透，没见窑口有大风箱，也没见到啥暗藏的机关，地下怎么会有温吞吞的风呢？后来才发现，斜井之外还有个在地下和斜井相通的竖井。地上的风从一边井里进去，又从另一边井里出来了，有点像居家住户的过堂风哩。排水也靠竖井。竖井挖得很深，地下水都往井坑里流，流得满了，就用井上口的木轱辘放下牛皮包，一下下往上提。水若是一下子涌出许多，要淹窑了，背煤的弟兄便全扔了煤筐换木桶，一桶桶从斜井往上背。根据窑上的成规，背上一桶水，也算一筐煤的力钱。

再看看开窑的本钱——除却买下一块有煤的土地，肖太平竟没发现还需要多少本钱。不论是竖井还是斜井，都是人力挖出来的，作为一个窑主要垫付的，仅仅是几个席棚，一堆煤镐煤筐的小钱罢了，而这些小钱，肖太平完全拿得出。

然而，遗憾的是，同治八年的肖太平还没有一块让他立窑的地。他有一大帮满是蛮力的弟兄，有购置生产工具的近十五两银子，就是没有窑地。他看透的秘密，仍然只能是秘密。白家窑并没有因着自身的秘密被他肖太平看透而变成肖家窑，他开窑做窑主还是将来的事。目下他唯一走得通的路是，先从白二先生和章三爷手上包下一座窑，积蓄资本，也积蓄力量。

白二先生答应过他，日后让他包窑。可白二先生在侉子坡下说过这话后，就再没见到过。窑掌柜章三爷却不提这话头，每逢看到他还阴着脸，像是他欠了窑上多少银子似的。可也怪得很，章三爷不提白二先生包窑的允诺，却实施着白二先生工价的允诺，真就发给肖太平三人的窑饷，这就让肖太平说不出话来。肖太平便往好处想，以为白二先生和章三爷是嫌他的毛嫩，还不具备包窑的资格。

为了显示自己具备了这种资格，肖太平就找一切机会向章三爷表现自己开窑的知识和能耐，且在桥头镇煤炭业的历史上第一个提出了昼夜作业制的设想。同治八年的桥头镇，所有小窑都沿袭着种田人几千年来养成的生息习惯，日升而作，日落而歇，没有谁想到夜间的光阴仍可利用，只有肖太平想到了，是在一个极偶然的晚上想到的。

在一个月色朦胧的晚上，肖太平在收了工的白家窑窑口转悠，妄图在平淡的空气中嗅到属于自己的某一丝机会。

机会却不知在哪里。窑口的大席棚下，除了几个护窑看炭的弟兄，再无一个活物。时令已是冬季，天是很冷的，护窑看炭的弟兄都在大席棚下围着炭盆烤火。

就是于那一片冷寂之中，肖太平突然间想到了利用小窑的夜。他想，白二先生和章三爷不把白日的窑包给他，也可以把夜间的窑包给他啊。

夜间的窑闲着也是闲着，包给他，柜上不就多出了一份额外的收入么？

这念头一生出来就让肖太平激动不已，折腾得他一夜没能安眠。

次日早上，肖太平及早跑到窑上，极神秘地对章三爷说："三爷，我有个大发现哩！窑下不是地上，白日黑里没啥区别，夜间照样能干活出炭。咱若是歇人不歇窑，一座窑不就当两座窑用了么？窑上不就多赚了一倍的银子么？"

章三爷眼睛先是亮了一下，继而，却阴着脸不做声了。

肖太平发现了章三爷眼里瞬然闪过的那缕光亮，以为章三爷动了心，便又很热烈地说："三爷，你想啊，这一来还有两个好处：一来把护窑的窑饷给省下了，二来呢，夜里窑下有了人，积水有人处理，也不会淹窑了。"

章三爷这才慢吞吞地开了口，神情颇为不屑："肖老弟，你觉得，这种事该你操心么？你是窑主还是窑掌柜呀？"

肖太平心里一紧，赔着笑脸说出了自己的心思："三爷，我……我是想，白二先生和您……您老若是看得起我，我……我就在晚上试一试，包……"

一个"包"字刚出口，章三爷就变脸了，冷笑着问："肖老弟，你的心是不是也太大了点？你到桥头镇来了才几天，就想包白二先生的窑了？开窑是咋回事，你懂么？"

肖太平讷讷说："和……和三爷您比起来，兄弟自不敢说懂开窑，可……可和侉子坡的一帮弟兄比起来，兄弟敢说总是懂……懂一些的……"

章三爷翻了翻眼皮："那是，你比他们强一点——可强在你的精明上，却不是强在懂窑上。正因着你的精明，拉了坡上的弟兄到白家窑上出力，窑上才给你三份的窑饷。所以，你得知足才是。"

肖太平还想再和章三爷争辩下去，想把自己五个月来积累的小窑知识对章三爷说个透彻。可章三爷不愿再听，挥挥手让他走，转身就和柜上的账房田先生说起了卖炭的事……

这让肖太平心里气愤不平，白日黑里都想不通。明明是对窑上有好处的事，章三爷为啥不干呢？是章三爷信不过自己，还是章三爷另有图谋？肖太平实是弄不清章三爷的葫芦里卖的是什么药。

也就在肖太平窑上窑下揣摩章三爷时，窑上出事了，一次塌顶把十几个弟兄捂了进去，本地窑工死了一个，曹团的弟兄死了两个，肖太平也差点儿送了命。

出事那天，肖太平就在窑下刨煤，突然间听得四下里发出了“咯吱，咯吱”的怪响。肖太平透过油灯的灯光一看，身前身后的木柱于怪响声中折裂了，整个窑顶都在往下掉渣。不知谁喊了声“塌顶了”，话没落音，整个煤顶就轰轰然塌落下来。一阵由煤尘、岩粉构成的气浪，把肖太平手上的油灯扑灭了，也把肖太平掀翻在身后的一堆浮煤上。

那一瞬间的变化实是惊人。点亮油灯再看时，面前那块由木柱支撑起来的空间全被塌落下来的岩石、煤块填平了，差一点把肖太平也填了进去。原来在身边一起刨煤、装煤的弟兄大都没了踪影。

过了好半天，肖太平才听到有人在塌落的岩石、煤块下哭喊，呻吟。这才想起来救人。肖太平和在场的弟兄们用铣撬，用手扒，折腾了大半天，才把埋在里面的人和尸体扒了出来……

看着三具被砸得身肉模糊的尸体，肖太平突然间生出了不可名状的恐惧来。

决不能像那三个弟兄一样死在窑下，决不！

在惊魂初定的一个晚上，肖太平终于决定到桥头镇和章三爷正式谈谈。

第六章　机会来了

章三爷在当年混沌初开的桥头镇算得赫赫有名了。不说那时的肖太平，就是已混出了名堂的花船船主十八姐和镇上那帮大人先生们也对章三爷高看三分。白日里，章三爷经常到“居仁堂”坐坐，和着大人先生的话把儿，谈讲些仁义待人的大道理，让那些大人先生们把章三爷当成了同道。黑了天，章三爷便在花船上泡，和老相好十八姐并楼船上的俏姑娘们打得一团火热，把大把的银子往姑娘们的腿裆里塞，又被十八姐和姑娘们当成慷慨的体己。于是，在小小的桥头镇上，白日黑里都有人说章三爷的好话，主家白二先生倒少有人提起了。就是提起来，也是摇头的多。镇上唯一的秀才爷田宗祥便四下里说过，这白家实在是黑家，开窑开黑了心，不知行仁履义，只一个章三爷算是好的。

秀才爷夸章三爷好，除了章三爷对人一团和气外，还因为章三爷常用白家窑上的银子替秀才爷付夜间的花账。

肖太平根本不了解章三爷，总以为章三爷既是白家窑的窑掌柜，就必然会对白二先生很贴心，却不知道章三爷表面上对白二先生服服帖帖，内心里却是恨死了白二先生的。也正是因着章三爷对白二先生的恨，肖太平才跟着倒了霉。

章三爷对白二先生的恨毫无来由。若是当着众人的面叫章三爷自己说，章三爷不但说不出白二先生一个不字，还得老老实实承认白二先生对自己的厚待。不论是漠河县城还是桥头镇，几乎没人不知道，章三爷这个房无一间地无一垄的风水先生就是靠着白二先生起的家，没有白二先生就没有章三爷。白二先生对章三爷真叫好，往日章三爷到漠河城里和十八姐厮混的花销都是明里报账的。十八姐的花船泊到三孔桥下后，章三爷又从十八姐手里抽头，把花船收下的“当五升”的工票都按四升五折银给十八姐，白二先生连眉头都不曾皱过一下。

然而，章三爷就是恨白二先生，恨得心里发痒，开始连他自己都弄不清楚这是为了啥？为啥自己吃在白家锅里，还总想往白家锅里拉屎？后来才明白了，原来是一种深至骨髓的妒忌。每每看到白二先生坐着小轿，带着账房先生来镇上拉炭收银子，章三爷的心就在恨的支使下狂跳不已。老在暗地里问自己：凭啥？凭啥他白老二赚这么多钱，老子就只能吃点残羹剩汤？脸面上却不敢露出来，还得赔上谦恭的笑，把一笔笔账老老实实报给白家的账房。

在小账目上，章三爷从来不做手脚，有时白二先生忘了的小钱，章三爷都主动交出来，让白家人上账。白二先生因此便认为章三爷不错，为人老实本分，对章三爷便越发放心了。

章三爷不在小处做手脚，却专在大处做文章。知道白二先生想借助肖太平拢住侉子们为白家窑出力，章三爷就盯着肖太平找碴，想把肖太平挤走，也把那帮侉子挤走。可肖太平偏就硬生得很，一连下了五个月的窑，竟一声不吭，不但没有一点要走的意思，还梦想着包窑。白二先生把早先定下的同业同价的规矩给坏了，把已到李家窑、王家窑下窑的侉子们挖走了，王家李家竟然也不来闹事。

这都让章三爷生气。

在章三爷看来，既然肖太平和那帮侉子赖着不走，让白老二赚了这么多的银子，王家、李家就得时常找点理由来闹一闹才对，他们不联手来闹，就是对不起他。所以白家窑一下子砸死三个人，肖太平认为是机会，章三爷也认为是机会。

章三爷故意从每个死者头上扣下了一两抚恤银，想激起侉子们对白家窑的不满，让王家、李家来做一番好文章——自然，章三爷不好把这意思和王大爷、李五爷直说，便想起了一个能传话的中间人秀才爷田宗祥。

这日，章三爷找了秀才爷，要请秀才爷到十八姐的花船上喝花酒，一脸快乐的样子。秀才爷自然也很快乐——秀才爷号称知书达理，却放荡不羁，平生就喜好个酒色。章三爷相邀，既有酒喝，又有姑娘相陪，秀才爷哪有不应之理？于是上灯时分，当着自家老太爷的面，秀才爷装做掩门读书的样子，门一掩上，就从后窗跳出来，到了三孔桥下和章三爷合做了一处。

十八姐的楼船在桥下最招眼的地方泊着，红红绿绿的灯笼挂了一串，连河水都映得波光粼粼。章三爷一路和桥上桥下的姑娘们打着招呼，让着秀才爷上了十八姐的楼船。

十八姐见章三爷和秀才爷上来，忙从船舱里钻出来，笑盈盈地迎上去和章三爷打招呼。几个相熟的姑娘也迎了上来，章三爷和姑娘们笑闹一通，点了琴弹得最好的王小月。又要秀才爷点。秀才爷点了个从没点过的娇小玲珑的白姑娘，二人方下得楼来，到底舱吃酒。

王小月和白姑娘要下楼相陪，章三爷却扭过头对她们说："我和秀才爷先喝会儿酒，你们过会儿再来。"

秀才爷不解："三爷，美人伴酒，正是一乐，何故……"

章三爷这才收起了脸上的笑容，对秀才爷说："我有几句话要和老弟说哩！"

秀才爷明白了，章三爷有心事。

到了底舱，酒过三巡之后，秀才爷小心地问："三爷，又碰着嘛事了？"

章三爷叹了口气说："还能有嘛好事？白老二这黑心的东西只知道大赚昧心钱，不顾窑工的死活。这不，窑上一下子死了仨，白老二看都不来看一下，让我一人给二两银子就把人家打发了。活生生的三条性命呀，就值六两银子么?！你老弟说说看，他老白家像话不像话？我替白老二这么干，心里能安么?"

秀才爷啧啧赞叹说："三爷，你这人有良心，讲道义，难得哩。"

章三爷说："但凡做了对不起人的事，我心里就愧……"

秀才爷摇了摇手："你愧啥？这又不是你的事！"

章三爷说："秀才爷，你有所不知，这一来窑上人心能安么？窑工们不寒心呀？还不都跑到李家窑、王家窑去了?！你说到时候我咋办呢？歇了窑，白老二不依我；不歇呢，谁来替你老白家卖命啊？”

秀才爷想了想说：“要我看，也不一定就歇窑。白家窑死人，王家窑、李家窑不也死人么？”

章三爷见秀才爷还是不开窍，心下耐不住了，“呼”地立起身说：“我看让侉子们都跑到李家窑、王家窑才好哩！别看我是白家的窑掌柜，可我这人正派，讲个公道。我还就盼着王大爷、李五爷到侉子坡走一走，把侉子们撬走呢！当初白老二撬他们二位爷，今儿个二位爷咋就不能撬白老二一把?!”

秀才爷心里想着自己点的姑娘，对章三爷的正派并不那么看重，也不愿和章三爷争辩，便说：“那，哪日见了王大爷、李五爷，我就和他们说说，看看他们是啥意思。”

章三爷点点头：“这就对了。王大爷、李五爷该咋着就咋着，这样，我的心也就安了。我这人做啥事就图个心安理得，宁愿天下人负我，我不负天下人……”

章三爷还想标榜下去的，秀才爷耐不住了，说：“三爷，酒也喝得差不离了，咱点的活物该上了吧？”

这让章三爷多少有点扫兴，可章三爷脸面上却没露出来。

二位姑娘进来了，先陪着章三爷和秀才爷喝酒，后就弹起了琴——章三爷点了一曲很激越的《十面埋伏》。听着《十面埋伏》，呷着酒，章三爷一身正气地想象着王家、李家二位爷把白家窑搞歇的情形。又想着可能还会打上一场，眼前便棍棒乱飞……

想象中的愉快情形浮云般飘过之后，章三爷看到，秀才爷一只手搂着那娇小的白姑娘，另一只手已插到了白姑娘的怀里。这就让章三爷认清了现实：不论他心里如何壮怀激烈，到现刻儿为止，他仍是白家的窑掌柜，他和秀才爷还是花着白家的银子在为白家设埋伏。

这就少许有了点不安。章三爷知道，自从五个月前白家窑将工价提到五升高粱以后，李家窑、王家窑也都把工价提到了五升高粱。李五爷、王大爷虽说心里气恨白二先生，却是轻易不愿和白二先生打架的。白老二不是一般的人物，二位爷招惹不起。李五爷是外来户，王大爷又是个肉头小窑主，谁敢和老白家公然作对？硬让秀才爷去捎话，万一再传到白家人耳朵里去，岂不是没事找事做么?!

这么一想，章三爷清醒了不少，便对秀才爷说："老弟，我……我刚才说的都是些气话，你可别真的说给李五爷、王大爷听，更……更不能透给白家哦!"

秀才爷拥着白姑娘，已是魂不附体，哪还记得章三爷都说过什么？只软软道：

"那是，那是……"

这一夜，章三爷郁郁不乐——不能时常给白家添点乱，让白二先生经常倒点霉，章三爷的心情就好不了。心情不好，章三爷便乱来，和秀才爷一道扯着四五个姑娘疯成一团，闹腾得楼船上乌烟瘴气。不是秀才爷的爹田老太爷亲自找到船上，扯着辫子拖回了秀才爷，只怕秀才爷和章三爷一夜都不会上岸的。

章三爷再也想不到，这日肖太平在岸上的三孔桥头等了他大半夜。

第七章　谈判

月光将三孔桥的半边暗影映到了河面上，也将桥上姑娘和窑工们的身影投入了波光晃动的河水里。大花船、小花船沿河岸一字排开，船上的灯笼缀出了一河的辉煌。身边粗俗露骨的嬉笑声不断，搅得肖太平心里一片狂乱，欲望之火伴着浑身热血燃遍了整个强健的身躯。然而，肖太平却不敢对花船上的姑娘轻举妄动。

同治八年还不是肖太平的时代，那时的桥头镇是章三爷的天下，镇上的人知道大花船上有个会弹琴的王小月，都不知道有个日后必将出人头地的肖太平。

肖太平蛰伏在同治八年初冬的三孔桥头，等待章三爷，也等待自己最初的机会。

在血淋淋的死亡面前，肖太平认定自己的忍耐已到了极限，他不能再等下去了，再等下去，说不准哪一天他也会被葬送在黑暗的窑下，他开窑做窑主的梦想就只能是永远的梦想了。

肖太平想和章三爷摊开来好好谈谈，想问问章三爷，这白家窑他已经下了五个月，到头没到头？难道他这个前捻军二团总的价值真就是凭着一身的蛮力刨煤、背煤么？这是不是白二先生的本意呢？他曾想直接到漠河城里去找白二先生问，可转念一想，又觉得不是太妥当。如果这一切原都是白二先生的授意，他找上门去事情就僵透了。因此就算是白二先生的意思，他也只能当作不知道，只和章三爷扳一扳。扳倒了章三爷，也就等于扳倒了白二先生。且不伤和气，既给白二先生留一条下台阶的出路，也给自己留了一条退路。

虽已到了这个地步，肖太平心底深处仍是信仰着白二先生的。毕竟是白二先生而不是别人，给了他最初的野心和渴望。在肖太平深刻的印象中，白二先生确是很看重自己的，是承认他在这二百多号曹团窑工中的地位的，也正因为这种承认，他才有了不同于一般弟兄的三份窑饷，才有了白二先生包窑的许诺。

肖太平也想到过，这一切可能白二先生并不知道，可能都是章三爷搞的鬼。章三爷显然瞧不起他，让他背煤刨煤实则是一种轻慢，既想在弟兄们眼里杀他的威风，又想让深黑的窑井给他一个扎扎实实的教训。可章三爷没料到的是，五个月下来，他的威风非但没被杀下去，反倒因着和弟兄们一同受苦出力，更加有了权威。现在只要他一声令下，弟兄们就能把白家窑给整个儿给撂荒。

既已如此，难道还不该和章三爷好好谈谈么？若是谈不拢，他就要和章三爷拼一拼了，借口讨要两个死去弟兄的抚恤银，把弟兄们全拉走，让白家窑成为一眼废窑，让章三爷在白二先生面前挨骂，最终还得让章三爷求到他头上来……

河里的花船在风声灯影中晃动，身前身后时有一些姑娘走来走去。脂粉味儿直往肖太平鼻翼里钻，让肖太平心里麻酥酥的，禁不住一阵阵肉欲翻滚。再想想章三爷，越发恨得入骨，目光落到每条花船上，仿佛都看到章三爷在和花船上的姑娘干那事——章三爷神仙似的日女人，他肖太平却喝着冷风站在三孔桥头上干等，这情形让肖太平无法忍受。

不是放饷的日子，花船上的生意不是那么好，总有过来过去老拉不到客的姑娘和肖太平打趣骂俏。

一个穿红夹袄的姑娘见肖太平老盯着十八姐的大花船看，就说：“大哥，老看那楼船干吗？那地方贵着呢，你去得起？”

又一个倚桥站着的瘦姑娘说：“楼船，小船，还不全一样，脱光了都是一回事，大哥何必眼热那大楼船呢？难道说，楼船上的姑娘就是金×银毛么？”言毕，一阵激越放荡的笑。

笑声中，红夹袄贴上来说：“就到我们小船上坐坐吧，一炷香的时间，才两斗高粱的脂粉钱，不贵的，大哥肯定出得起……”

肖太平实是禁不住肉欲的诱惑了，就想，章三爷也不知啥时才能从十八姐的大花船里出来，自己老站在桥头干等也太焦心恼人。于是看了看红夹袄，又看了看瘦姑娘，觉得还是瘦姑娘更受看，就要了瘦姑娘，随瘦姑娘一起下了桥，到了一条两舱的小花船上。

小花船船头船尾都能上人，船头一边舱里已有了客，正一片热火疯狂。

肖太平和瘦姑娘从船尾一头上去，撩开布帘进了后船舱。船舱里除了一领满是秽物的破褥子，几乎没啥什物。刚一进去，瘦姑娘就点起了一根短且细的线香，接下来极是麻利地脱解衣裙，边脱边对肖太平说："……大哥，我这人最是厚道，决不坑你，你也日快点，香一烧完，你日完日不完我是不管的，若是再日下去，就得再付一次的钱了。"

肖太平一听这话来气了，一把揪过瘦姑娘说："别怕老子没钱，老子今天不日则罢，要日就要日个痛快!"说罢，把瘦姑娘放倒在自己脚下，裤子一扯，骑马一般跨了上去。

瘦姑娘却在身下躲闪着，不让肖太平进去，手伸得老高："大哥，钱要先付的，窑上的工票也行。"

肖太平再次觉得自己受了轻慢：连这种人人可操的下贱的婊子都怕他付不起几斗高粱的钱，他肖太平还像个人么?! 又气又恨，肖太平掏出几张工票狠狠地扔到瘦姑娘脸上、身上，嘴里骂道："小婊子，这些工票够日你一回了么?!"

瘦姑娘这才温顺起来，可着心让肖太平摆弄了。

肖太平心里恨着章三爷，恨着身下的这个只知要钱的婊子，也恨着这个瞧不起他的世界，就变着花样摆弄这个他花钱买下的在几炷香的时间里完全属于他的白肉。后来一时兴起，竟将那铁硬的东西扎进了一个不该扎进去的地方。

瘦姑娘大感意外，一阵厮声惨叫过后，又把哆嗦的手伸到背后，带着痛苦难忍的呻吟说："日……日这……这里还得再……再加……加一炷香的钱……"

既是加钱，肖太平就极是凶恶地专往那地方弄，竟弄得瘦姑娘的屁股上一片血水。渐渐地，瘦姑娘连痛叫声都歇了，肖太平才很解气地罢了手。

瘦姑娘像死了一回似的，已坐不起来了。除了进门的头炷香外，后来的香自然也忘了点，账就不好算了。瘦姑娘再也不提算账的事，只俯在沾着血迹的破褥子上呜呜地哭。

肖太平拾起散在船舱里的工票数了数，共是六张，又掏出四张，凑够十张，往瘦姑娘面前一摔，说："你厚道，我也厚道，这是十张'当五升'的工票，你明日就能到白家窑账房换钱，或是称高粱。"

因着十张工票，瘦姑娘看出肖太平的不同凡响，虽说屁股疼痛难当，心里酸楚难忍，却再不敢把肖太平当一般粗客看待，还哽咽着向肖太平说了句："谢……谢谢大……大哥……"

肖太平再不理睬瘦姑娘，撩开布帘要上岸，到了舱口才想起问："哎，你叫啥名字？"

瘦姑娘说："小女叫……叫玉骨儿……"

——这就是肖太平和玉骨儿头一次结识的情形。

这情形让肖太平和玉骨儿都记了一辈子。后来，当玉骨儿成就了自己的花窑事业，一举成为桥头镇的风云人物时，肖太平还老爱提起自己当年受到的轻慢，总坏笑着要玉骨儿护好自己的腚。玉骨儿并不害臊，也不隐讳，还时不时地在姑娘们面前骂："……老娘有今天，也是凭真本事挣来的，不说卖×，连腚都卖了，你们一个个谁有老娘当年那吃苦的本事？！"

那夜，玉骨儿还记住了一个男人的野心。

玉骨儿记得，肖太平问过她的名后，重又回到她面前，将她扯着坐起来，指着河里楼船上的灯火说："玉骨儿，我告诉你，你别以为老子今天是个刨煤的窑夫，就看不起老子！老子今日把话说在这里：老子总有一天要日遍这河上的所有花船，就像今天日你那样日她们，日得她们见了老子就发抖……"

玉骨儿吓得不敢再吭声，眼睁睁地看着肖太平钻出船舱，一跃身上了岸。

上了岸，肖太平又走到桥头去看十八姐的大花船。大花船上仍亮着灯，时有阵阵琴声随风传来，间或还有一个姑娘的吟唱声，唱的什么听不太清。肖太平就在琴声风声和歌声中，想象着将来自己日遍这些花船时的情形——那时的肖太平可没想到，到得他的时代来临时，这些花船的老鸨竟是被他日了腚的玉骨儿。

在桥头上又站了好半天，眼见着已是下半夜了，章三爷仍无下船的意思。

肖太平焦躁起来，心里已有不再等下去的念头。

偏在这时，桥那头过来一串灯笼。秀才爷的爹田老太爷坐在自家的轿里，一路骂着花船婊子，过来捉拿秀才爷了。再后来，桥下的大花船旁就闹哄起来。田老太爷用拐杖砸了大花船上的两个红灯笼，还把十八姐手下的一个管事推到河里，最终把只穿着花裤衩的秀才爷扯着辫子拿下了船楼。

这番动静着实不小，把章三爷给闹腾出来了。章三爷摇摇摆摆地从大花船上一跳下来，便被肖太平的目光盯住了。肖太平眼见着章三爷走过三孔桥，下了河堤，往白家掌柜房走，就在章三爷身后跟着，一直跟到掌柜房门前的石板路上，才干咳一下，弱弱地唤了声："三……三爷！"

虽有干咳垫底，章三爷还是吃了一惊，回转身，慌兮兮地问："哪个？"

肖太平快走几步，到了章三爷面前："三爷，是我，肖……肖太平。"

章三爷定住了神，阴看着肖太平问："这深更半夜的，你有啥事？"

肖太平原想着要硬气，要和章三爷扳一扳，可不知咋的，一见章三爷的面，那硬气竟全没了，禁不住就点头哈腰，要说的话也变了，没提别的，开头就说："三爷，那……那天在窑下，我……我差点儿也被……被砸死哩！"

章三爷"唔"了一声。

肖太平说："当时我……我就想，要……要是真砸死了我，可就没人给三爷您出力了。"

章三爷说："以后要小心。"

肖太平说："这一来，有……有不少弟兄就怕了，不大想下窑了，都来找我合计哩。"

章三爷显然不想听下去，开始向掌柜房走，一边走，一边漫不经心地问："你——就为这事来找我的？"

肖太平只得跟着章三爷走，边走边说："三爷，您和白二先生待我不薄，给我发三份的窑饷，我……我自得对得起您和白二先生哩。我就和弟兄们说，这窑咱还得下……"

章三爷像是没听见肖太平的表白，径自走到掌柜房的院门前，举手敲门。

在咚咚作响的敲门声中，肖太平又忍着气对章三爷说："……三爷，现时咱窑上人心不稳，您老看是不是能给白二先生提提，让小的我替您老和白二先生多操份心，出个头，把弟兄们先稳住？"

章三爷轻蔑地一笑："哦，是不是又想包窑了？"

肖太平从章三爷轻蔑的笑脸和讥讽的话语中，已发现了这大半夜等待的徒劳，可心里嘴上仍在做最后的挣扎，呢呢喃喃地说："三爷，小的……小的都差点儿被砸死了，差点儿……"

章三爷不为所动。

肖太平又说："我……我想包窑，也是白二先生当初主动提过的，也……也是为了您老和白二先生。三爷您想想，若是……若是弟兄们一起给您撂了荒，您老咋办？咋……咋向白二先生交代呀？白……白二先生又……又咋办呢？"

这时门已开了，章三爷一脚跨进门里，一脚留在门外，扭过头对肖太平说出了一句名言——在桥头镇流传了一个世纪且传播到大半个中国的名言——一句因其带有浓重的资本压迫劳动的色彩，而在下个世纪后半叶被用作阶级教育教材的名言："三条腿的蛤蟆不好找，两条腿的人有的是！"说完，章三爷意犹未尽，又加了一句："想滚蛋的全给老子滚蛋，连你肖太平在内！"

话一落音，章三爷“砰”的一声，把大门关上了……

肖太平呆住了，他再也想不到，五个月来的忍耐换来的竟是如此不堪的结果。

把悲愤而凄凉的目光从白家窑掌柜房黑漆漆的大门上缓缓移开，肖太平仰起满是泪水的脸庞，看着星月闪烁的同治八年冬天的夜空，终于把满腔的怒气喷发出来，狼嗥似的大叫了一声：“我……我日你娘……”

第八章 歇窑

桥头镇有史以来的第一次罢工在同治八年冬天爆发了。

自然，那时还没有罢工这种说法，罢工不叫罢工，叫歇窑。前二团总肖太平一声令下，曹团的弟兄不伺候了，白家窑便歇了窑。那时也不懂罢工的艺术，既没成立罢工委员会、工人纠察队，也没推举工人代表。大伙儿都还依着曹团里的老规矩认自己的二团总肖太平说话，歇了窑就在各自家门口晒太阳，闲扯淡。

这期间，王家窑的王大爷、李家窑的李五爷见缝插针都派人到侉子坡来了，不少弟兄就在肖太平的许可下，暂先去了王家窑、李家窑下窑。更多的弟兄哪都没去，三三两两聚在一起，等着听候肖太平的招呼。

这时，肖太平已在弟兄们面前透出了一丝想自己弄窑的意思，让弟兄们十分兴奋。在弟兄们看来，要想长期在大漠河畔扎根，自己的当家大哥肖太平是该早点出头盘下一口窑，这样，弟兄们日后才能有所依附。

有先见之明的弟兄从这时起，便把肖太平视若窑主了。

肖太平的两个弟弟肖太忠和肖太全更是起劲，歇窑第二天就带着肖家几个族里的弟兄四处窜着替肖太平探寻可以立窑的地块。不料，却是瞎忙活。有露头煤的地没有谁愿意卖——就是愿意卖，肖太平也买不起。见不着露头煤的荒地，有人愿卖，肖太平却又不敢买，怕挖下几十尺见不到煤，白耗银子。末了，肖太平黑着脸和肖太忠说了实话：自己独立开窑还不到时候，眼下只能从白二先生和章三爷手上包下一座窑来侍弄……

弟兄们这才明白，肖太平让大家歇窑的目的不单是为那两个死在窑下的弟兄多争几两银子的抚恤，更是为了包下白家窑。不过，弟兄们都不太相信，靠歇窑就能制服章三爷和白二先生。肖太平说他信，弟兄们也就不敢说不信了。

曹二顺那时偏麻木得很，和妹夫肖太平住在一个院里，却不知道肖太平为包窑破釜沉舟的决心，还满脑袋都是到白家窑下窑的念头。肖太平叫歇窑，他不能不歇，歇下后没事可干，免不了就想大妮。可一日不去白家窑下窑，一日就看不到大妮。这就让曹二顺对歇窑有了很深的抵触。

到得歇窑第四天，曹二顺终于忍不住了，背着肖太平去了白家窑。原没想过要去下窑，只想去会会大妮。不料，到了窑口，正逢窑上开午饭，王柜头笑笑地招呼曹二顺吃饭。曹二顺说不吃，王柜头偏叫曹二顺吃，曹二顺肚子饿便吃了。吃过之后，照例到大妮那儿喝水。喝水时，大妮一副幽怨的样子看着曹二顺，让曹二顺怪不安的。

大妮的铁匠舅舅也说他，一脸的不屑："你们这帮侉子不是歇窑了么？你还来干啥？"

曹二顺讷讷无言。

老铁匠又絮絮叨叨地说："别以为自己了不起，往常没有你们这帮侉子，人家白家不照开窑，照出炭么！"

曹二顺这才很羞愧地说："那……那是，那是……"

就在这时，王柜头叫了起来，喝使大家下窑干活。曹二顺便鬼使神差地过去了，习惯地背起一只煤筐，跟着十几个背煤的窑工下了窑。

曹团的弟兄歇窑后，窑上的人少了一大半，四处显得冷冷清清。原先光背煤的窑工就有百十口，眼下却连三十人都不到。窑下刨煤、装煤的人也少，且都是一副懒懒的样子。

这才让曹二顺发现了自己的错误：哎，他这是咋了？曹团二百多号弟兄都歇窑了，他咋跑来下起窑了？他不是来看大妮的么？下窑干什么？这要是让肖太平知道了，还不把他骂死?！把第一筐煤背上窑，曹二顺就想扔了筐回家。可记起自己终是吃了人家窑上两个煎饼一碗咸汤，且想起老铁匠说过的话，又不好意思走了，便惴惴不安地干了下去。还自己对自己说：这不是他曹二顺不义气，也不是他曹二顺图钱，他这么着，只是为了大妮。他都想好了，今天就算是来玩，背煤领到的工签，他一根不要，都送给大妮，让她去换工票。

把第四十筐煤背上窑时，天已黑下来了。曹二顺攥着一把黑亮的细竹工签，到大席棚下找大妮，真是想把工签奉送给大妮的。不曾想，大妮和老铁匠都收了工，那盘红炉也歇了火。正欲离去，却听得近处有颇不平凡的响动，扑扑腾腾像打架。细细一听，发现响动是从夜间看窑的工具房发出的。曹二顺好奇地走到了工具房的木栅门前，伸头去看，竟看到两个乱动着的黑腚。两个黑腚上身穿着破袄，下身光着，身下压着个赤身的白女人。白女人死命挣着，像只被拔光了毛的鸡。

初看到这景象时，曹二顺没有一丝的愤怒，有的只是兴奋和冲动。浑身的热血一下子涌上了脑门，肌肉绷得紧紧的。后来才朦朦胧胧觉得有什么地方不对头。这窑口除了大妮，哪还有别的女人？又听得那女人分明发出咦咦呀呀的叫声，这才骤然想到，两个黑腚是在日大妮哩。头皮猛然炸开了，曹二顺一脚踹开木栅门，把手上的竹签就近向一个黑腚捅过去，捅得黑腚一声痛叫，滚到了一边。

另一个黑腚躲了，边躲边说："哎，丈人，老丈人，咱不是说好的么？我们哥俩给一张'当五升'哩！"

后来，曹二顺才知道，凡是和大妮睡过的弟兄，都在背地里把大妮的铁匠舅舅称作"老丈人"。

曹二顺当时并不知道，还以为两个黑腚是有意轻慢他，便吼骂道："我日你亲娘，谁是你老丈人，我是你爹！"

两个黑腚发现弄错了，便问："你是谁？"

曹二顺拉起破席上的大妮，回过头来，再次重复说："我是你爹！"

两个黑腚不认这不明不白的爹，把灯点亮了，一看是曹二顺，都笑了。

一个说："哟，我当是谁呢，原来是风箱呀！"

另一个说："曹老弟，这儿可没有风箱让你拉，你快走，别误了我们弟兄的好事。"

曹二顺借着灯光也认出来了，两个黑腚都是当地窑工，一个是背煤的钱串子，另一个是在窑上口提水的大刘。

这两个人一边和他说着话，一边又试着向大妮身旁挪，没有就此罢休的意思。

从破席上爬起来的大妮用小花袄半掩着身子，直往曹二顺身后躲，嘴里还咦咦呀呀地怪叫着。

这时，曹二顺脑子木木的，直觉里不是大妮被自己的铁匠舅舅卖了，却是大妮平白无故受了欺辱，便从身旁抓起一柄断了镐头的镐把，在手中挥着，对钱串子和大刘吼道："你……你们都……都给我滚！"

钱串子不高兴了，也从地上拾起一把铣，用铣头指着曹二顺说："你小子有毛病呀？老子们和你说清楚了，老子们是花了钱的，你说不让日就不日了？"

大刘也叫："别说大妮不是你老婆，就算是你老婆，我们花了钱，也得让我们日一回哩！"

都说到这份上了，曹二顺仍认准大妮是受了欺辱，自说自话地让大妮穿好衣服跟他走。这就让钱串子和大刘红了眼。两个人没等大妮把衣服穿好，就把曹二顺打了。是钱串子先动的手。钱串子在窑上三天两头打架，和当地窑工打，也和曹团的弟兄打，打得多了，就打出了经验。经验之一就是，在对方不经意时突然下手。下手前，钱串子还和曹二顺说着话，笑笑地要曹二顺也日一回，说是他和大刘请客做东。可话没落音，手上的铣却飞了过来，只一铣就把曹二顺拍倒在大妮身旁的地上。曹二顺挣扎着要爬起来，人高马大的大刘又上来了，光着黑腚骑到曹二顺身上，像骑着条瘦小的狗。

大刘骑在曹二顺身上，对钱串子说："兄弟，你快去日吧！日完换我。"

曹二顺在大刘身下乱挣乱踢，却没挣出名堂，脚上的鞋都踢掉了，仍没有摆脱骑在身上的大刘。大刘实在是太重了，压在他身上，就像压上了一座山。

大妮见曹二顺为她挨了打，心里愧得很，更不愿让钱串子弄了。野兽一般又抓又咬，身子还乱动，搞得钱串子终于泄了气，把大妮放了。放了大妮，钱串子的一身毒气全出到了曹二顺身上，先对着曹二顺的大头撒了泡尿，又对着曹二顺的身子一阵乱踢……

还是大刘把钱串子制止了，说："行了，行了，别把人家风箱弄死了！"

钱串子这才住了手。

钱串子和大刘穿上裤子骂骂咧咧走掉后，大妮扑到曹二顺身上呜呜哭。哭罢，扯着曹二顺坐起来，指指曹二顺，又指指自己，在地上睡下了。

曹二顺明白大妮是要报答他，可身上却痛得很，心里也烦得很，一点想弄的心思都没有。大妮再爬起来搂他时，正搂到他挨了铣的肩头，他一声痛叫，将大妮推到了一边，自己踉踉跄跄出了工具房的木栅门。

一路上曹二顺又伤心又难过，恨钱串子和大刘，也恨大妮。不是为大妮，就没有今天这一出。这一出太难堪了。他不但被人家恶揍了一顿，还让人家兜头浇了一泡热尿。这实在是前所未有的事。他爹和四个哥弟活着的时候，谁敢这么对他？他再无用，再窝囊，也不能被人这么欺负！而如今爹和四个哥弟都不在了，没有谁能给他做主了。这么一想，泪水便流个没完。到了侉子坡，心里想着不能哭了，可脸上的陈泪刚擦干，眼里的新泪又下来了，直到见到妹妹曹月娥和妹夫肖太平，脸上仍是湿淋淋的。

曹月娥和肖太平见到曹二顺鼻青脸肿的模样，都吃了一惊。

曹月娥忙把曹二顺扶到椅子上坐下，打水找湿毛巾给曹二顺擦脸擦身。

肖太平注意到曹二顺身上满是煤灰，知道曹二顺必是背着自己到白家窑下窑，才惹下了这场祸，脸拉得老长，也不说话。

倒是曹月娥问："二哥，你这是被谁打了？"

曹二顺不敢说，只是流泪。

肖太平火了："一个大老爷们，哭什么哭？！弟兄们都歇了窑，你跑到白家窑上干啥去？你以为你脸大？你不歇窑，人家窑上就有好脸色给你了？！"

曹二顺呜呜咽咽地说："不……不干窑上的事，是……是钱串子和大刘打了我，他们……他们……"

"他们咋啦？"

曹二顺把事情发生的过程说了一遍，只把浇在头上的那泡尿略去了。说完，也没指望肖太平去为他复仇。

不料，肖太平想了一下，突然来了劲，骂道："妈的，这事不算完，老子明天就带着弟兄们到窑上和他们算账去！"

曹二顺先是诧异，后就感动，噙着泪说："明天，我……我也去……"

肖太平说："你是事主，自然要去的——叫几个人抬着去。"

经过一夜的准备，第二天一早，肖太平果然把侉子坡上二百多号弟兄全招呼起来了，抬着曹二顺浩浩荡荡地向白家窑进发。

曹二顺睡在树棍搭起的架子床上，十分幸福地想到了父兄光荣的过去。自然，也想到了大妮，心想，当大妮看到钱串子和大刘挨揍的时候，他昨日在工具房丢却的脸面就全找补回来了……

没人预感到一场大乱即将来临，也没人知道肖太平真实的想法，都以为肖太平仅仅是为了吃了亏的曹二顺才带着弟兄们去打架的。直到在白家窑窑上把架打起来，把桥头镇当地窑工全打跑，让白家窑彻底歇了窑，弟兄们才发现了肖太平过人的胆识。

弟兄们一到窑上，立时把当地的百十口子窑工镇住了。

当地窑工刚在窑口的大席棚下吃过早饭，正陆陆续续往窑下走，曹团的弟兄们"呼啦"围了过来。大刘没寻着，背着煤筐的钱串子先挨了揍。几个弟兄把钱串子打倒在地之后，曹二顺忙从架子床上爬起，把积攒了一早上的热尿全当众尿到了钱串子的脸上。当地窑工中也不乏血性汉子，骂侉子们欺人太甚，有的强行出来挡，有的就在一旁喊打。这就打了起来，一时间棍棒乱舞，煤块乱飞，从窑上打到窑下。窑上的工头和账房出面劝阻，两边的人都不听，还于无意中把一个工头的胳膊打折了。打到后来，当地窑工撑不住了，先是胆小的逃了，继而那些胆大的因着人少，寡不敌众也逃了，白家窑一下子变得空空荡荡……

曹二顺彻底找回了脸面，身上也不觉得疼了。鏖战的尘埃尚未落定，便兴冲冲地跑到席棚下找大妮。大妮一脸惊喜，嘴上咦咦呀呀叫着，两只手比划着，向曹二顺表示自己的祝贺。

老铁匠却吓白了老脸，连连对曹二顺说："这……这可不关我们的事，不关我们的事噢……"

第九章　一场恶架

挨了打的当地窑工逃到桥头镇后一合计，都到白家掌柜房找章三爷，要章三爷为他们做主。他们一口咬定，他们被侉子们打了，不是为了别的，正是因为他们在侉子们歇窑后没跟着歇窑。就连钱串子也绝口不提昨日打曹二顺的事，只说侉子们故意找碴滋事。

章三爷情绪很好——肖太平带着侉子们歇窑以后，章三爷的情绪就好了起来，一天比一天好。章三爷以为这一回肖太平和侉子们都被他挤对走了，心里就升腾起无限的快意。悄悄愉快着，章三爷却没把歇窑的事向白二先生禀报，想等着侉子们都到了李家窑、王家窑以后再去给白家说，让白二先生跳脚发急。白二先生再急也怪不得他，章三爷认为，侉子们歇窑的由头是窑上死了人，又不是他慢待了侉子头肖太平。白二先生让他给肖太平发三份的窑饷，他发了，这侉子头不知足，他有啥办法？

就像肖太平看清了章三爷这个对手一样，章三爷也看清了肖太平这个对手。

章三爷从肖太平第一天到窑上起，就看出这个侉子头不一般，就担心有一天白二先生会和这个侉子头弄到一起。事情明摆着的，白二先生有地，有钱，肖太平有人手，有胆量，两人合成一团，那窑没准真能让他们弄大发了。白二先生看来也有这层意思，见面头一天就和肖太平说过，日后让肖太平包窑，每月底到镇上来时，也时常问起肖太平的情况。还反复和他说，要善待这个肖太平，此人服众，有大用场。章三爷口上唯唯着，心里却想，他最早替白二先生弄窑，白二先生都没说过让他包窑的话，反倒给肖太平说了，怕不是随便的信口开河哩。还想过，白二先生若真让肖太平包了窑，他留在桥头镇还能干什么？岂不是连残汤也喝不到了么?！因此，就算不给白家设那“十面埋伏”，章三爷也不能容忍肖太平在窑上呆下去。

没想到，这肖太平真也是不凡，说声歇窑，竟真的歇了窑，今日还打了起来，打得连当地的窑工都下不了窑了。这就让章三爷警觉了：肖太平还不算让他挤对走哩，这侉子头还想和他拼一拼呢！那就拼吧。章三爷一边听着当地窑工的述说，一边想，反正白家窑又不是他的，就是歇上三年，与他也没啥关系，倒霉的自是白二先生，白二先生真被搞垮他才高兴哩！又想，认真打一打也好，不论是打得当地窑工不敢下窑，还是打得侉子们呆不下去，对他都有好处，他就可以趁着白二先生倒霉时，好好和白二先生讨价还价，提一提自己包窑的事了。白二先生真把窑包给肖太平，还不如包给他哩。

章三爷认真想到包窑，就是这时候的事。

于是，面对着一屋子当地窑工，章三爷的好情绪一点也没变坏，脸面上却做出一副很气愤的样子，对当地窑工们说：“……我虽说早就看出这帮侉子不是啥好东西，却没想到他们竟是这么恶！竟敢打到咱窑上来！”

钱串子带着一身尿骚味说：“三爷，还不但是打哩，他们还往我脸上尿尿，都尿到了我嘴里了！”

章三爷很惊讶：“这还了得？这不是欺人欺到家了么！”

钱串子重申：“所以……所以，我们要请三爷做主。”

章三爷连连点头：“那是，那是！今日……今日领到工牌的，都算一日的全工，都算。”

钱串子说：“我们不是为了一天的窑饷，我……我们是要三爷做主，给我们讨回公道……”

章三爷苦苦一笑：“我给你们做主，那谁给三爷我做主呀？”

大刘说：“三爷，你们窑上可以出首告官的。”

章三爷摇了摇头，很是和气地说：“这却不行哩。你们不知道，官家对咱开窑一直就不乐意哩。说咱‘窑上所用，多犷悍之人，藏亡纳叛，奸宄日滋’，恨不能找个由头给封了。咱们为打架去告，不是找事做么？白二先生也不会依的。”

大刘问：“那三爷的意思是说，咱就忍了这口气，不和侉子们计较了？”

章三爷这才说：“不忍这口气，你们就打回去！咱桥头镇真没人了么？二百来号侉子就把咱打趴下了？你们就不能把镇上的和四乡里的弟兄都串一串，狠狠教训一下这帮侉子么？！你们都去打，打架算窑饷，打死了人算三爷我的……”

得了章三爷明目张胆的煽动，挨了打的弟兄们都来劲了，当天晚上就招呼起人手，要和侉子们恶打一场。这一来，就把李家窑、王家窑也牵扯进来了。两家窑上的当地窑工，在白家窑亲友的串联下，都不下窑了，全到白家窑掌柜房院里来集合，镐头棍棒弄了一堆，准备着去打架。

这景象让章三爷看着欣喜，但于欣喜之余，章三爷也想到了结果：若是真打死三两个，麻烦就大了。为了能在出现麻烦后找借口推脱，章三爷从后门悄悄溜了，独自一人到十八姐的楼船上吃花酒。

十八姐见章三爷又来送钱，自是满心欢喜，忙叫姑娘们来陪。

章三爷左看看，右看看，却一个没要，姑娘们便骂章三爷没良心，是个无情的货。章三爷偏道自己最有良心，当着一帮俏姑娘的面，把十八姐搂了去，让十八姐颇感意外。

和十八姐面对面坐着喝花酒时，章三爷十分感慨地问：“……妹子，咱这份情义细说起来怕也有两三年了吧？”

十八姐笑着说：“何止两三年呀？你忘了？我家男人没死时，你就爬我家的墙头了。我为我男人熬药，你这不要脸的搂着后背就把我日了，硬……硬是夺走了我的清白哩。”

章三爷说：“那是你愿意的。那时你比现在强，不图钱。”

十八姐又笑：“那时怨我傻，才让你这没良心的讨了便宜。”

章三爷说：“讨便宜的不是我，却是你哩！没有我，只怕你到今天都开不了窍！你不想想，你咋到桥头镇来的？当初我劝你来，你还以为我想怎么着呢，现在看出来了吧？这桥头镇真是发大财的好地方哩！”

十八姐认了账：“这倒是。为这，我得谢谢你。”

章三爷又感慨:“这二年你们都发了,白二这老小子发了,你这女人也发了,就他妈老子还走霉运……”

十八姐冲着章三爷媚媚一笑:“看三爷你说的,好像你真走了霉运似的!你不也发了么?我这里收上来的‘当五升’,不全是当四升五到你那兑的钱?这不就等于让你白抽头了么?白家窑上你能不捞?我看,你也发得好哩!”

章三爷仍觉得全世界都对不起他,直叹气:“我算啥?白老二有窑,你有花船楼船,还有这么多姑娘,我有啥?”

十八姐好言相劝:“三爷,人呀要知足。你不想想,三年前白家没开窑时,你是啥模样?除了我这傻妹子,谁把你当个爷敬着?白家终是待你不薄,每月十两银子养着你,还让你赚外快,不错哩……”

章三爷喝多了,不听十八姐的劝,自顾自地叨唠着:“我……我算啥?算个啥?没有窑,也没有花船……”后来就红着眼睛叫,“我活不好,他白老二也甭想活好!从今天开始,他白老二有霉倒了!”

十八姐有点害怕,以为章三爷和白二先生有了什么龃龉,便问:“怎么?和白二先生闹气了?”

章三爷冷冷一笑:“我才不会和他闹呢!我要和他闹,他还会这么信我?”

十八姐点点头:“倒也是。”

章三爷很得意:“我不和白二闹,却有人和他闹。白家窑从今往后别想安生了,只怕会闹得一片红火呢!”

十八姐问:“都是怎么回事?”

章三爷这才带着几分酒意,把白家窑上这阵子的事和十八姐说了,一边说,一边快意地笑。

十八姐听得有点不自在,又问:“你做着白家的窑掌柜,还生着法子想让窑上的弟兄这么闹,图啥呢?”

章三爷阴阴地反问:“你想想我会图啥?”

十八姐想不出,又见章三爷的样子挺吓人,不禁倒吸了一口冷气,再不和章三爷多言语了。

章三爷却说个不停，把想象中当地窑工和侉子们打架的事向十八姐描述着，描述得入了迷，就把十八姐当作了打架的对手，揪住十八姐放倒在地上，乱压乱拧。十八姐先还以为章三爷要和她做那事，没怎么在意，后来被章三爷弄得浑身疼痛，便怕了，喊了船上的姑娘们过来，才把章三爷硬抬到床上睡下了。

章三爷已是大醉，倒到床上后，再没碰十八姐，也没碰哪个姑娘一下，就沉沉地睡去了。睡着时章三爷仍不安分，时不时说几句没头没脑的胡话，还做了一个离奇古怪的梦。章三爷于梦中看到了一个极是壮美的场景：白家窑和桥头镇都在一片轰轰然的巨响声中沉到了地下，许多人——有白二先生，有十八姐，有肖太平，还有秀才爷，都像被鬼拖了腿一般，血头血脑往地下沉，只有他章三爷活着，坐在大花船上搂着一堆俏姑娘喝花酒……

章三爷被十八姐摇醒之后，才发现出了大事。架不知因啥打到了桥头镇上，三孔桥上下都是火把，把河岸照得一片红亮。火光闪烁中，厮打的喧嚣声与乱哄哄的叫骂声一阵阵传来，就像响在面前。

十八姐很慌张，往章三爷身上披衣服时就说："……不好了，不好了，都打死人了……"

章三爷懵懵懂懂地问："打死了谁？"

十八姐说："好像……好像是侉子坡上的侉子吧。你……你没听到侉子们在桥上点名道姓地叫号么？他们要找你说话呢！"

章三爷心里一激灵，立时醒彻底了，一边急急地往脚上套着皂靴，一边仰脸对十八姐说："既已闹到打死人的地步，就得白家来收风了。我马上到漠河城里去给白二先生报个喜吧！"

十八姐说："只怕晚了哩。桥上桥下这么乱，你……你还走得了么？"

果然走不了了。楼船前的河岸上已拥满了手持棍棒的侉子们。侉子们揪着两个当地窑工，抬着一具满是脑浆血水的尸体，口口声声要扒章三爷的皮哩……

第十章　十八姐被抢

玉骨儿嗣后将永远记住同治八年这一夜喧嚣给她带来的奇迹。

这一夜发生的事情太神奇了，透着某种宿命的意味，好像是在冥冥之中早由上天安排好的。越到后来看得越清楚，这一夜不但对玉骨儿是命运的转折点，对其他许多人来说也都是命运的转折点哩。章三爷和十八姐从这一夜开始走起了下坡路。玉骨儿和肖太平、王大肚皮却从这一夜开始各自挣出了头。自然，也正是从这一夜开始，古朴安分的桥头镇和桥头镇人永远失却了曾长久属于他们的那份和平与安定……

事情发生得很突然。上半夜三孔桥上下还平静如初。不是三家窑上放饷的日子，又是大冷天，压花船的嫖客就少。玉骨儿和疯姑娘玉朵儿总共才接了三个粗客，其中一个还是王大肚皮硬拉来的。拉来以后，那客见玉朵儿傻，不愿要，王大肚皮就和那客吵。吵得玉骨儿烦了，便劝下王大肚皮，自己把那客接了。送走那客，时间尚早，玉骨儿想到花船的份子钱又该交了，就在灯下盘账，打算明日自个儿到楼船上把钱送给十八姐。

就在这时，原本连鬼影都没有的三孔桥上突然拥来无数人，先是当地人，后就是侉子坡上的人——玉骨儿没到桥上去看，是从口音上把他们分辨出来的。当时她不知道白家窑上已歇了窑，且打得十分热闹，更没想到这骤起的喧嚣与她有什么关系。

王大肚皮突然跑来了，身后还跟着田七、田八两个无赖弟兄，三人都是兴冲冲的模样。跳到船上，王大肚皮对玉骨儿说："妹子，来好事了！"

玉骨儿懒懒地问："来啥好事了？"

王大肚皮说："章三爷纵着当地窑工去打架，把人家侉子打死一个。侉子们急眼了，抬着死人来找章三爷算账。这不，侉子们打到白家掌柜房，没找到章三爷，就找到这里来了。”

玉骨儿不解地问：“这与咱有啥关系？”

王大肚皮呵呵笑着说：“咋没关系？关系大了。咱能看着章三爷和十八姐吃亏么？都是一个镇上的人，低头不见抬头见的，咱得帮忙呀！”

玉骨儿决不相信素常就恨着楼船的王大肚皮会有这份好心肠，又见着王大肚皮带来的田七、田八都是满怀鬼胎的样子，益发觉得可疑，便说：“哄旁人，你还哄姑奶奶我呀？你还会去救人？鬼才信哩！”

王大肚皮看到桥头上的人群、火把正往楼船方向拥，有点急了，不再和玉骨儿多说，手一招，让田七、田八都上了船，又对玉骨儿说：“快，咱把船快划到楼船那边去，你就在船上呆着，等着看场好戏吧。”

船往十几丈开外的楼船划时，玉骨儿才发现，王大肚皮和撑篙划船的田七、田八都用黑布遮了脸。王大肚皮还向田七、田八交代：“……上了楼船，你们手脚得麻利点，别太贪心。还有，谁都不能说话，一说话就露馅了，明白么？”

天爷，王大肚皮一伙竟是要趁乱抢十八姐的楼船！

玉骨儿一下子黑了脸：“好你个王大肚皮，做抢贼，你找死呀？！”

王大肚皮说：“你才找死哩！这叫抢么？谁敢说我们弟兄是抢？我们不过是顺手捡点洋落罢了。十八姐这老货赚了这么多赃钱，不匀出点给弟兄们花花，说得过去么！”

玉骨儿还是怕：“这……这要是被人知道了，咱……咱都得下大狱！”

王大肚皮说：“妹子，这你别怕。十八姐卖×卖来的钱，我们弟兄拿了也就拿了，她这老货咋也想不到是我们弟兄干的。准以为是那帮侉子干的，要不就以为是后山的土匪干的！”

玉骨儿想想，觉得王大肚皮说得也有道理。

王大肚皮又说：“你要还不放心，咱这么着：我们得手后，就把船划走，划到外河上去，把你和玉朵儿也都捆了，就说你也被土匪抢了。”

玉骨儿点点头：“哎，这主意好。”

王大肚皮最后表示说：“妹子，我是把你当自己人的，成事之后，你和我们弟兄一样分成，哥我分多少，就给你分多少，他们田家兄弟算一人，行不？”

玉骨儿眼睛一下亮了许多，心里怦怦乱跳，嘴上却说：“这倒无所谓，我这人不发来路不明的财。我只和你们说清楚：出了事全算你们的。还有就是，不管得手不得手，你们下船时，都得给我在大楼船上放把火。”

王大肚皮笑了：“好，好，一言为定！你恨大楼船，我们弟兄也恨呢！你不交代，我们也要在船上放把火的！火一烧起来，抢没抢过谁知道啊！”

机会就这么送到了玉骨儿面前，想推都推不掉。不说王大肚皮一直在明里暗里帮她，眼下她也得帮王大肚皮一把。就是不帮王大肚皮，她也总想到十八姐的楼船上放把火的。更何况王大肚皮得手后还会分钱给她。

玉骨儿后来才知道，王大肚皮打楼船的主意已不是一天了，头一回往她玉骨儿小花船上送猪头肉时，就琢磨着要黑十八姐一下——十八姐不买王大肚皮的账，不让这无赖上楼船，这无赖就一直怀恨着。

变成了贼船的小花船从河心的暗影中往楼船旁靠时，楼船周围十八姐的六条小花船已划出了河湾。十八姐也算精明，看到大乱已起，就知道会有麻烦。楼船用铁锚泊死了，且又被侉子们围着，动不了，就让小花船都避开。这一来，玉骨儿的贼船靠上去时几乎一无阻挡。

这时，人们的注意力都集中在楼船靠岸的一侧，岸上被火把照得一片红亮。

侉子们在岸上乱喊乱叫，坚持认为章三爷在十八姐的楼船上，要十八姐交出章三爷。十八姐和楼船上的几个俏姑娘都立在船头好言相劝，说是章三爷不在船上，已去了漠河城里。侉子们不信，嚷嚷着要上船找。十八姐不让，说是上她的楼船就得算客，就得交钱，一次十张“当五升”。

这就僵着了。

侉子们当时没敢强行上楼船，是因着肖太平不在跟前，没人做主。肖太平那当儿在白家掌柜房，正抓住白家老账房给白二先生口述着一封信，要白家老账房立马送到漠河城里去。送老账房走了，肖太平仍没敢离开掌柜房，怕手下的弟兄于眼红脑热之际把今夜的桥头镇当成昨日和官军厮杀的战场，把掌柜房抢了。

肖太平没料到，白家掌柜房没被抢，楼船却被抢了。在没人注意的时候，王大肚皮指挥着田七、田八从小船爬到了大船上。王大肚皮自己没上大船，只拖着玉骨儿躲到船舱的小窗前看，还对玉骨儿说："……你莫怕，田七、田八都是偷抢的好手，用不了一袋烟的工夫就完事。"

玉骨儿心跳得激烈，两眼只盯着楼船，根本不敢答腔。

王大肚皮心里也虚，又说："要……要是情况不好，咱……咱就把船划走……就……就当今日啥事也没发生过……"

玉骨儿说："那……那不把田七、田八坑了么？"

王大肚皮的大嘴挺无耻地咧了咧："不……不算坑哩！他们……他们都会游水的……"

就说到这里，楼船上已得手了，不知是田七还是田八将一个用床单裹着的包袱用绳吊着放了下来。

王大肚皮接下后，抱到船舱的灯下一看，都是些女人的丝绸衣服，便很生气，对玉骨儿直骂："蠢货，蠢货！老子叫他们找钱，找银子，他们尽给老子弄些花衣服！"把花衣服往玉骨儿面前一推："都算你的了。"

玉骨儿嘴一噘："你想害我呀？十八姐认出这些衣服，不把我活撕了?!"

王大肚皮像似没听到玉骨儿的话，嘴里还在嘀咕："得找钱，这两蠢货得找钱呀！"

正念叨着钱，一个装钱的樟木箱子下来了，是田七、田八两人合伙用绳放下来的。王大肚皮乐了，拉着玉骨儿到船头去接，玉骨儿不敢。王大肚皮只好一人去接，接下后，小船猛地摇晃了一下，惊得玉骨儿差点儿没叫出来。

这夜实是惊心动魄。玉骨儿再没想到，自己会在这日夜里和王大肚皮一伙搅在一起，公然搬走十八姐的钱箱。她想过烧十八姐的大楼船，想过让许许多多男人日死十八姐，就是没想过用这种手段黑十八姐，更没想到还会那么顺利，樟木箱子里竟装着十八姐差不多一生的积蓄。这或许就是命了。十八姐命中注定了要败在这一夜。可也真是做贼心虚，当时怕得不行，大冷的天，汗竟流个不断，连头上盘着的辫子都湿了。玉骨儿两眼死盯着岸上看，心里已想着随时逃走。王大肚皮也想着逃走，把死沉的樟木箱子移进船舱里，就及时调转了船头。

也在这时，小船接连晃动了两下，楼船上的田七、田八下来了。

田七、田八下来后，一起奋力划船，转眼间就将船划过了河湾。

河湾外的一片枯芦苇丛中泊着十八姐的六条小花船。船上有灯光透出来。玉骨儿的船划过时，还有护船的船丁伸头看。玉骨儿心里已平静下来，怕那六条小花船上的人看出名堂，就对王大肚皮说："带没带响物？若带了，就放两下。"

王大肚皮只带了刀子，田七、田八带了一杆鸟枪。王大肚皮说了声放，田八就放了。是冲着灯光闪动的芦苇丛放的，只两枪就把芦苇丛中的灯光全打灭了。

这当儿，河湾里的楼船明明亮亮地烧了起来，是从船尾底舱烧起来的。田七、田八这夜没欺骗玉骨儿，活干得很是地道。完事后在底舱的花床上浇了一大桶灯油，让楼船烧得很热烈，红红的火光映照得桥头镇无比辉煌。

正是火把章三爷从楼船里烧出来的。侉子们并没扒章三爷的皮，只把章三爷扭着，去了白家掌柜房。而十八姐发现偌大的樟木箱子不见踪影时，大半个楼船早已被烧焦了。

樟木箱子里的财富多得让玉骨儿和王大肚皮都大吃一惊。

王大肚皮那时还是小打小闹的无赖，没啥大气魄可言。一见这么多银锭、珠宝和银票，竟不知如何是好了。田七、田八两个混虫更没见过这么多银钱，都看着王大肚皮发呆。王大肚皮一下子变得很是紧张，四处看着，贼眼四顾，寻找可能的破绽和潜在的危机。其实破绽和危机根本不存在，啥事都没有。夜幕下的河面静静的既没人，也没船，只有玉朵儿像狗一样被拴在后舱。王大肚皮看见玉朵儿时，玉朵儿正用捆着的手吃力地摆弄着田七、田八抢来的花衣服。

王大肚皮问玉骨儿："哎，这……这傻姑娘是一直呆在船上的吧？"

玉骨儿点了点头："是，你们上船以后，她就被我拴在后舱里了……"

王大肚皮说："坏了，坏了，都让她看去了，她不能留，得灭了！"

玉骨儿说："就算让她看去了又怎么了？她傻得连叫啥都不知道！"

王大肚皮很坚决地说："得灭了！不灭了，日后坏了事不得了！"

玉骨儿还想争辩，没见过世面的田七、田八也叫了起来，都主张把玉朵儿沉到河里去。

王大肚皮更觉得自己英明了，又劝玉骨儿说："从今天开始，咱都有钱了，你买多少好姑娘不行？还留着这傻物干啥？"说毕，示意田七、田八动手。

田七、田八七手八脚把玉朵儿捆粽子似的捆了，嘴上堵了布，又在玉朵儿背上压了块石头，要往河里沉。玉朵儿不挣不叫，只大睁着两只惶惑的眼睛盯着玉骨儿看，那目光玉骨儿一辈子都难忘。

玉骨儿虽说心里有些发酸，又觉得不能白白地把玉朵儿沉到河里，就上前将田七、田八拦住，对王大肚皮说："慢！这玉朵儿咋着说也是我买来的，是我的第一个姑娘，不能就这么着葬送了。"

王大肚皮问："那你要怎的？"

玉骨儿说："我要留着她做生意哩！"

王大肚皮不依："日后我再弄个好姑娘赔给你！"

玉骨儿顺手拿起一块十两的银锭，掂了掂，笑笑地说："算了，不要你赔了，就用这块死物换我的活物吧！"

王大肚皮也笑了："咱们谁跟谁呀？成！"

顺利地成了交，田七、田八两个人一人扯腿，一人抱头，扔石头一样，把玉朵儿扔进了大漠河。田家两弟兄使的力气太大，小船晃了一下，水花溅起老高，溅起的水打湿了玉骨儿的鞋，也打湿了玉骨儿的衣襟。玉骨儿不由地又有点小难过，觉得落在衣襟上的水花像似玉朵儿的泪。

处理了玉朵儿，王大肚皮才觉得安全了，就把十八姐的积蓄在一袋烟的时间里分个精光。王大肚皮得了双份，玉骨儿也得了双份——玉骨儿说，没有她的船今夜就没这一出，因此那船也就算上了一个人的份。珠宝首饰分过后，玉骨儿又说，男人们要这些东西终是无用，拿去换钱只怕会弄出麻烦，就用银子从王大肚皮和田七、田八手上三钱不值两钱地换了过来。这一来，玉骨儿实际上就拿了三人的份儿还多。

天微明时，一切都结束了。玉骨儿把分到手的银锭、珠宝用篓子装着，牢牢系到船底，这才让王大肚皮和田七、田八把自己捆了，上演被匪抢劫的戏文。临别时，四人指天发誓，今夜的事情永生永世不与人言，走露风声刀枪无情……

第十一章　连夜来访

白二先生是在次日一个阳光灿烂的早晨知道事情真相的。

来报信的不是桥头镇上的老账房，倒是李同清李五爷。那夜真是怪了，老账房骑着一条老驴遇上了鬼打墙，转到天明都没转出镇东一片阴气沉沉的杂木树林。待得老账房失魂落魄赶到白家府上时，白二先生已从李五爷嘴里得知了一切。

在漠河城里见到李五爷，白二先生本来就很吃惊，一大早在自己府上见到李五爷，白二先生就更吃惊了。李五爷和王大爷都开着煤窑，同行是冤家，三家窑主素常很少来往。李五爷这大老远的连夜从桥头镇上赶来，必不会是来报喜。因而和李五爷一照面，白二先生就本能地知道没啥好事，心一下子就提了起来。

白二先生最先想到的不是自己窑上内讧闹事，倒是想到白家窑和李家窑干起来了。唤家人敬茶时，白二先生心里就想着要和李五爷斗上一斗。李五爷终是外来户，眼下还不是财大气粗的主，白二先生自认为不论是在桥头镇上还是在漠河城里，斗一斗李五爷总是绰绰有余的。不曾想，李五爷一开口，头一句话就是："哎，白二爷，你老到底打的啥算盘啊？这桥头镇的窑还想不想开呀？"

这话问得怪。不想开窑，他白家在桥头镇买这么多只长艾草不长庄稼的窑地干啥？他四下里招请那么多窑工干啥？白二先生不但已开了眼下这座规模最大的白家窑，还筹划着再开一座新窑哩。

白二先生把自己心里想的，傲傲地和李五爷说了。

李五爷听罢说："……既是如此，二爷你咋能怂恿着自己窑上的窑工这么打架呢？那么不要命的打！都打死了人！你自己窑上打倒也罢了，把我们李家、王家窑上的弟兄也都拉去打！闹得你们歇了窑，也害得我们都跟着你歇了窑。我和王大爷咋想也不明白，哎，你这么着走棋，是啥套路？王大爷和我就想来向你老哥讨教了——王大爷本来也想来，可他腿不好，就让我先来了。”

白二先生懵了，连连问：“五爷，你说啥？说啥？谁怂着窑夫打架？还打死了人？打死了谁？我的窑歇了？啥时歇的？这些事章三爷咋都没和我说呢？”

这就轮到李五爷发懵了。李五爷认定白二先生比较狡猾，却没想到白二先生会狡猾到这等程度，事情都闹到了这步田地，这位爷还能装得这么像。

李五爷再也不相信出了这么多的事，白二先生竟会全然不知，便忍着气，就当白二先生不知道，一五一十地和白二先生说，把自己听到看到的都说了，从歇窑说到打架。李五爷不点白二先生，只点章三爷，道是章三爷发了家伙给当地窑工，当地窑工就在章三爷的公然号令下，从白家掌柜房出发，打到了侉子坡上。侉子们也不孬种，群起拼命，一人被打死了。死了人后，侉子们就抬着尸体连夜冲进了桥头镇，现在已把镇上闹得一片混乱，只怕还要抬尸入城见官。

最后，李五爷说：“……二爷，你又不是不知道，知县王大人一直对咱们三家开煤窑不满，说咱们煤窑下是大匿巨凶，勾纳污浊之处，总想找个借口封咱的窑。侉子坡上的那帮侉子真把尸体往城里一抬，只怕咱三家的窑都开不成了！”

白二先生这才算听明白了，却原来他一直十分信赖的章三爷已给他捅了天大的娄子，搞不好就要给整个桥头镇的煤窑业带来灭顶之灾了。李五爷这么急着来找他，正是怕这灭顶之灾落到自己头上哩。可他想来想去都弄不明白，窑上为什么会闹到这一步？闹到这一步了，章三爷为啥不来和他说？章三爷到底想干什么？这个章三爷为啥就让侉子们歇了窑？为啥不拢住那个姓肖的侉子头？他几乎每月到桥头镇上去收炭收银，都要和章三爷说到这个侉子头，章三爷总说很好很好。既是很好，咋还会打死人？章三爷怂着当地窑工打到侉子坡是什么意思？越想越觉得章三爷可恶，心里也就越乱。

这时李五爷也看出，白二先生像是真的不知道内情，就说："……二爷，这一切倘或不是你的主张，那我看就是你那窑掌柜章三爷不安好心了。不是我李某多话啊，章三爷这人表面上笑笑的，心里头只怕对谁都不满哩，好像人人都欠他的。白二爷，你得防他一下才好呢……"

话说到这里，老账房跌跌冲冲进来了，气喘吁吁地向白二先生禀报。

白二先生耐着性子细细听下来，觉得事情和李五爷所言大致相同，不同的只是，老账房尽说章三爷的好话，说这一切不怪章三爷，只怪侉子头肖太平。

白二先生就问老账房："那你倒说说，咋怪肖太平？"

老账房说："事情的起因是咱窑上砸死了人，实际却不是这码事。实际是肖太平使坏。窑上死人后，肖太平半夜里来找过章三爷哩，是我开的门。肖太平想借死人的事要挟咱窑上……"

白二先生问："肖太平为啥要要挟咱窑上？"

老账房说："他想包咱的窑，还说是您老答应的。"

白二先生这才恍然记起自己当初随口许下的愿。

老账房一脸的不屑："一个外来的窑花子，能包窑么？章三爷自然不会理睬他，让他继续下窑背煤。肖太平就说，他都下了五个月窑了，出事时，他正在窑下刨煤，也差点儿被砸死……"

白二先生听到这里，不禁一怔："哎，肖太平咋会在窑下背煤、刨煤呢？我不是和章三爷说过的么？只要这侉子头把手下二百多号侉子弄到咱窑上下窑，我啥也不要他干，白给他三个人的窑饷！"

老账房仍在替章三爷说话："章三爷也是好心哩！咱窑上哪养过闲人呢？肖太平是侉子的头又不是咱窑上的头，章三爷让他下窑干活也在情理之中……"

白二先生实在压不住心中那份怒了，桌子一拍："这……这个章老三尽坏我的事！白家窑姓白不姓章，我就是白养十个肖太平，也不干他章老三的事！”

老账房这才看出来，白二先生对章三爷不满意，接下来禀报的语气就变了，说章三爷其实一直是恨着肖太平的，总想把肖太平和那二百多侉子挤对走，公然说过，“三条腿的蛤蟆不好找，两条腿的人有的是……”

白二先生这时心里已有数了，不让老账房再说下去。

老账房又拿出肖太平口述的信，让白二先生看。

白二先生看后，对李五爷说：“五爷，看来，我得到桥头镇走一趟了。”

李五爷赞同地说：“是哩，得立马去哩！”还再次意味深长地提醒白二先生，“你那个窑掌柜怕是个生事精呢！”

白二先生心里对章三爷恨得要死，嘴上却说：“不会，不会，章三爷是一时的糊涂，只算小账，坏心却是没有的。”说完，吩咐家人备轿。候轿的当儿，白二先生又对李五爷说：“五爷，你莫怕，事情闹到我这里，就算闹到头了，不会再闹到官府王大人那里去的。你和王大爷都放宽十八个心，官府咋着也封不了咱桥头镇的窑。”

李五爷问：“二爷，你咋这么有把握？”

白二先生说：“你还没听明白？事情的根由在侉子头肖太平身上，而肖太平是离不了我的，他就是想从我手上包窑么！这就好啊，我正盘算着来年再开一座新窑呢，只要他有这个金刚钻，我就给他一份瓷器活，他还闹啥闹……”

嘴虽这么说，白二先生心里却并没有这么想。坐在前往桥头镇的小轿上，随着轿杠有节奏的颤动声，白二先生陷入了决策前的深深思索，章三爷和肖太平两个人的面孔交替着在眼前晃动。

说来也怪，肖太平这人白二先生只在五个多月前的侉子坡见过一次，可印象竟是那么深刻，想忘都忘不了。白二先生看人入骨哩，一眼便看出肖太平的两大好处：其一是服众，有二百多号弟兄听他招呼。其二就是有眼色，知道向银子和银子的主人表达自己的敬爱和驯服。也正因为如此，白二先生才向肖太平随口许了包窑的愿。许这愿时，虽说言不由衷，却也不能说一点真意没有。肖太平真能把窑包下来，大把大把地为他白家赚银子，他何乐而不为呢？然而，让白二先生生气的是，这肖太平也实是太狂妄，竟为包窑而闹事。白二先生咋也不相信，在白家窑只呆了短短五个多月的肖太平会有弄窑的本事。

章三爷不叫狂妄，则分明是可恶了。这混账东西哪是在挤对肖太平和那帮侉子呀？分明是在挤对他们老白家的银子哇。他有钱，有地，眼下缺的就是把煤从地下拖上来的牲口，而章三爷竟要赶走这群好牲口。这仅是章三爷气量小么？怕没这么简单。这里隐隐约约可嗅到一丝阴谋的气味。不是白二先生多疑，事情明摆在那里，章三爷要坏白家窑的大事，这一点连李五爷都看出来了。

白二先生便认真地回忆起了自己和章三爷交往的历史，仿佛又看到三年多前章三爷第一次来见他的情形。那时的章三爷和眼下的肖太平没啥两样，甚或还不如肖太平哩。肖太平虽说没钱，却还有二百多号人手，章三爷有什么？只有两只爪子和一副骗人的笑脸，靠给人家看风水混口饭吃。不错，开窑的主张是章三爷最先提出来的，他们白家这才从刨露头煤开始，弄起了小窑。也正因为章三爷有开初的倡议之功，人又一副老实本分的样子，白二先生才用章三爷做了窑掌柜，一年付给章三爷一百二十两白花花的银子，还看着章三爷从十八姐的花船上捞外快。

白家开窑发了大财，章三爷也发了小财，因此白二先生一直认为章三爷应该满意。现在看来，章三爷只怕是不满意呢！这混账东西被一堆堆黑炭，一封封白银弄花了眼睛，就不知轻重了，就想坏他们老白家的事了。这混账东西也许以为他真的那么不可或缺，他哪里知道，在银子码起的世界面前，他连狗都不如。只要有银子，白家什么窑都能开，什么窑掌柜都请得起……

脑子里已浮出了赶走章三爷的念头。白二先生认为，这样，既有利于平息肖太平和侉子们的怒气，又能从根本上除却一个潜在的祸害。转而再想，又觉得不对。如此一来，不就等于承认窑上错了，岂不是助长了肖太平的气焰了么？窑尚未包给肖太平，就助长了肖太平的气焰，日后他这窑主还怎么做？只怕除却一个祸害，又会生出一个祸害的。再者说，肖太平真就有本事包下他的窑么？他若是不给他包，事情又将怎样结束呢？这帮侉子真会闹到县父母王大人那里去么？

想疼了脑仁也没想出个所以然，白二先生也就不再多想了，只打算到时根据情况相机处置。处置的原则是，为了白家窑里不断生长出的黑炭和白银，决不能让事态继续闹大……

带着浓烈的和平主义念头，白二先生的轿子颤悠悠地飘进了混乱的桥头镇。

第十二章　包窑

三孔桥上下失却了往昔的平静。桥下的小花船都泊到了河心，船上的姑娘们破例没在白日里睡觉，全在船头倚着，坐着，远远地看着被烧焦了半边的楼船发呆。十八姐在楼船上哭得凄厉惨绝，哭声中夹杂着癔语般的述说和叫骂。一阵阵一声声，像与天地共存的固有音律，久久回旋在同治八年的污浊空气里。

十八姐的哭叫实是功力非凡，由遭劫之夜发端，连绵至白二先生光临桥头镇的那个下午，后来竟断断续续响了七天七夜，给桥头镇充满传奇故事的历史添上了独具色彩的一笔。在十八姐歌唱般的哭叫声中，桥头镇人显出了因幸灾乐祸而生出的欢快与活跃。三孔桥上和河岸上站满了人，男男女女一片片，一群群，叽叽喳喳传讲着乱夜里发生的故事。讲白家窑打架的肖太平和侉子们，讲遭了抢的十八姐、玉骨儿和后山上的匪贼季秃驴，个个眼睛冒光，神采奕奕。

秀才爷的爹田老太爷难得有了上好的情绪，在人群中不断地高叫："……好，好，这回贼人抢得好，也烧得好。贼人多来几次，咱桥头镇就干净了……"

镇上不少土头土脑的头面人物，也附和着田老太爷的话头，高谈阔论，全是很高深的样子。

桥对面白家掌柜房这边，四处都是侉子坡上的窑工。窑工们脸上没有高深，只有疲惫和怨恨。他们在河岸通往掌柜房大院的条石路上或坐着，或蹲着，一团一团的，也在十八姐的歌唱声里乱喊乱骂。

当地窑工没有几个敢露面的，把一个曹姓侉子窑工打死之后，当地窑工都知道乱子闹大了，一个个全做了缩头乌龟——那时，曹团中有个当过捻党二团总的肖太平，当地窑工还没产生出他们的领袖人物，纵然人数比曹团的弟兄多，却当不起这等大事，尤其是闹出人命的时候。曹团的弟兄则不同，不但有自己的作乱领袖，且于捻乱中常年和官军厮杀，见的死人多了，并不惧怕死人。不是肖太平一再交代不能把人往死里打，只怕当地窑工也要死上好几个呢。

白二先生的轿子就是在这时候，艰难地穿过一团团人堆，出现在掌柜房大门口的。曹团的弟兄见了轿子，知道决定他们命运的时刻来到了，纷纷跑到掌柜房向肖太平报告。肖太平这时正在正房里和章三爷论理，一听说主家白二先生过来了，扔下章三爷不顾，慌忙跑到门外去迎。白二先生的小轿一落下，肖太平膝头一软，对着白二先生直直跪下了，闹得白二先生很是吃惊。

白二先生连忙上前，扶起肖太平，很和气地说："哎哟，老弟，起来，快起来，有话到房里说。"

肖太平不起，头一抬，眼里噙上了泪，口口声声要白二先生为弟兄们做主。

院里的弟兄一看肖太平跪下了，也都轰然跪下了，像倒下了一片茁壮的树。

白二先生脸涨得很红，于震撼感动之中变得更不自在了，连连叫道："都起来，都起来，你们这么着我……我不好说话哩！"

这时，章三爷也出来了，直向白二先生抱拳作揖，白二先生像是没看见。

章三爷怯怯地叫："二……二先生……"

白二先生仍把脸对着肖太平和那帮侉子弟兄。

章三爷又叫，叫的声音更小了，像蚊子哼："二……二先生，小的给……给您添乱了……"

白二先生就当没有章三爷一样，又上前去拉肖太平。见肖太平执意不起，白二先生竟也一下子在肖太平对面跪下了。白二先生这一跪，把肖太平和弟兄们都给跪起来了。肖太平这才顺从地被白二先生邀着到了正房屋里说话。

往屋里走时，肖太平已从白二先生脸上看出了名堂，本能地感觉到，白二先生会让这场由歇窑引发的风潮有个合乎他心愿的圆满结果。白家窑毕竟姓白不姓章，主家是白二先生，章三爷再恨他，也当不了白二先生的家。白二先生只要出了面，一切都好办了，他坚信白二先生是需要他的。只要他能给白二先生赚下白花花的银子，白二先生有什么理由不接受他呢?!

到正房坐下，白二先生总算看见了章三爷，劈头就问："你是怎么搞的？咋叫肖老弟下了五个月窑呢？我不是反复和你交代过么？只要侉子弟兄都来下咱的窑，咱就白给肖老弟发三个人的窑饷。"

章三爷一怔，讷讷地说："我……我这也是想为窑上多赚两个……"

白二先生哼了一声："好，这算你的理。那打架又是怎么回事？我这儿是开煤窑，还是开武馆?"

章三爷说："打架的事我……我就不知道了。侉子们歇了窑，就到窑上闹事，先打了当地窑工，当地窑工才打到侉子坡上去的。当时，我……我是劝了，劝不住哩……"

肖太平愤慨地打断了章三爷的话头，对白二先生说："他不是劝，却是煽乎着往大里打哩！哦，还说了，到侉子坡上打架算窑饷，打死人全算他的。我们已经抓住了两个当地窑工，现在就能和章三爷对证的。"

白二先生要肖太平把那两个当地窑工带来问话。

肖太平出去后，白二先生才对章三爷说："你不能这么给我惹事呀！窑上正是用人之际，哪能这么意气用事呢?!"

白二先生这么一说，章三爷就以为白二先生仍是信着自己，便做出一副很委屈的样子，声音也哽咽起来："小的我……我一切都是为了窑上啊！肖太平下了五个月窑，下的是白家窑，不是我章家窑。少给了死亡窑工几两恤银，也是替窑上省，我……我再没想到……"

白二先生打断章三爷的话头："我听说，肖太平的意思是……是想包窑?"

章三爷只得承认:"是!您当初在侉子坡和他随便一说,他就当了真,就做起了包窑的梦。"

白二先生道:"哎,我这可不是随便说哩,他肖太平能服众,手下又有二百多号人手,窑我迟早总要让他包的。"

章三爷说:"只怕使不得呢!窑落到这人手上,就没个好了。"

白二先生问:"咋没个好?他能把窑背走卖了么?"

章三爷说:"他不能把窑背走,只怕要少出炭哩。"

白二先生说:"少出炭总比现在歇窑不出炭强吧?"

章三爷这才鼓足勇气,吞吞吐吐地说:"真要包……包给他这个外来侉子,倒不如,倒不如包……包给小的我了。我……我终是最早替您老弄窑的……"

白二先生可没想到章三爷也想包窑,一下子警觉起来:面前这混账东西是不是想借肖太平的手把窑搞败掉,再压价包他的窑?略一沉思,便问:"我若把窑包给你老弟,你一个月能给我多少炭啊?说说看!"

章三爷想了想说:"咱现在一个月差不多出五千车炭,侉子们一走,就只能出三千车炭了,小的就给你两千五百车吧!"

白二先生心里很气,脸上却没流露出来,点点头:"没有这帮侉子,两千五百车不算少。只是……只是,我不会让肖太平和这帮侉子走。只要侉子不走,谁都不包,我不是也净得五千车炭么?!"

章三爷愣住了。

白二先生又意味深长地说:"你老弟要包窑,肖太平和侉子们必走无疑,因而这窑你就不能包,这对你,对我都有好处……"

话说到这里,肖太平带着两个被打得血头血脸的当地窑工进来了。

白二先生问了一下,果然如肖太平和李五爷所说,是受了章三爷煽动的。白二先生便要肖太平将二人放了,很公道地说责任在窑上,不干这二人的事。

肖太平很听话,当着白二先生的面,命令手下的弟兄放了人。

白二先生这时已是成竹在胸,不再和肖太平兜圈子,直言不讳地说:

"肖老弟,打架和歇窑的事我心里都有数,咱先不说了。现在咱说包窑吧,我知道这事一直在你心里装着哩。"

肖太平愣住了,一时不知该咋说才好。

白二先生笑眯眯的:"不错,包窑的事我许过你,今日仍许着你,并不赖账——等到你肖老弟真能包窑的那一天,我白某不但把现在这座窑包给你,还会把新开的窑也包给你。只是眼下怕还不行哩!眼下我既不能亏了你老弟和侉子坡上的弟兄,也不能亏了当地的窑工。你们两边闹成了这个样,我真把窑包给你,当地的窑工不都跑到李家窑、王家窑去了么?"

肖太平可没想到白二先生会说得这么直截了当,按他的设想,自己包窑的事得在要挟的过程中,一点点透出来,作为最终解决风潮的一个结果。没想到白二先生倒爽快,上来就把话说开了,嘴上很客气,话里的意思却是不想让他包。

历史性的机会既然已在眼前,肖太平就不能不据理力争了。在那决定他未来命运的关键时刻,容不得他再有丝毫的迟疑。因此白二先生这番话一落音,肖太平便定了定神说:"先生,你……你许我包窑,是看得起我,我自有报答先生的一片真心。我……我这真心就是,每月保证……保证给先生您八千车炭,包一个月,给一个月,包一年给一年!"

白二先生以为自己听错了:"肖老弟,你说你一个月给我多少炭?多少?"

肖太平说:"八千车炭!"

白二先生更惊:"哎,肖太平,你不是不知道,咱窑上现在一个月满打满算也就是五千多车炭啊,你咋能给我弄出八千车炭来?啊?"

肖太平说:"这事我早就和章三爷说过的:窑上不是地上,没有白天和黑天之分,反正都得点灯,夜间照样能出炭。我要是歇人不歇窑的话,一座窑就变成了两座窑,五千车炭就变成了一万车炭,我给你八千车,自己还落下两千车哩!"

白二先生信服地点起了头,又问:"那么,你哪来这么多人手呢?"

肖太平拍胸脯说："我肖某既然敢竖招兵旗，就能唤来吃粮人。只要先生立下字据让我包窑，我就派弟兄到北方老家再招一帮侉子弟兄来干活……"

白二先生的情绪明显激动了，一眼就能看出来，他已被肖太平的高明主张和八千车炭的承诺说服了。

想了一下，白二先生提出了最后一个问题："肖老弟，你懂窑么？"

肖太平笑了："这我可得谢谢咱章三爷了！承蒙咱章三爷抬举，小的我这五个月把咱窑上的活都干了一遍了，不敢说很懂，终还是懂了不少……"

听肖太平细细一说，白二先生才知道，为包窑，肖太平竟下了那么多功夫，一座白家窑真让他盘熟了，通风、排水，掘井、出炭，连他这个窑主都说不出的东西，肖太平都说得头头是道，就像这煤窑已成了他生命的一部分。

白二先生适时地记起了阴险的章三爷，和章三爷那可恶的两千五百车炭，脸一转，问章三爷："肖老弟对煤窑这么熟，又能招来足够的弟兄，你老弟看，八千车一月包给肖老弟，我们老白家也不算太吃亏吧？"

章三爷讷讷无言，直擦头上的冷汗。

白二先生拍拍肖太平的肩头，当即宣布说："就这么定了，白家窑从今日开始包给你肖太平了！"

肖太平几乎被这喜悦击晕，跪下向白二先生谢恩。

白二先生这次不拉肖太平了，任肖太平跪着，一句客气话不说，反倒把面孔挂了下来："肖太平，我既把白家窑包给了你，桥头镇上的事，就得由你肖太平来自己收拾了！你们死了人伤了人，都自己去处置，我白某管不着。前些日子砸死的两个弟兄，还要补多少恤金，也得由你肖太平来补。我白某不要你包窑的押银，只要你把自己闹出的一堆烂事自己收拾好！这，总不算过分吧？"

肖太平跪在地上不敢起。心里清楚白二先生已把啥都看透了，说的这番话是话里有话的。那意思再明白不过了：你肖太平在包窑之前闹事是要挟窑上，包下窑之后，就变成要挟自己了。你自己拉下的屎，还得自己捏着鼻子吃下去。

肖太平不能不吃，唯唯诺诺地应下了。

白二先生最后意味深长地说了句："肖老弟，你可要小心了，说不准哪一天你手下的弟兄，也会用你这一手来对付你哩！"

肖太平怯怯地笑了："不……不会。"

白二先生问："为啥就不会呢？"

肖太平又想说，自己原就是曹团的二团总，可话到嘴边终于没敢说，只道："我……我是窑夫出身，会……会好好待那些弟兄的，包括当地的窑夫弟兄。"

白二先生脸上这才有了笑意："哎，这就对了么，要和气生财么。"

……

桥头镇历史上第一次窑工罢工，就这样从肖太平个人的投机动机开始，到被肖太平完全出卖结束。在这场被出卖的罢工中，肖太平得到了白家窑的开采权和嗣后令人羡慕的二十多年灿烂时光。窑主白二先生也没吃亏，每月多得了三千车炭，还落了个省心。而侉子坡的弟兄得到的却是一具尸体和十多个弟兄的伤残。

为掩人耳目，肖太平拿出当年从曹团分得的十五两二分三厘纹银，以白二先生的名义赔给伤残者作为抚恤养伤银，然后便对手下的弟兄们宣布说，这次歇窑取得了胜利……

第十三章　讨老婆

每到夜幕落下时，大妮就本能地感到恐惧。

黑暗中有一种坟墓的气息，让大妮时不时就会想到死。

大妮总觉得自己会化作暗夜里发霉的雾气，一点点从这个世界上消失。从一年前一个雷鸣电闪的夏夜开始，天一黑，就有人往她的铺板上爬，不是自己死了老婆的铁匠舅舅，便是窑上的粗野男人。有时既有舅舅，也有窑上的男人。他们从不点灯，都是喘着粗气摸黑进来，又喘着粗气摸黑出去。大妮看不清这些男人的面孔，有的往她铺上爬过几回了，她都还不知道这个男人是谁。她能辨清的只有舅舅。舅舅白日黑里和她在一起，声息就熟。再者舅舅和别的男人不一样，不往她身上压，总是一上铺就架她的腿，一边弄她，一边嘿嘿乐……

逢到这时，大妮就浑身发紧，手脚和嘴唇冰凉，还不敢动，不敢躲，怕一动一躲，挨人家的打。不但是窑上的男人会打她，舅舅也打，专打她见不得人的地方。有一回，舅舅把她那地方的皮肉血淋淋拧下了一片，让她疼了好长时间。

因着老有人爬她的铺，肚子就一天天胖了起来。舅舅脸上挂不住了，用板凳在她肚子上压，痛得她死去活来。后来大妮终于明白了夜里爬她铺的男人和她曾胖过的肚子的关系，恐惧就和黑夜紧紧连在了一起。尤其最近一段日子，肚子又有了胖的样子，大妮就更怕了。她知道，舅舅终有一天会发现，会再次用板凳压她的肚子。为了瞒住舅舅，她总把肚子裹得很紧，黑夜里老从噩梦中惊醒，大睁着眼睛想心事。

一想就想到曹二顺。这个脸上有几粒白麻子的憨厚男人不同于别的男人。他不在黑夜中爬她的铺，却帮她拉风箱。那天在窑上工具房，还为她挨了打。大妮真感动，这样帮她的男人还是头一次见到。在她印象中，男人全是骚狗，见到她就想爬。有的是向她舅舅交了工票公然地爬，有的是欺她哑，吃了亏说不出，偷着爬。

正因为知道男人都想爬她，大妮才平生第一次自愿让为她挨了打的曹二顺上她的身。她当时唯一的想法就是要曹二顺高兴，只要曹二顺高兴，就是肚子再胖起几次她也情愿。曹二顺偏把她推开了。白家窑和桥头镇却因此闹得沸反盈天。那场面把舅舅吓坏了。舅舅没想到老实巴交的曹二顺会有一个如此了得的妹夫，会有那么多为他打架的侉子弟兄。更没想到，打架的结果，竟是侉子们从白二先生手里包下了窑，曹二顺的妹夫肖太平成了白家窑的窑掌柜——她和舅舅竟在这帮侉子手下讨饭吃了。

舅舅对曹二顺的态度一下子大变，再不是一副不睬不理的样子。只要曹二顺一过来，舅舅总是笑脸相迎，满嘴的奉承，好像曹二顺就是肖太平的化身。称呼也变了，不再是一口一个“曹侉子”、“曹麻子”，而是一口一个“曹二爷”。

曹二顺偏没有个“曹二爷”的样子，仍是到大席棚下喝水，仍是帮大妮拉风箱。肖太平做了白家窑的窑掌柜，曹二顺也不再下窑背煤了，在上窑口做了记数工头，专门收发工签，这一来，就能时时和大妮在一起了。没事时，曹二顺常到棚下来，话仍是不多，老是带着一副很满足的样子盯着她看，看得她和舅舅都不太自在。

舅舅早就知道曹二顺的心事，只是不说。过去曹二顺是“曹侉子”时，舅舅怕曹二顺白占她的便宜，对曹二顺防得很紧，从不让她和曹二顺单独在一起。现在曹二顺变成了“曹二爷”，舅舅就把曹二顺往她身边让，也不敢公然接人家的工票，让那些男人乱爬她的铺了。只是他自己还不老实，隔上三五天，仍要到她铺上爬一回，照例架她的腿，可嘿嘿的乐声不大有了。大妮挂念着已成了二爷的曹二顺，就不想让舅舅架她的腿，舅舅在那不要命的时刻仍是狠，仍在她身上乱拧。她胆子不知因啥也大了，竟不止一次想逃到侉子坡去找曹二顺，终于没敢。

又胖起了的肚子终于被舅舅发现了。是在又一次架腿之前。舅舅爬上铺，钻进她被里，把她脱个精光，铁皮般粗硬的手从胸上摸到了她的肚子上。开初舅舅并没在意她胖起来的肚子，倒是她心里怕，一边躲闪，一边把舅舅的手从肚子上往下推。舅舅不依，手偏往她肚子上摸，还点起了油灯照着她的身子看。当时舅舅已看出了名堂，可先没说，吹了灯，照架她的腿，嘴上还念叨着："日一次就少一次了……"

大妮以为舅舅并没发现她肚子的秘密，暗暗松了一口气。没想到，完事之后，舅舅把她的两条细腿一放，极是突然地骑跨到她身上，一屁股坐到了她的肚子上。那一瞬间的感觉简直是天崩地裂，她痛得很，觉得自己的肚子如同一只被压炸了的气球，五脏六腑都溅出来了。惨叫一声，她什么都不知道了……

醒来后天已放亮，这才发现，铺上全是血水，把被褥全浸透了。两条腿上也糊满了血，红得瘆人。舅舅还没起床，呼噜声一阵阵从外间屋里传过来。大妮突然间就想到了杀人，她觉得杀死熟睡中的畜牲舅舅是一件很容易的事，切下他的脑袋并不比切开一个西瓜更困难。

挣扎着从铺上坐了起来，大妮连衣服都没穿，就摇摇晃晃下了地。身子虚得很，面前的景状都很恍惚。恍惚之中，大妮扶着墙摸到了外屋，从桌案上操起切菜刀，开始向舅舅的床边移。头晕得要命，眼前金星翻旋，身子软得像面条，还抖个不休，操刀的手根本抬不起来。尚未移到舅舅的床前，大妮就支持不住了，"扑通"一声，倒在了床前潮湿的地上，手上的菜刀也飞到了床下……

舅舅被惊醒了，发现了床下的刀，啥都明白了。

舅舅从地上拾起刀，一会儿看她，一会儿看刀，嘴角抽搐着。

大妮以为这回她完了，她没能把舅舅的脑袋切开，自己却要在畜牲舅舅的刀下化作一团发霉的雾气了。这样也好，她早一天化作雾气飘离这个世界，就不必在每一个漫长夜里担惊受怕了。她没哭没挣，只把眼睛闭上了，等着舅舅手上的刀落下来。

舅舅却扔下刀哭了，边哭边说："大妮，你……你要杀我？杀你老舅？

不是我，你……你能活到今天么？长毛起乱时，是我把你从死人堆里扒出来的呀！那时我不要你，谁还会要你这个小哑女?！我把你养大了，今天你竟要杀我了！”

这话勾起了大妮儿时的模糊记忆。记忆中的故乡遥远迷离，带着想象中的一缕温馨，却没有多少实际内容。父母在长毛起乱中双双亡故时，她只三岁多，能记住的只是家门口的一汪河水。舅舅常说，她儿时有一次差点儿掉到河里淹死。

舅舅还在说：“……大妮，你记清了，女人总要被男人日的，我不日你，别人也要日你。再说我养了你十八年，你总得报答我吧？现如今谁还做赔钱的生意？趁你现在没男人，我日你，再让你替我挣点小钱，能算过分么？我若不是你舅，早把你卖到花船上去了。去年花船上的十八姐托人来找我，要花五两银子把你买下，我没应哩……”

大妮想，畜牲舅舅没应不是为她，却是为自己日弄起来方便。再者说，她没被卖到花船上，实际上却比卖到花船上还苦。白日里要给这畜牲舅舅干活，夜里还得替他挣钱。舅舅从没把她当人待过，为了一张工票能让两个人一起日弄她。

舅舅仍觉得委屈：“……我总要把你嫁出去，终要赔本的。你心里就得有点数，就得老老实实替我多挣一点钱。等挣得多了，老舅再讨个舅妈回来，就不日你了，就让你体体面面嫁人了……”

大妮适时地想起了曹二顺，泪水从眼里流了出来。

舅舅也说起了曹二顺：“……不过，就是嫁人，你也别想嫁给曹二顺。不是老舅我不许你，却是人家不会要你。你不想想，白家窑上谁不知道你是什么人？人家曹二顺会要你么？他也只是想日你一回两回罢了，哪会把你讨回家做老婆?！就是他想讨，他家里人也不会答应的。”

大妮眼里的泪流得更急，呜呜哭出了声……

这事过后，大妮大病了一场，躺在铺上十几天没起来，心也死了。畜牲舅舅让窑上那么多人爬她的铺，搞坏了她的名声，把她彻底害了。她心里恨自己的畜牲舅舅，却又不能不承认，舅舅说得不错，已成了曹二爷的曹二顺决不可能讨她回去做老婆的。

万没想到，曹二顺竟跑到桥头镇来看她了。是个大白天，舅舅在白家窑窑口干活，不知道曹二顺来。曹二顺带了一口袋金黄的小米和十个鸡蛋，在她铺上坐了大半天。她几次想扑到曹二顺怀里哭一场，都强忍住了，只别过脸去默默流泪……

身体好起来以后，舅舅又在夜里来爬铺。大妮再不依从了，身上的衣裙全用线密密麻麻连了起来。舅舅扑上去硬撕，大妮就握着剪刀和他拼，还咬伤了他的手。舅舅一次没如愿，二次又来，大妮拼不过，就挣脱舅舅，跳窗逃了。

在这长长暗夜里，只有一个地方可去，就是侉子坡。侉子坡上有曹二顺。

出了桥头镇向五里外的侉子坡疯跑时，大妮一次又一次地想，不论是为自己，还是为曹二顺，她都再也不会回到舅舅那里去了。如果曹二顺不留她，她就死在侉子坡。她认为曹二顺会留她的，她不做他老婆，只做他的下人，替他烧饭，洗衣，做一切能做的事。跑到坡上才发现，自己竟不知曹二顺住在哪里。坡上都是一样的土坯草房，门都关得紧紧的。她只好在坡前的路上坐着，等待天明。她知道，天明后，曹二顺会到白家窑上去干活，必会出现在这条通往白家窑的路上。

那一夜真漫长，仿佛一个世纪。大妮双手抱膝倚坐在一块大石头上，大睁着泪眼看星星。星星又多又亮，像洒满夜幕的泪珠。正是十五，月儿滚圆，在淡淡的云丝中悬着，像人的笑脸。不知过了多长时间，月儿的笑脸才渐渐逝去了，夜幕上的泪珠风干了，东方的天色在四月的春风中白亮起来。

大妮终于在坡上看见了曹二顺。

曹二顺和许多侉子们走在一起，一副没睡醒的样子，大妮咦咦呀呀扑到他面前时，他一个激灵，醒彻底了，对着大妮嘿嘿笑。

曹二顺身边的侉子弟兄也笑，还和他逗乐说："大妮找你去拉风箱哩！"

大妮哭了，哭得让人难过。

曹二顺笑不出了，问大妮出了啥事？

大妮咦咦呀呀，用手比划着。

曹二顺明白了，知道大妮是和自己的铁匠舅舅闹翻了，不愿回去了，便带着一脸的喜色，把大妮领回了自己家。

进门就见到了正要出门的妹夫肖太平，肖太平看到大妮，不由一怔，却没多说什么，更没想到大妮此一来，竟再不走了，并且成了自己的妻嫂。

曹二顺当时也没想到大妮这一来再不回去。他原以为大妮只是一时和自己舅舅赌气，过个半天一天就会走的。不曾想，大妮住了十天还没一点要走的意思。白天他去下窑，大妮就在他房里呆着，把他狗窝一样的小屋收拾得干干净净。收拾完后，又帮曹月娥到菜地种菜。曹二顺这才悟到，大妮已自己做主要跟他过一辈子了，他那不花钱天天日女人的大志向就要实现了。

第十一天夜里，曹二顺爬到了大妮的床上。

然而，脱了大妮的衣裙，手忙脚乱地摆弄了半天，却一事无成。曹二顺很难过，大妮就更难过了。大妮便主动地凑着他，抚弄他，在天亮前才成了事。

趴在大妮身上时，曹二顺郑重地说："大妮，我……我要讨你做老婆哩！"

大妮哭了，哭完后又紧紧地搂着曹二顺笑，甩了曹二顺一脸泪珠子。

曹二顺抹去脸上的泪珠，又说："我这人笨，可……可有一个好处，有力气，能干活。我早就想好了，趁着年轻干得动的时候，多干点活，攒下点银子，买几亩地，再生一窝孩子，到老了，干不动了，就……就让孩子们养活咱……"

大妮噙着泪对着曹二顺直点头。

……

却不料，曹二顺的设想却遭到了妹妹曹月娥和妹夫肖太平的反对，他们都不同意曹二顺讨大妮做老婆。

肖太平对曹二顺说:“……二哥,难道这世上的女人都死绝了,你非要讨这个名声不好的哑巴?!你若真讨大妮做老婆,我和月娥都不认你这个哥了!现在不是往天了,我肖太平丢不起这个人!”

曹月娥也好言好语地劝说:“……二哥啊,讨老婆不是压花船,那是要过日子的。且不说大妮名声不好,你想想,陪着一个哑巴,你这一生一世咋过呀?”

曹二顺听不进去,翻来覆去只一句话:“我……我就要娶大妮!”

肖太平气了:“你别忘了,现在我是白家窑的窑掌柜,你这么着就是唾我的脸,让我丢人!”

曹二顺眼皮一翻,倔倔地说:“你做你的窑掌柜,关我屁事!”

曹月娥听不下去了:“二哥,你这人也太没良心了吧?太平不做窑掌柜,你这吃鼻涕屙脓的样,能到窑上做工头收工签么?你不是还得到窑下去背煤?!”

曹二顺头一拧:“背……背煤有啥不好的?我……我出力吃饭,让我……让我闲着我还难受哩!这工头我……我本就不想做,明日我……我还去背煤!”

这么说,也就这么做了。从第二日开始,曹二顺真就重操煤筐背起了煤,心平气和的,没有一丝和肖太平赌气的样子。收工上了窑,就在靠大漠河边的一片旷地上和大妮一起高高兴兴打土坯,准备盖新屋。

肖太平和曹月娥一看挡不住这个倔二哥了,只得承认了这一难堪的事实,去和大妮的铁匠舅舅谈嫁娶的事。大妮的舅舅还想最后在大妮身上捞一把,提出要十两银子的聘金。

肖太平只给了五两,且丢了一番话:“……就这种又哑又破被日烂的货,也值十两银子么?要嫌少,你把大妮从坡上弄走,你自己也给老子从窑口滚蛋!”

大妮的舅舅屁都不敢再放,对着肖太平只是一连串的点头哈腰。

曹二顺和大妮的婚事在同治八年五月的一个黄道吉日办下了,肖太平出面请侉子坡的弟兄都来喝了场喜酒,为此又破费了不少银子。曹二顺问肖太平，总共花了多少钱，说是日后还给他们。肖太平不说花了多少银子，只当着曹月娥和大妮的面说："……这回花多少，都是我和你妹妹的一片心意。不过，我也把话说在这里，大妮是你自己选的，日后过好过坏都是你自己的事，我们尽到心，尽到责了，别的就管不了了。过富了，你们不要谢我；混穷了，也别来找我。"

这话说得不好听，曹二顺却听下了。肖太平没倔过他，让他娶了大妮，还为他的婚事花了这么多钱，他没啥好说的。再说，他从没把肖太平当窑掌柜和自己背煤的事连在一起。肖太平有本事自然可以当窑掌柜，他没本事只能出笨力，就该下窑背煤，这是天公地道的事。肖太平说到的日后，曹二顺根本不去烦，有了大妮后，他再没想过还会有过不下去的那一天。就算过不下去了，他也决不会再找自己妹妹和妹夫的，他再窝囊，也还是个大老爷们么！

大妮却从肖太平的话中听出了轻蔑，当时就想，她得为曹二顺争口气，得把未来小日子过得红红火火。曹二顺到窑上背煤，大妮就在坡上开荒种菜，自己吃，也能弄到桥头镇上去卖。曹二顺年轻有力气，她也年轻有力气呢！她今生今世要做的一切，就是要对得起曹二顺这个世上最好的男人。

同治九年春天，曹二顺和大妮的头一个孩子落生了，是个男孩。曹二顺想去找肖太平给孩子取名，大妮不许。曹二顺就找了当年的钱粮师爷曹复礼，给孩子取了个名，叫春旺。

抱着春旺，曹二顺笑得合不拢嘴，很有信心地对大妮说："旺他妈，咱……咱会旺的，咱有的是力气，这世上穷不着，也……也饿不死肯出力气的人哩！"

第十四章　三爷完了

以包下白家窑为标志，桥头镇的煤炭业进入了肖太平时代。

同治十年，桥头镇上的男男女女，老老少少，已没人不知道肖大爷肖掌柜的了。肖太平在镇西头一气砌了十间青石到顶的大瓦屋，堂而皇之地坐到了白家窑的掌柜房里，比当初的章三爷还神气。

章三爷蔫了，虽仍按白二先生的吩咐，陪肖太平在掌柜房里坐着，却已没啥事可干——白二先生只让章三爷每月和肖太平对一次炭账。章三爷就眼睁睁地看着肖太平砌新屋，宴宾客，自己一天到晚喝闷酒。

昼夜两班制，在肖太平包窑后开始实行了，实行得很顺当，谁也没觉得夜间下窑有啥不便，反倒认为很好。老是白日下窑，就一年到头见不到太阳，两班倒换着，一月下白窑，一月下夜窑，和土地、阳光都亲近了许多，让人心里惬意。对肯出力的窑工来说，还有一个好处：夜间不歇窑，就能多挣钱了。不少窑工干了白日又干夜里，每个月能额外多赚十个八个工。肖太平也四处对人说，不怕钱咬手的，都到白家窑来下窑，别的窑上一月只有三十天，我们白家窑上一月偏有六十天。

李五爷的李家窑，王大爷的王家窑，也想把一月变成六十天，也学着肖太平的样子，搞起了两班制。可这二位爷都不是神通广大的肖掌柜，咋着也招不来那么多窑工。两班制折腾了没几天，就因着人手不足折腾不下去了，一个月仍是三十天。二位爷嘴上虽说不服，心里却不得不承认，这个肖太平非同凡响，不但能打架，也是弄窑的好手哩……

为了破天荒的两班制，肖太平派肖太忠和几个信得过的弟兄把一批又一批年轻粗悍的侉子从大老远的北方老家招过来了，都到白家窑下窑。这帮新来的侉子，少数几个住在侉子坡，大多数都住到了桥头镇东的芦苇滩。侉子们新搭起的窝棚、草屋一片连一片，把桥头镇的范围又扩大了许多。

白家窑在肖太平手上盘得一片兴旺。到同治十年夏，一个月竟出到了一万五千车炭，相当于李家窑、王家窑半年的出炭量。炭出得这么多，肖太平发了，白二先生也发了。白二先生就为自己当初的决断大感自豪，每每提到窑上的事，便要大讲一通不能以貌取人的道理，总要提到当年的侉子坡，说是自己如何一眼就认准了肖太平，又是如何对肖太平待之以礼，施之以仁义。

白二先生这么说时，心里是很嘀咕的，一者怕别人把肖太平这个能创造奇迹的财神爷从他手里挖走，二者也怕肖太平手里的银子越来越多后，带走人手自己去开窑。这时，事情已颠倒过来，再不是肖太平离不开白二先生，而是白二先生离不了肖太平了。为了拢住这位财神爷，白二先生把桥头镇上自家的一片老宅基送给了肖太平，让肖太平盖那十间大瓦屋。大瓦屋落成时，白二先生又送了肖太平一对石狮子。在老窑北面新开了一座窑后，白二先生也交给了肖太平，并且没让肖太平开口，就主动提出三七分利——给肖太平三成的净利。

肖太平自然无话可说，早先曾有过的自己开窑的念头也暂时打消了，还向白二先生表示说，没有白二先生，就没有他肖太平的今天，他肖太平咋着也得为白家尽心尽力，再不会做对不起白家的事的……

也因着白家的关系，肖太平对章三爷还是客气的。虽说心里恨不得把章三爷一脚踢进大漠河去，可脸面上总是笑笑的。有时还有一搭无一搭地和章三爷闲聊几句。肖太平知道，不管咋说，章三爷仍是代表白家，每月还要和他对炭账，弄得太僵没啥好处。

章三爷偏木得很，到这地步了，仍在心中把自己当爷，把肖太平当作背煤的窑工。白二先生那时还没和肖太平好到割头不换的地步，对肖太平仍是有所提防的，因而虽说心里对章三爷气得要死，却没把章三爷一脚踢开，反倒暗中给章三爷鼓劲，想利用章三爷和肖太平不共戴天的恨意，多多少少牵制一下肖太平。这就给章三爷造成了更大的错觉，以为爷爷和孙子的地位是永恒不变的，自己这爷还能当个万万年。于是便放肆，喝多了酒总会带着无限神往的样子，和别人谈起肖太平当年的落魄，说当年肖太平恨不能喊他爹哩。

这话三番五次传到肖太平耳里，肖太平终于火了，把当着护窑队队总的弟弟肖太忠找来说："咱章三爷的皮痒了哩，你们弟兄看看咋整才好？"

肖太忠说："哥，这简单，咱给章三爷松松皮就是。"

肖太平便说："那就瞅个空找找章三爷吧，除了松皮，也治治他的嘴——三爷的皮痒是因着嘴贱哩。"

这是白家窑的护窑队成立后领受的第一个任务。

白家窑护窑队的成立，又是一桩可以载入桥头镇编年史的大事。以此发端，桥头镇嗣后的历史中才有了护矿队、矿警队、警卫队等等名目不同，实质一样的自有武装。而同治十年肖太平让肖太忠撮弄起二十几个弟兄成立护窑队时，却并不知道自己已在不经意中写下了桥头镇煤矿业武装史上的第一笔。

为了给章三爷松好一身发痒的皮肉，肖太忠把护窑队的窑丁们召到一起，合计了一下，按肖太平的意思讲明了几条：第一不能把章三爷整死，整死了不好向白二先生交账。第二得把章三爷的毛病一回头治好，让他的嘴再不敢发贱。第三不能让章三爷知道整他的是谁，尤其不能让他知道是肖太平的意思。

窑丁们大都是肖氏家族的弟兄，对肖太平个个忠心耿耿不说，还都是当年的沙场好手，活便做得地道。当日夜里，十几个弟兄翻墙跳进白家窑掌柜房，把睡梦中的章三爷从床上拖起，用一只麻袋罩着头，把章三爷打得全身上下几乎没有一块好肉。因着肖太平特别提到了章三爷的嘴，肖太忠便尽职尽责地脱下脚上的鞋，用鞋底抽打章三爷的嘴，临走时，又在章三爷嘴里塞了一包臭烘烘的干屎。

章三爷倒也算得一条好汉，如此一剂重药竟没把他的毛病治好。第二天一早，章三爷拖着伤痕累累的身子，强挣着挪到掌柜房院门口，背靠着院墙，脸对三孔桥骂大街。章三爷上下嘴唇都肿起老高，半边脸胀得老大，像头直立的猪，却并没影响到开骂的声音和效果。章三爷骂得恶毒而疯狂，指向也相当明确，都是冲着肖太平来的，一口一个“日你十八辈的妈”，仍公然大嚷大叫：“……你这个臭窑花子，当年恨不能跪下认我当亲爹……”

肖太忠见这景状，心里便愧，觉得对不起肖太平的信任，就跑到肖家大屋对肖太平说：“哥，这章三爷的毛病看样子是没法治了，咱干脆……干脆把这王八羔子一刀宰了算了。”

肖太平不许，笑笑说：“一次治不好，就多治几次吧！老子就不信章三爷能硬过茅坑的石头！”

直到章三爷骂得声音嘶哑，再也骂不出声了，肖太平才晃晃地到掌柜房去了，一见章三爷就做出很吃惊的样子问：“章三爷，你……你这是咋啦？”

章三爷看着肖太平说：“谁想把三爷我当傻子，就瞎了他娘的狗眼！”

肖太平笑了，那话里也有话：“三爷，看你说的！你可算咱桥头镇最聪明，最识时务的人了，谁敢把你当傻子呢？”

章三爷不理肖太平，又冲着大街骂：“老子是爷！打不死老子，老子就是你的爷！我日你十八辈的妈，你这穷孙子敢打爷的闷棍！爷只要一口气还在，就和你没完……”

桥头镇上的人见章三爷泼妇似的骂大街，并没认为这就是章三爷的硬气，反倒个个摇头，认定章三爷和章三爷的好时光就此完结了。就连和章三爷一向最好的秀才爷也连连叹着气说：“三爷完了，三爷是真完了……”

章三爷不承认自己就这么完了。

看着面前的肖太平，章三爷想，才刚刚开始呢，他就不信肖太平能永远走上坡道。更不信肖太平手下的那帮侉子弟兄都是铁板一块。他极深刻地领略过银子的力量——银子给他带来了反叛白家的野心，给肖太平带来了包窑的梦想，那么终有一天，银子也会给肖太平手下的那帮侉子带来针对肖太平的反叛。一个穷窑花子发了财，就会让一百个穷窑花子做起发财的梦。到了那一天，肖太平就会倒大霉的，而他就将以十倍的力量反扑过去，给肖太平一个毁灭性的打击……

在别的事上麻木的章三爷在这一点上倒真是看准了。吃了闷棍的第三天，侉子坡上就有人悄悄跑来给章三爷报信，说是打他的那帮人都是肖太平指使去的窑丁，要章三爷去找肖太平算账。章三爷很是惊喜，要那报信的侉子和他一起去找肖太平对证，报信的侉子却吓跑了。

那时确已有不少弟兄——主要是曹姓弟兄恨起了自己当年的二团总。可真敢公开站出来和肖太平作对的还没有。心怀不满的弟兄都知道，肖太平不是白二先生，也不是章三爷。肖太平当年在曹团就不是一般人物，现在又有护窑队，还有一大帮肖氏家族的弟兄啸聚身旁，随时可以用拳脚棍棒让他们清醒。

肖太平对一些弟兄的不满心里也有数。正是因为这一点，肖太平才让肖太忠把一批又一批的新人从外面招来，既不断充实窑上的人力，又渐渐削弱了侉子坡第一代窑工的力量，在不动声色中把未来出现反叛的可能性降到最低程度。他相信，真有那么一天，曹姓弟兄用当年他对付章三爷、白二先生的那一手来对付他的话，他是有足够的力量和手段应付的。对桥头镇来说，他肖太平创造出的劳动压迫资本的奇迹是第一个，也应该是最后一个。新的肖太平和新的劳动战胜资本的神话永远不应该再出现了……

同治十年，肖太平的江山是稳固的，白家窑在肖太平治下一片红火。

第十五章　二妈妈

白家窑上红火，三孔桥下就热闹。

十八姐把歌唱般的哭叫声载入桥头镇的史册之后，终不死心，也像章三爷一样，以为自己的好时光还源远流长，又忙着修复楼船，精心再造了桥头镇不夜的辉煌。那时的十八姐可不知道，自己人生的历程在同治十年实际上已差不多走到了尽头，桥头镇蓬勃发展的卖淫业的牛耳，将在不久后由玉骨儿来执掌了。

玉骨儿当时也没想到这一点。同治八年的一夜喧嚣过后，她想到的不是用那笔不义之财去买姑娘，订花船，进行卖淫业的扩张，却是急流勇退。

玉骨儿知道，这行抢的事是四人做下的，不可能永远瞒得滴水不漏，而只要漏出一点风声，被十八姐知道，她的命就保不住。就算官家不处她个斩立决，十八姐也要以死相拼的。她好多次想过要走，走得远远的，永生永世再不回桥头镇来，再不听十八姐那歌唱般的哭叫声——十八姐歌唱般的哭叫声对桥头镇人的记忆来说，只有七天七夜，而对玉骨儿来说，则是日夜连绵不断，无休无止。

然而，玉骨儿却没走成。

元气大伤的十八姐于泪水哭干后，主动找到了玉骨儿的小花船上，像往常一样，拉着玉骨儿的手说了许多体己话，要玉骨儿回来，在这困难的时候，帮她一把。十八姐做梦也没想到，这桩抢案也有玉骨儿一份，还以为玉骨儿同她一样也是受害者。疯姑娘玉朵儿死得醒目，让十八姐无从疑起。

十八姐对玉骨儿说：“……玉朵儿死了，你一个姑娘也没有了，自己做，终是太苦，且也势单力薄，倒不如再和姐姐一起做了。过去，我就让章三爷问过你，你也说过，只要分二成利给你就成。现在姐姐给你二成利，你就过来做管事的二妈妈，帮姐姐管姑娘吧！”

玉骨儿心虚，一听这话就怕了，可又不好说不干。若一口咬定不干，就不像她的脾性了。况且，二成利是她早先提出的，十八姐现在答应了，她也没理由回绝。想了一下，玉骨儿应了，对十八姐说：“……姐姐，我听你的就是。你现在也难，若是觉得给我二成利多了些，就少给点也行，我不会怪你的。”

十八姐也真能做得出，见她一客气，竟说：“真是我的好妹妹哩！这么知人冷暖。那，你就先拿一成半吧，过个年把二年，待姐姐缓过气来，再按二成给你，你看行么？”

玉骨儿本能地一阵反感，嘴上却说：“行，咱姐妹俩的事，咋着都好说哩。”

十八姐又向玉骨儿诉苦，讲修楼船要多少银子，自己又如何困窘。最后再次提起了“吃得苦中苦，方为人上人”的话，要玉骨儿和她一起，再吃两年苦。

玉骨儿心里一阵冷笑，暗道，就凭你这又老又贱的样子，只怕你愿吃苦挨日，也没多少人来日你了——除了那些一炷香的粗客。

想象着十八姐一夜接许多粗客，玉骨儿就禁不住一阵阵快意。

就这样，捏着鼻子在桥头镇留下了。留下时玉骨儿已想了，稳住十八姐后，自己还是要走的。最好是找个碴子和十八姐闹翻再走。可让玉骨儿没想到的是，遭了一场大难之后，十八姐已不是往日的十八姐了，身体和精气神儿都大不如前，啥事真就靠着她管了，对她竟是言听计从，让她无从翻脸。玉骨儿反而更怕，总以为十八姐的笑脸后面隐藏着很深刻的怀疑。

玉骨儿把自己的疑虑和王大肚皮说了，也提到了自己远走高飞的事。

王大肚皮心里也怕，可却装出一副无所谓的样子说：“没事的，妹子，你留在十八姐身边才好呢！她真要坏咱，咱也好有个防备。再者说，她也害不了咱，哪一天她真要疑到咱头上，咱就先下手把她灭了！这样，不就一了百了了么？”

玉骨儿说：“要不，你现在就和田家弟兄把她灭了，免得我担惊受怕的。”

王大肚皮连连摇头：“胡闹，胡闹哩！人家现在又没疑到咱头上，咱下这份毒手干啥？不说做得太绝，天理难容，也……也自找麻烦哩！”

玉骨儿想想也是，便再没和王大肚皮提起过这个话头，嗣后，只得于小心提防中，和十八姐进行着貌合神离的合作。

随着楼船的修复，白家新窑的开张，和一批批新侉子的到来，大小花船上的生意一天比一天好，每夜都有大把大把的工票、银票和现钱收进来。就是按一成半分利，玉骨儿每月也能分到近二十两银子。对十八姐的疑虑，这才在生意的火爆中一点点忘却了，走的念头也随之消失了——不但是消失，玉骨儿这时还为曾有过走的念头感到好笑呢。她走啥？她才不走哩！走遍世界，只怕也难找到比桥头镇更好的地方了。桥头镇的男人挖地下的煤，她和她的姑娘们就挖男人的钱袋。只要地下的煤挖不完，男人的钱袋就挖不尽。

到同治十年夏天，十八姐的小花船已增加到了十二条，另一条新楼船又订下了，桥头镇的花窑业在十八姐近乎疯狂的努力下，进入了一个新的发展时期。已走在人生末路上的十八姐，在罹难前的最后一段日子里，又一次把自己的事业推向了巅峰，让桥头镇的男人们不能不对她刮目相看。

肖太平后来和玉骨儿说过：“……这么多年了，咱桥头镇能算上人物的还真不多，十八姐得算一个。这个女人不一般，是条砸不死的花蛇，你看看她要死了，她偏又活了过来，且活得更精壮。若是个男人，必是弄窑的好手，没准老子还得和她拼一场哩！”

玉骨儿知道，肖太平这么说，是因着对十八姐印象深刻。

肖太平当年在她的小花船上就发过誓，要在出人头地之后日遍三孔桥下的所有花船。如今真的成了事，肖太平就来实践自己的誓言了。

玉骨儿记得，好像就是楼船修复后她到十八姐的楼船上做管事没多久，肖太平在一个秋天的夜晚昂昂然来了，身后还跟着两个保镖弟兄。

十八姐最识时务，再没把肖太平看作当年的窑花子，一口一个“爷”地叫着，把肖太平迎上了楼船，肉麻奉承的话说了一箩筐。肖太平不理不睬，明摆着要找碴子，难为十八姐。

看到玉骨儿时，肖太平愣了一下，问：“你咋也混到楼船上来了？”

玉骨儿笑道：“咋着，这楼船我就不能来么？我就配在小花船上点线香么？！”

十八姐也带着一脸讨好的笑，对肖太平说：“肖大爷，如今玉骨儿是我管事的二妈妈呢！”

肖太平实是轻狂得可以，只因为她做了十八姐的管事，就把她也当作了十八姐来作践，竟当着那么多姑娘的面，指着她的额头对十八姐说：“你这管事的二妈妈不错，我日过她的腚！日得她见我就躲哩！”

十八姐也坏，明知肖太平是在作践人，却笑着把她往肖太平怀里推：“今日躲不了了，肖大爷你再可心日吧！”

肖太平却摇起了头。

十八姐把楼船上的俏姑娘都找来，让肖太平挑。

肖太平看看这个，又看看那个，就不说话。最终，让手下的两个保镖弟兄一人挑了一个，自己却走到十八姐面前，手往十八姐肩上一搭，坏笑着说：“大爷今日就点你了！”

十八姐愣了，正经对肖太平说：“我……我早就不……不接客了……”

肖太平心里憋着当年的一口毒气，非要日十八姐不可，嘴里还冷笑：“是怕我肖某付不起钱么？”

十八姐直赔小心，连连说：“不是，不是！咱桥头镇谁不知道您肖大爷？您肖大爷咋会付不起这点脂粉钱？只是……只是我真的不接客了哩……”

肖太平火了：“早年章三爷夜夜上楼船，你夜夜接——有一次，章三爷在你的楼船上，老子就立在桥上等章三爷，等了一夜。今天老子一来，你就不接客了！咋的？做婊子也懂得守节么？”

十八姐知道肖太平和章三爷是死对头，见肖太平怒气冲冲提到章三爷，再没办法了，就默默不语地把肖太平领到了下舱的花床前。临上床了，十八姐又哀求说："肖大爷，今天……今天毕竟不是早年，您……您就换个姑娘好不好？您看看，这船上的姑娘哪个不比奴妾高强？"

肖太平偏就听不进去，口口声声自己有钱，说是今日给个仙女都不要，就要日日老鸨。十八姐没办法了，只好噙着满眼眶的泪，让肖太平摆弄。肖太平先脱光了十八姐的上身，后就把十八姐压在身下，把十八姐的衣裙撕了。

撕下衣裙后，十八姐用手捂着下身直躲。

肖太平说："咋的，你这老×还怕日么?!"

却不料，扒开十八姐的手一看，十八姐的下身竟烂得一片狼藉……

十八姐捂着脸哭了："我早和您说了，今天毕竟……毕竟不是早年了……"

肖太平也愣住了，他再也想不到，曾风流一时的十八姐今天已被人日成了这个样子。

十八姐挂着满腮的泪，哽咽着说："肖大爷，您……您就是再有钱，也……也是来晚了……"

这话让肖太平听了伤感。

下船时，肖太平对玉骨儿叹息说："……这或许是命哩！当年我那么想日她，却没钱上她的楼船。今日有钱了，她又不能接客了……"

玉骨儿问："那你咋不日她的腚？"

肖太平说："不忍哩。"

玉骨儿问："对我你就忍了？"

肖太平心里这才有了点愧，感叹说："如今看来，谁都不容易哩！"

确是不容易，十八姐不敢接肖太平，却仍在夜里摸黑接那些窑上的粗客。对银子的疯狂热爱，使十八姐在生命的最后阶段进入了一种忘我的境界。十八姐轻伤不下火线，姐妹们也都纷纷带病作业，终于酿成了同治九年夏天花柳病的第一次大流行。花柳病的大流行，造就了居仁堂药店的意外繁荣，也把一个曾在西洋军中传过教的叫詹姆斯的传教士和一个专治花柳病的洋诊所带进了桥头镇。于是，拥有煤窑、花船的桥头镇的男女羔羊们，又拥有了耶稣基督和魔鬼撒旦。

靠居仁堂的中药，詹姆斯牧师的洋药和无所不在的上帝的力量，花柳病的大流行到得同治十年，大致被遏止了。鉴于这一糜烂的教训，桥头镇的人们清醒了不少。花船上的姑娘和压花船的嫖客都学聪明了，再不做黑灯瞎火的事，且于上床之前都要相互查验对方，客观上带来了桥头镇卖淫业卫生水平的初步提高。

花船上的生意虽好，玉骨儿分到的银子却没增加多少。十八姐后来新添的楼船和新买来的姑娘，都不算当初合伙的账。原说过的二分利也不再提了。玉骨儿的心又不平起来，觉得自己终还是赚少了，对十八姐的愧疚再次化作了恨……

第十六章　借刀杀人

章三爷伤好之后，爷瘾反倒越发大了起来。对在掌柜房大院里呼啸而来，又呼啸而去的肖太平和肖太平身边的那帮彪悍的窑丁，章三爷视而不见。章三爷见到的肖太平，永远是一副低三下四的模样。别人没见到过肖太平那低三下四的模样，他见到过，肖太平那副孙子样已刻印在章三爷的脑海里了。肖太平对章三爷来说，便成了永恒的孙子。

随着爷瘾的增大，章三爷甚至认为，整个桥头镇除了他章三爷，实不该再有第二个爷了，就连白二先生都没资格在桥头镇称爷的。白老二算啥？没有他章三爷，哪来的他白老二?！桥头镇的煤窑业是章三爷当年一手鼓噪出来的。不是章三爷走乡串镇见多识广，桥头镇上的人谁知道啥叫煤炭?！他给白二先生过世的爹看风水时，在白家地上见着了被水冲出的露头煤，就鼓动白二先生立窑，才造就了今天的白家窑，造就了白二先生和肖太平，也才造就了今天的桥头镇。

那时候，谁相信开窑能发大财呀？就是白家大先生和三先生也都不信呢。大先生认为开窑要毁地，还会断掉祖上的风水，是胡闹。三先生怕挖出的煤炭没人要，白赔银子，章三爷咋说，他们都不愿干，都把章三爷看作骗子。白二先生那当儿倒是不错，信了他的话，在自己分得的地上立了现在这座白家窑，桥头镇才有了让人眼热心跳的煤炭业。

就凭着有最初立窑的地和立窑的本钱，白二先生在短短的几年里发大了，一车车、一船船的黑炭卖出去，一片片窑地买进来。黑炭从漠河城里卖到了徐州府、扬州府，窑地东一块西一块，多得数不清。眼下，白二先生在偌大个漠河城里成了数一数二的富户。

章三爷眼见着白二先生发，心里虽说是恨，嘴上终还是不好说出来。

白二先生发之前毕竟还是有地，有本钱的。而侉子头肖太平算什么？一个背煤的窑花子罢了，也他娘发了起来。他章三爷发不起来，肖太平竟发了起来，竟还打他的闷棍，这还有天理么?！章三爷认为自己是被白二先生和肖太平合伙掠夺了。尤其是新窑开出来后，白二先生又把它交给了肖太平，章三爷把眼珠子都气红了——当初让肖太平包窑时，白二先生为平他的心气，曾和他说过，若是开了新窑，就交给他包。没想到窑一立好，白二先生就变了卦，宁愿三七分成包给肖太平，也不愿二八分成包给他。白二先生还对章三爷说，不是不给你包，而是怕你包不了。

躺在床上养伤时，章三爷就反复想着要把白二先生和肖太平一起送进墓坑里去。想的路子很野——先想到撮合着李五爷和王大爷联成一气和白家窑血拼一场，又想到去勾结后山的匪贼季秃驴，绑白二先生和肖太平的票，撕白二先生和肖太平的票。可一冷静下来就知道，这都是很不切实际的胡思乱想。往日没有肖太平和那么多侉子，李五爷和王大爷都不敢和白家血拼，如今白家窑上有了个如狼似虎的肖太平，这二位爷就更不敢自找苦吃了。勾结季秃驴更是不着边际，不说肖太平有那么多窑丁护着，白二先生又住在官军防守严密的漠河城里，就算他们都很好绑，又都很好撕，他又咋着才能找来季秃驴呢？这贼来无影去无踪的。

功夫不负苦心人，最终，章三爷还是找到了下刀的地方。

从床上爬起来后没几天，章三爷有一次从一个喝多了的侉子嘴里，无意中听到了“我们西路捻子”这半截话，就像挖煤炭一样深入地挖掘起来。这挖掘的结果让章三爷喜出望外：却原来肖太平和侉子坡上的侉子们竟是一帮作乱的捻匪啊！怪不得这帮人那么心齐，那么能打架！

向章三爷道出真情的那个侉子叫曹八斤，往日是捻匪曹团里的一个哨长。到了白家窑后，一直在窑下拉拖筐。章三爷主事时，曹八斤的拖筐拉得挺顺溜，肖太平一主事，曹八斤就不想再拉拖筐了，也想和那帮肖家弟兄一样，弄个护窑的窑丁做一做。肖太平偏没看上这个曹八斤，曹八斤就生出了一肚子怨气，一喝酒就发牢骚，骂肖太平一阔脸就变，无情无义，把曹团里曹姓弟兄都忘了。喝酒发牢骚时，曹八斤或许没想坏肖太平的事。可章三爷一找到他，两碗酒一灌，又送了点小钱，曹八斤就把肖太平卖了，章三爷问什么曹八斤说什么。说肖太平原是曹团的二团总，一向心狠手辣。说侉子坡上曹肖两姓弟兄都曾是曹团的反兵，和官家打了许多年的恶仗，杀死的官兵有好几百……

章三爷听罢，高兴得浑身发抖，连夜写了反贼自供状，又找曹八斤画押。曹八斤酒醒以后，多了个心眼，不愿画押。章三爷就骗他说，这是写给白二先生的保荐书，专保曹八斤做窑丁的。曹八斤一听是保他做窑丁，就高高兴兴地把押画了。

拿到这确凿的证据，章三爷生出了出首告官的念头：只要到县大衙一告，肖太平和那帮侉子就完了。白二先生也得完，不说他窑上用了乱匪，罪责难逃，就是失去了肖太平和那帮侉子，白家窑也得垮掉。

已打算好要到漠河城里去告官时，章三爷却又多了个心眼：白二先生毕竟不是肖太平，终没参加过作乱。况且白家在城里又有钱有势，和官家素有交往，官家并不一定就会依着他的心愿办白二先生的罪。倘或官家不把白二先生办了，自己日后就还得和白二先生打交道，甚或还要包白二先生的窑，到时就不好说话了。

这就想到了借刀杀人，把这桩“好事”恭让给王家窑的王大爷去干。

王大爷对肖太平和侉子们的扩张嫉恨不已，一见到曹八斤的自供状兴奋得要命，再听章三爷往细处一说，当下就拍着跛腿断言道：“……好，好，肖太平和那帮侉子这回算是作到头了！”

章三爷故意问：“这事不会牵扯到白二先生头上吧？”

王大爷自作聪明说：“不会，不会！肖太平这帮反贼脸上又没贴帖字，白二先生咋会知道呢？有道是不知者不怪罪嘛！”

章三爷说：“那就好，那就好！只要不害白二先生，我心里就定了，我这人就是做不得对不起人的事。”

王大爷却说：“三爷呀，要我看，不是你对不起白二先生，倒是白二先生对不起你呢！白二先生宁愿把窑包给肖太平，都不包给你。你想想，你在白家窑这么多年，白二先生都给了你啥？我和李五爷都看不下去哩！”

章三爷说:“王大爷,话不能这么说的。白家对我不算薄,我这人呢,也从没想过要包窑发大财。”

王大爷见章三爷这么说,也就不好再多说白二先生什么不是了。

送走章三爷,王大爷立马找来了李五爷,和李五爷商量告官的事。

李五爷足智多谋,看过曹八斤的自供状后,想了一下,却对王大爷说:“……王大爷,要我看,这状子不是要送到县大衙,却是要送到白二先生那儿才好哩。”

王大爷颇感意外:“哎,为啥?”

李五爷说:“王大爷呀,你不想想章三爷是什么东西?他主动找咱,能有好事么?真若是好事,他咋不干呢?他咋不去告官啊?”

王大爷说:“咱别管章三爷咋想,反正这么一来,就能把白家窑弄垮。”

李五爷叹了口气:“王大爷,你咋这么糊涂?弄垮了白家窑,咱就好了?白家窑上有匪,咱们的窑上就不会有匪了?知县王大人今天封了白家窑,明日、后日只怕就得封咱的窑了,这,你想过没有?”

王大爷愣了。

李五爷又说:“话又说回来,肖太平和那帮侉子们是不是捻匪还得另说呢。就算他们都是捻匪,也不干咱们啥事,咱不能做这害人害己的瞎事。”

还有一点,李五爷没说——李五爷自己也不干净,在关外做过三年胡子,当初随他到桥头镇来开窑的几个弟兄也做过胡子。李五爷拉杆子做着胡子时,最服的就是长毛和捻子。

在李五爷的开导下,王大爷改变了主张,同意李五爷把曹八斤的自供状送给白二先生。于是,李五爷跑到漠河城里见了白二先生。

白二先生吃了一惊,他也没想到肖太平和那帮侉子是捻匪。反复把曹八斤的自供状看了几遍,白二先生陷入了深思,越想越觉得肖太平和侉子们像作乱的捻匪。然而,正因为有了肖太平和这帮作乱的捻匪,白家窑才这么红火,他可不愿肖太平和这帮捻匪被官府拿走。肖太平和这帮捻匪真要是被官府拿走,谁到窑下替他们白家挖煤刨银子?故而,最好的办法只能是装做不知，维持现状。

打定了主意，白二先生对李五爷笑了，说："……五爷，肖太平和那帮侉子咋会是捻匪呢？这又是章三爷在搞鬼哩！我让肖太平包了窑，他就心怀不满，这不，又闹上了！"

李五爷忧心忡忡说："二爷，这回可不是好闹哇，毁了肖太平和那帮侉子不说，也会毁了二爷你和咱桥头镇三家小窑呢！"

这道理白二先生岂会不明白？只怕章三爷早就想毁他了。

李五爷又说："这个章三爷你得管好哩！别害了你再害了我和王大爷。"

白二先生很是惭愧地向李五爷表示说："李五爷，你放心。这个畜牲我要管好的，一定要管好的——再管不好，你和王大爷扇我的脸……"

第十七章　割肉抵账

白二先生是在一个月华如水的夜晚突然到桥头镇来的，事先肖太平和章三爷都不知道。也是巧，那晚新窑透水，肖太平正领着弟兄们在新窑上下忙活着。章三爷则照例去了三孔桥下的花船和姑娘们胡闹。结果白二先生先在肖家大屋扑了空，后来又在白家窑掌柜房扑了空。这使得白二先生很不愉快。白二先生让手下的人分头到侉子坡和花船上去找肖太平和章三爷，自己就坐在掌柜房里郁郁地抽着水烟，静候着。那当儿，白二先生主意已经打定：居心不良的章三爷是不能再留了，无论咋说也得让他滚蛋。当然，能不翻脸最好还是不翻脸，宁可多给这厮百儿八十两银子也要图个安生。这么想时，白二先生认为自己算得上宽宏大量了。

没一会工夫，章三爷先来了，仍是一副谦恭巴结的样子。一见白二先生的面就拱着手连连说，自己不知先生深夜会来，才被别人邀着去花船上喝了场花酒，让先生久等了，很是惭愧哩。

白二先生做出不经意的样子说："没关系，我也没等多久呢。"

章三爷见白二先生极是和气，对白二先生到来的真实意图就吃不透了，试探着问："先生这回来是……"

白二先生笑了笑说："也没啥大事，就是想和你老弟，和肖太平都好好聊一聊。我这人你是知道的，主张和气生财，你和肖太平老不和气，我就忧心哩。"

章三爷仍没想到曹八斤的"反贼自供状"已落到了白二先生手里，便说："这一阵子，我……我和姓肖的处得……处得还算好……"

白二先生问："真好么？"

章三爷点点头。

白二先生这才把曹八斤的“反贼自供状”拿了出来，在手上招摇着说：“既然处得还好，这东西怎么解释啊？你老弟是想坑肖太平呢？还是想坑我白某人呢？”

章三爷一下子呆住了，愣愣地看着白二先生，张口结舌说不出话来。

白二先生还是想息事宁人的，口气缓和了一下，又说：“当然，我知道你来这一手不是对我的，恐怕是对付肖太平的。是不是？”

章三爷忙说：“是哩，是哩……”

白二先生说：“就是对付肖太平，也不能这么毒呀——诬人家是捻匪，这要让人家送命哩。”

章三爷说：“先生，您……您这就说错了，我……我不是诬他，倒是千真万确呢！先生您想呀，当初他们来时……”

白二先生可不愿和章三爷讨论捻匪的问题，仍咬定一个“诬”字不放，打断章三爷的话头说：“你老弟和肖太平僵到这地步，这么诬人家，双方已是不共戴天了，我就不能不说话了。”

章三爷问：“您想说啥？”

白二先生说：“你们二位得走一个了。”

章三爷问：“谁走？”

白二先生叹了口气：“只怕你老弟得走……”

章三爷长了脸：“先生要赶我？”

白二先生说：“说心里话，我不想赶你老弟——可我要开窑挖炭，就不能不用肖太平和这帮侉子，你就算是我的亲兄弟，我也不能留你。”

章三爷撕开了脸，谦恭巴结的模样全没了，黑着脸，冷冷地问：“先生就不怕担个窝匪的罪名么？”

白二先生像似没看出章三爷的变化，很和气地说：“是不是匪，不能凭你老弟一张嘴来说的。”

章三爷竟对白二先生拍起了桌子：“那好，姓白的，咱们就县大衙见吧！”

白二先生又气又怕，却不好发作，只得笑：“看看，看看，你老弟咋说炸就炸呢？我这话还没说完嘛，你就要和我官府见了——你要真想和我把脸撕开，那我啥也不说了，你现在就去告官吧，我候着。”

章三爷两眼瞪着白二先生：“还有什么话，你说。”

白二先生说：“我今儿个叫你老弟走，第一，不是日后再不用你；第二，也不是让你空手走。过去我白某对得起你，今天仍要对得起你。”

章三爷脸色好看了一些：“这还差不多。”

白二先生说：“明日，你就到柜上支一百两现银，算我白某送你的礼金，日后有啥难处，我还会帮你。怎么样？”

章三爷一时没做声。

白二先生认为自己很大方。

却不料，章三爷偏是一只凶恶的狼，愣了一下，冲着白二先生摇起了头：“这不行，这几年你姓白的靠肖太平赚了多少，瞒得了别人，瞒不了我。你若想日后继续赚下去，就不能像打发叫花子一样打发我。多了我也不要，三五千两银子总得给吧？”

这回轮到白二先生发呆了——白二先生再也没想到章三爷的胃口这么大。

章三爷理直气壮：“你姓白的想想，老子在你手下过的啥日子？凭啥你大把大把地赚银子，老子就只能喝点残汤？这么多年，一个月只给我十两银子，你对得起老子么？今日把话说穿了——老子早受够了！”

白二先生气得浑身直抖，真恨不得扑过去一把掐死章三爷。

章三爷还在说，益发肆无忌惮：“……老子这口气已憋了几年了，再憋下去，只怕要憋死了——你白老二还算不错，今日逼着老子把话都说出来了……”

白二先生此刻已知道，对章三爷这类恶狼似的东西和气不但不能生财，且要破财了，心里便浮出了另外的念头。遂呵呵笑着，拍着章三爷的肩头说：“哎呀，不就是三五千两银子么？老弟何必说这么多气话呢？我认就是，就五千两吧！”

章三爷根本不领情，哼了一声说：“你认，说明你聪明，不认，你和肖太平发财的路今日都算走到头了。”

白二先生又说：“那好，咱就把话都说透：五千两银子我两千五百，肖太平两千五百，明天全给你——你要现银给你现银，要庄票给你庄票。可有一条，拿了这五千两银子，你就给我永远离开桥头镇，也不能再提捻匪反贼什么的。”

章三爷满意地点着头说：“那自然，我这人说话算数，最讲诚信。”

白二先生笑了笑：“你讲诚信就好，我今夜就到肖家大屋给你取银子。”

章三爷问：“肖太平若是不愿出银子呢？”

白二先生说：“我都出了，他咋会不出呢？况且事主又是他。”

章三爷想想也是，便没再往别处疑。

却不料，次日一早，章三爷没等到讹诈来的五千两银子，却等来了肖太平和手下如狼似虎的窑丁。窑丁们把章三爷光着屁股从床上捉起来，五花大绑地捆上后，白二先生才在肖太平的招呼下，晃晃地走了过来。

白二先生笑着对肖太平说：“……肖老弟啊，章老三诬你们是捻匪反贼，我可真没想到！诬了你们，还想敲诈你我五千两银子，我就更没想到了。”指着地上被捆得肉球一样的章三爷，白二先生又说，“章老三，该咋说你呢？你这人的毛病就是一个字，贱。谁把你当人待，你就张嘴咬谁，自己没赚银子的本事，又看不得人家赚，就老打坏主意。”

章三爷还不服输，躺在地上冲着白二先生叫：“白老二，你……你不是人，你……你骗老子……”

肖太平走上前去，用穿着皂靴的脚狠狠踩住章三爷的嘴：“这里哪有你说话的份？听二先生说！”

白二先生便又说：“该咋处置这位章三爷，肖老弟，你和你手下的侉子弟兄看着办吧。他诬了你们，你们还愿再赏给他五千两银子，我也不管。反正这事与我白某人无涉，这银子我是一两也不能出的。”

肖太平说：“先生说得对，这事原本和先生无涉——先生就当再没有章老三这个人就是了……”

章三爷听出了名堂，担心肖太平会要他的命，便又叫："你们谁敢害死我？谁……谁敢？"

肖太平说："没人想害死你——只是你欠我的赌账没还哩，得到窑下替我挖煤去，活下来算你命大，哪天不小心被砸死了，算你倒霉……"

章三爷明白了——这肖太平太毒，借口莫须有的赌账，想让他死在窑下。这才认了白二先生，冲着白二先生叫："二先生，就……就算小的我混账，您老饶小的一次吧。小的没……没欠这窑花子的赌账呀，你……你得给小的做……做回主哇……"

白二先生像似没听到章三爷的话，只问肖太平："哟，咱章三爷不但嫖，还赌呀？这回赌输了多少？"

肖太平说："回二先生的话，输了恰是五千两呢。"

白二先生这才回头对章三爷说："章老三呀，这就是你的不是了——你压花船花我窑上的银子，赌账总不能让我窑上再替你付了吧？还一下子就赌上五千两，真是太大胆了，一点后路都不给自己留了……"

章三爷明明知道白二先生已和肖太平串通一气了，心里还存着一丝幻想，挣着哭号说："二先生，您老就……就当小的是一条狗，放小的一条生路吧……"

白二先生话里有话："你要真是一条狗，我就放你一条生路，可你不是一条狗呀——你是一条狼，敢下五千两银子的赌注，我真是服了你了。"

肖太平也真做得出，让人拿出纸墨笔砚，要章三爷写下欠银五千两的字据。

章三爷死活不写。

肖太平让肖太忠提着一把刀，一杆秤过来，说是当初和章三爷说过的，一斤肉抵一千两银子，要割章三爷大腿上的五斤肉过称抵账。

章三爷苍白着脸大叫："救命呀……"

话没落音，肖太忠手中的刀已落了下来，一刀割下了巴掌大的一块肉，鲜红的血立时糊满了章三爷的大腿。章三爷惨叫着认了输，连连答应写字据……

写下字据，肖太忠和众窑丁按肖太平的吩咐，把章三爷用煤筐装着抬走了。

众人呼啸走后，肖太平才对着白二先生跪下了，说："二先生，我肖某和侉子弟兄们谢您了，没有您老的仗义相助，只怕我们曹团弟兄刀架在脖子上了，都不知是咋回事呢！"

白二先生忙拉起肖太平说："哎，哎，肖老弟，你们啥曹团不曹团的我可不知道啊！你别给我提，我只知道章老三是诬你，才主持这公道的——你们要真是捻匪反贼，我白家窑岂不成了贼窑了么？"

肖太平明白了白二先生的意思，把原想说透的真话收回了，也顺着白二先生的话头说："是呢，我们这些侉子弟兄从没参加过起乱的事。"

白二先生说："哎，这就对了嘛！还有，这诬你们的章老三，我可是亲手交给你了，你老弟要是再让他活着跑到县衙门去乱咬，可就不关我的事了。"

肖太平明白白二先生的心思，笑了："诬人是要反坐的，咱章三爷只怕是活不成了——不过，我也不会让他就这么痛痛快快就死了，窑上人手紧，总得让他给咱窑上出点力的。"

……

第十八章　曹“亲爹”救人

得了大妮成家立业之后，曹二顺心满意足，再不抱怨什么，更未想过要从肖太平的腾达之中谋取什么好处。许多想捞好处的曹姓弟兄在曹二顺面前嘀咕，替曹二顺抱屈，曹二顺总说，肖太平是肖太平，我是我，各人有各人的能耐，各人也有各人的命哩。

同治十年底，曹二顺有了第二个儿子秋旺。大妮肚里的三儿子冬旺又在孕育着，日子渐渐变得紧张起来。为了新添的嘴，曹二顺连轴下窑的日子越来越多了，每月都能下到四五十个窑。不过，那时的曹二顺终是年轻，拼命干活不知累，挣下一片江山的心劲仍是那么足。大妮一年一个不歇窝地给他生孩子，曹二顺一点不愁，反倒高兴。还和大妮说了，多子多福呢，别看咱现在有点难，日后总会好的，春旺、秋旺、冬旺长大了都能下窑给咱挣钱哩。

肖太平发了大财，在桥头镇上盖了惹眼的肖家大屋，可却连生三个闺女，一直没有儿子，更让曹二顺心头生出了不可遏止的自豪感来。曹二顺认为，老天爷是公道的，让肖太平发财发家，却让他多子得福。有时想想，曹二顺还对肖太平生出很大的怜悯，觉得肖太平太冤，置下偌大的家业却没个儿子，到头来只怕是替别人忙活，哪日死了，连个摔丧盆子的孝子都没有。又想到肖太平的老婆终是自己妹妹，怕妹妹在肖家受气，心里益发不好过。为了妹妹，曹二顺和大妮商量，想把二儿子秋旺过继给肖家。妹妹怕发了财的肖太平纳妾生子，自然是乐意的。可肖太平却不乐意，而且误解了曹二顺的好心，竟没好气地对曹月娥说：“你哥养不起就别生！”曹月娥不敢把这话和哥哥说，过继的事也就再不提了。

曹二顺忧心妹妹，妹妹也忧心他。私底下，妹妹总悄悄帮他，有时送点吃的、穿的过来，有时还给钱。曹二顺要脸面，总是推。有一回还和妹妹发了火，说是妹妹看不起他。后来，曹月娥再送钱送东西，就背着曹二顺了。

对曹二顺老在窑下没命地干活，曹月娥也担心，既怕哥哥累坏了身子，又怕在窑下出事送掉性命。窑下死人是经常的事，年年死，月月死，还有受伤的。曹月娥让肖太平给哥哥调个安全轻松的活干。肖太平说："这还要你说？我一当掌柜就让他做工头，是他自己不愿干。现在若是悔了，就让他来找我。"曹月娥让曹二顺去找一找肖太平。曹二顺偏不找。说自己既是出力的命就认命。还说，肖太平现在窑上窑下用的都是肖家人，自己再去讨一份便宜，曹姓弟兄要骂哩。

那时，肖曹两姓的矛盾已很深了，一场由曹八斤"反贼自供状"引发的风波正在私下里酝酿着。肖太平想找机会除掉曹八斤。原曹团哨长曹鱼儿和原钱粮师爷曹复礼叔侄却在曹姓弟兄之间四下里活动，想闹一次针对肖太平的大歇窑。

曹二顺没想往这场风波中卷——既不想和曹氏弟兄一起去祸害肖太平，也不想和肖太平一道去祸害自己的同姓同族弟兄。他后来放了章三爷，决不是诚心要和肖太平作对，而是心太善了……

头一天在白家老窑下看到章三爷时，曹二顺很吃惊。他再也想不到，大名鼎鼎的章三爷沦落到了这种猪狗不如的地步——竟赤身裸体在窑下拉起了拖筐。

章三爷的样子真是惨，光着的身子上满是黑乌乌的炭灰，大腿上有伤，脖子上套着条拴牲口的牛皮套，绳头在窑丁肖太全手里攥着。肖太全像对付四脚牲口似的，不时地用鞭子抽着章三爷，章三爷被抽得直喊肖太全亲爹。

经过曹二顺面前时，拖着拖筐的章三爷爬不动了，抬起趴在地上的双手，跪在煤窝里，对肖太全哀求说："亲爹，我……我要屙屎哩。"

肖太全劈头就是一鞭："老子不是和你说过了么？就屙在粪兜里！"

曹二顺看到，章三爷屁股下真挂了一个牲口用的粪兜。

章三爷说:“亲爹,我……我屙不出呀……”

肖太全不管,又是一鞭:“那是你不想屙,快干活!”

章三爷只好又把两只手像牲口的前蹄一样趴在地上,艰难地向前爬。

曹二顺走过去问:“太全,这……这是咋啦?章三爷咋也来下窑了?”

肖太全拉着绳套,边走边说:“这小子找死哩,和我大哥赌钱,一晚上输了五千两银子,就来下窑抵账了。”

曹二顺不知就里,真以为章三爷是为了输钱下窑抵账的,便说:“就是下窑抵账,他……他总还是个人嘛,你……你们不能这么对他呀……”

章三爷一见曹二顺替他说话了,忙扔下拖筐爬过来,对着曹二顺直磕头,一口一个亲爹:“亲爹,你……你救救我吧!亲爹,我再不敢和肖亲爹作对了,亲爹……”

曹二顺又对肖太全说:“你让他干活就是干活,咋像狗一样拴着,还在人家腚上挂个粪兜……”

肖太全不高兴了:“哎,二哥,这话你别和我说,这都是我大哥你妹夫,咱肖掌柜吩咐的,要我们弟兄伺弄好他哩。”

曹二顺说:“这……这分明是要把人弄死嘛!”

肖太全说:“哎,你这话说对了!我大哥说了,再不能让这条狗活着从窑里出去。他要想死我们就帮着他死,他不想死就得这样活。你问他,是想死,还是想这么活下去?”

抓住说话的工夫,章三爷把一泡屎屙了出来——屙到了粪兜里。

章三爷像猪一样愉快地哼哼着说:“回……回二位亲爹的话,小的想活,想……想活哩……”

然而,骤起的臭气却熏恼了肖太全,肖太全一脚将想活的章三爷踢翻,用鞭子抽着章三爷,逼着章三爷把粪兜里自己屙下的屎吃下去。

曹二顺实在看不下去了,夺过肖太全的鞭子说:“这……这也太过分了!”

肖太全见曹二顺认了真,想着曹二顺终是自己大哥的妻兄,才悻悻地对章三爷说:“妈的,看在你曹亲爹的份上,老子就饶你这一次……”

章三爷又对着曹二顺磕头叫亲爹，叫得曹二顺应也不好，不应也不好。

……

后来才知道，章三爷管窑下的任何人都叫亲爹，叫得那些平时心地挺善的弟兄也一个个恶毒起来，全没了人味。都拿当年不可一世的章三爷当猴耍，一见到章三爷便公然问："儿子，谁日你娘？"

章三爷便连连说："亲爹，你日我娘，你日我娘。"

"他们呢？"

"他们也是我的亲爹，都日我娘。"

"那么多人日你娘，把你娘日成啥样了？"

"日……日烂了，日……日臭了……"

落到这步田地，不服输的章三爷还想活下去——曹二顺不知道，章三爷打从看到他，便从他身上看到了自己活下去的希望。章三爷那时还想过，假如曹二顺真能把他从这生命的绝境解救出来，让他逃了，他是会报恩的。

只是，想逃也难。

白家窑实行的是两班制，窑下白日里不断人。看守的窑丁来回换班，头两天看得很紧，章三爷几乎找不到单独和曹二顺说话的机会。而曹二顺那时也压根没想过要救章三爷出去。

曹二顺见弟兄们这么作践章三爷虽说不忍，心里却是很服气肖太平的。想着同治七年第一次下窑，章三爷把两个煤筐扔给他和肖太平时脸上透出的不屑，曹二顺就为肖太平感到自豪。觉得自己这个妹夫真是了不起，常言道"三十年河东，三十年河西"，仅仅三年，肖太平就凭能耐和章三爷换了个位置。然而，连着五六天天天看着章三爷像狗一样四处爬着喊亲爹，身上被抽得几乎再没一块好肉，曹二顺才觉得肖太平做得太过分了。心里便想，章三爷为当年的不仁遭了今天的报应，肖太平若也不仁，日后只怕也要遭报应的。为肖太平好，曹二顺让妹妹劝了肖太平，让肖太平放章三爷一条生路。肖太平不为所动，传过来的话说，章三爷除了死掉从老窑下抬上去，再没有活着回到地面上的道理，要曹二顺少管闲事。

直到这时候，肖太平都没把章三爷的底告诉弟兄们。惹出事端的曹八斤，肖太平也暂时没去动他，只让肖家几个弟兄私下里盯着，还没有大动干戈的样子。陷入绝境的章三爷更不敢把这里的底细说出来，怕说出底细连一天都活不下去，他只能先认着莫须有的赌账等待逃生的机会。

机会终于让章三爷等来了。

曹二顺因为不知根底，心里就糊涂。先是对章三爷很同情，后来就在章三爷身上看到了自己的影子。揣摩着肖太平今日能这么凶恶残忍地对付章三爷，日后怕也会这么对付他和其他弟兄，就生出了放章三爷一马的念头。

那日白窑干完，曹二顺又干了个夜窑。趁白窑的弟兄上窑，夜窑的弟兄还没下窑时，曹二顺挪到被捆在木柱子上已是半死模样的章三爷跟前，轻声唤了声："章……章三爷！"

章三爷对这称呼已很陌生了，愣了半天才说："亲爹，你……你喊谁？"

曹二顺说："我……我喊你呢。"

章三爷忙说："小……小的我不是爷，我……我再不敢称爷了，你……你喊我儿子吧！"

曹二顺叹着气说："三爷，当年你不该那么狂，今日也不能这么贱哩。"

章三爷呜呜哭了："亲爹，你说得太对了，我……我是自作自受呢。"

曹二顺问："你真和肖太平赌了？"

章三爷只得点头。

曹二顺又叹气。

章三爷说："亲爹，我……我输了银子，可……可没输下一条命呀！亲爹要……要是能救我一命，我……我谢亲爹你一百两银子……"

曹二顺说："你别提银子，你要提银子，我就不能救你了。"

章三爷说："好，好，我不提银子，只求亲爹救我……"

曹二顺给章三爷松了绑，要章三爷趁换班的窑丁没下来时逃走。

章三爷却走不了，只能哆哆嗦嗦地在地上爬。爬了几步，章三爷怕了，对曹二顺说："亲爹，这……这不行哩，小的……小的我……我爬不到窑口就得被他们抓住，那……那就活不成了……"

曹二顺问："那……那咋办？"

章三爷想了想："亲爹，我……我有个办法，只是得累您……"

曹二顺道："你说！"

章三爷说："亲爹，您把我放在煤筐里，再装上煤，背我上……上去。"

曹二顺虽想放章三爷一条生路，却不愿自己这么受累冒险，还搭一个夜工，便迟疑着，不做声。

章三爷急了，跪在曹二顺面前满面泪水唤亲爹，唤得曹二顺没了主张。

曹二顺这才说："我……我背你上窑，这夜工的五升高粱就瞎了。"

章三爷忙说："您老这五升高粱我给。"

曹二顺没办法，只得应了，找了个往窑上背煤的大筐，让章三爷缩着身子蹲进去，又用木片挡着章三爷的头，手忙脚乱地往筐里装了一层碎煤。刚装好，只背起煤筐试了试，下夜窑的弟兄就进了煤窝子。

一开始，没有谁注意到章三爷不见了，都拉开架子干活。

曹二顺想背起煤筐走，又没敢，便依着煤筐装着打盹，直到几个背煤的弟兄已背起装好的煤走了，曹二顺才跟着背起装着章三爷的煤筐往窑上走。

走到斜窑半中间，见着窑丁肖十四晃晃地下来了。

肖十四走到曹二顺面前，招呼说："二叔，又连窑啦？"

曹二顺心里发慌，"嗯"了声，脚下一滑，差点摔倒。

肖十四上前扶住曹二顺，又说："二叔，您老这么连窑可不行哩，迟早非累趴下不可。"

曹二顺低着头再没做声，到得窑上口，看看四处没人，忙把煤筐放下了，要章三爷快走。

章三爷浑身是伤，仍是走不了，哀哀地说："曹二爷，我……我给你十斗高粱，求你送……送我到桥头镇。"

曹二顺心里怕了，连连摇头说：“我……我五升高粱也不要你的了，你……你快自己走吧。”

章三爷见事情无望，又看到煤堆那边有人走过来，这才就地一滚，隐到了窑口旁的一片枯草丛中……

曹二顺背着空筐重回窑下，没到煤窝子，已听得肖十四带着哭腔的叫声：“这……这怎么得了？不见了这条狗，肖大爷非得要我的命……”

曹二顺心里又是一紧：他救下章三爷一条命，若是让肖十四再搭上一条命就坏了——肖十四不是肖太忠、肖太全，是个挺厚道的孩子，平日对他也好。曹二顺不由地便有了些后悔，竟鬼使神差地说：“那……那就快上窑去找找啊！”

肖十四迟疑地看了曹二顺一眼，一下子像似悟到了什么，忙窜出煤窝子，一步一滑地往上窑口爬……

第十九章　不自量力

钻过煤场的木栅栏，爬过一片杂草丛生的野地，章三爷看到了通往桥头镇的大漠河堤。天很黑，也很冷，西北风嗖嗖刮着，像无数把钝刀割着章三爷全身赤裸的皮肉。爬到堤下时，西北风小了点，章三爷缩着伤痕累累的身子，在一个干土坑里歇了歇。一歇下来就冷得厉害，禁不住发抖，浑身的骨头都要抖散了。

章三爷怕自己会被活活冻死，忍着剧痛，在求生意志的支持下，吃力地顺着河堤手脚不停地往桥头镇方向爬。爬着，爬着，便闻到了身后崭新的臭味，章三爷发现自己又屙了，半泡稀屎滴滴拉拉屙在了屁股后面的粪兜里。挂了六天粪兜，章三爷真就成了个牲口了，竟习惯了边爬边屙，真是不可思议哩。

然而，重获自由的章三爷已不是牲口，再没有那么多亲爹管着他，章三爷愤恨地扯下了屁股后面的粪兜，像人一样，正正经经蹲下来屙下了后半泡稀屎。边屙边哭，一声声像狼嗥似的。

真是奇耻大辱哩。堂堂章三爷像牲口似的光着身子挂了六天粪兜，认下了无数的亲爹。六天里没有好好吃过一次饭，没有正经睡过一次觉，若不是有曹二顺这个好心的亲爹明里暗里护着，只怕已被捉弄死了。如今章三爷又活下来了，那些亲爹们就得去死了——只怕曹二顺也得去死——这不是章三爷心太坏，而是迫不得已，曹二顺这亲爹不死，他就没脸在这世上做人哩。

章三爷想，他得赶在天亮前爬到桥头镇上找到十八姐，让十八姐送他到漠河城里去见知县王大人。闹到现在，除了十八姐，这世上再没有啥人靠得住了。王大爷和李五爷都不是东西，把他卖给了白二先生，白家掌柜房里的人更不敢指望，这些人早就看肖太平的脸色行事了。

爬得极是艰难，浑身伤口痛得钻心。有一阵子，章三爷都觉得自己要死过去了，眼前老是一片昏花，头沉得抬不起来，好像脖子已不能支持脑袋的重量了。可章三爷心里恨得深刻，便出奇的倔犟，一次次把头往地上撞，便一次次地撞出了血淋淋的清醒……

那夜，章三爷在桥头镇的历史上创出了一个生命的奇迹，在结冰的大冬天里赤身裸体爬了三里地，于四更时分爬到了桥头镇的三孔桥下，且顺着楼船的搭板爬上了楼船……

最先发现章三爷的不是十八姐，却是玉骨儿。

玉骨儿那夜连接了两个客，还陪着后一个客喝了不少花酒，睡得很晚，刚在前底舱的床上倒下，就听得船头有响动，窸窸窣窣的，掌灯出来一看，吓了一跳：昏暗的灯光下，一团黑糊糊的东西正一点点地向她面前挣。

玉骨儿顺手从身边操过一把扫地的扫把，向黑东西打去，嘴里还叫道："滚走，你这死狗！"

章三爷抬起头，说出了一句断断续续的话："我……我不……不是狗哩！"

玉骨儿这才发现黑东西是人——竟是章三爷！

这实在太意外了，玉骨儿咋也想不到章三爷会在这四更天里一身炭灰光腚爬到楼船上来，一时竟不知咋办才好。本想把章三爷扶到舱里去，可身子只往下弯了弯，就闻到一股刺鼻的腥臭气，遂本能地向后退了退，只看着章三爷发愣。

章三爷又说："给我喊……喊十……十八姐……"

玉骨儿这才想到，章三爷是十八姐的老相好，喊十八姐来料理正是极自然的事，遂跑到后舱叫起了睡梦中的十八姐。

十八姐更是吃惊，披衣出来，打着灯对着章三爷照了半天，才承认了面前的现实，哆哆嗦嗦地问："三爷，你……你这是咋啦？"

章三爷没答话，只说："我……我冷哩……"

十八姐不愿把又脏又臭的章三爷弄进船舱去暖和，怔了一下，对玉骨儿说：

“妹妹，你……你快去找个不要的破被给章三爷先盖盖，等……等章三爷缓过气来，咱……咱再洗干净抬进舱去。”

玉骨儿应了一声，到自己舱里找破被去了。

章三爷见十八姐不愿往他身边靠，又不让他进温暖的船舱，真伤透了心，呜呜哭了：“你……你真没……没良心……”

十八姐不高兴了：“啥叫没良心？你看你这个样子，能进我的房么？”

章三爷挣扎着抬起一只脏手，指着十八姐说：“你……你把当年老子给……给你的好处都忘了……”

十八姐没好气地说：“你可别说这话——你给过我好处不错，可也毁过我呢！同治八年那夜，不是因着你和人家肖大爷闹起来，闹得沸反盈天，老娘我也不会让贼抢个精光哩。”

章三爷真是自己找死，竟叫了起来：“什么……什么狗屁肖……肖大爷？他……他是捻乱的反贼！是……是西路捻匪的二团……团总，窑上的侉子们都……都是捻匪反贼！老子明日一告官，这……这些人都得下大狱，掉脑袋！”

十八姐说：“肖大爷和侉子们是不是捻匪反贼关老娘屁事！老娘只管做生意挣钱。”

这时，玉骨儿找了条破鱼网似的棉絮出来，给章三爷盖上了身子。

章三爷裹着破棉絮艰难地爬坐起来，又对十八姐说：“……桥头镇的煤窑都是窝匪的贼窑，官府王大人必……必得一体查禁。贼窑让……让官府一封禁，你……你还做啥屁生意？你……你还是今夜就……就跟我一起去……去漠河城的好，既帮了我，自己也……也落个清白……”

这话让十八姐警醒了。十八姐注意到，章三爷的脸已被仇恨扭得变了形，也不知恨的是桥头镇上的煤窑，还是恨的她。

章三爷继续说：“……你们记住好了，从今往后，桥头镇再……再不会有啥煤窑了，王家窑、李家窑全都通匪——不是该死的王大爷，老……老子也不会落到今日这地步。老子完了，他们也全完了，都得去死……”

十八姐大体听明白了，心想，必是章三爷拿住了肖太平和窑上什么把柄，要到官府告发，才被肖太平弄到窑下关了起来。

然而，十八姐仍是一副漠不关己的样子："三爷，你别和我们叫，告不告官是你的事，我们管不着。"说罢，对玉骨儿挤了挤眼，"玉骨儿，咱走，给章三爷弄点水来，让他洗洗。"

玉骨儿真以为十八姐要给章三爷洗去一身的污秽，到了舱里忙去找盆。

十八姐却一把拉住了玉骨儿，问："妹子，章三爷说的话你听到了么？"

玉骨儿点了点头。

十八姐说："咱可不能让章三爷到城里告官哩！"

玉骨儿说："对哩，这两年肖大爷待咱不错。"

十八姐说："待咱错不错倒是小事，坏了咱的生意可是大事哩！这章三爷真往城里告了官，抓走肖大爷和那些侉子客，再把镇上的三家煤窑都给封了，咱姐妹还做谁的生意啊？不就害死咱了么？"

玉骨儿问："那咱咋办？"

十八姐说："我在这儿守着，你呢，马上到肖家大屋去一趟，让肖大爷带人来，连夜把这堆臭肉弄走！这种害人的东西咱不能留哩。"

玉骨儿说："肖大爷一来，章三爷只怕就没命了。"

十八姐说："这我就管不了了……"

玉骨儿虽说认同十八姐的主张，可心里还是冷飕飕的，觉得十八姐实在太阴毒，为了生意连多年的老相好都不顾了。便又说："姐姐，你可要想好了呀。"

十八姐说："我想定了，你快走。"

玉骨儿这才从窗口爬了出去，走另一侧船舷上了岸。

十八姐待玉骨儿走后，端着一盆结着薄冰的脏水出来了，对章三爷说："热水还没有呢，三爷，你看这冷水能凑合洗么？"

章三爷这时已冻得浑身直颤，坐都坐不住了，冲着冷水直摇头。

不料，十八姐却兜头把带着冰碴的冷脏水浇了下来，让章三爷一身的伤口都炸裂似的疼，差点儿没死过去。

这时，章三爷已发现了十八姐的恶意，想骂十八姐，可因浑身上下又冷又疼，骂不出声，只能喘着粗气，恨恨地盯着十八姐看。

十八姐也不隐瞒自己的心思了，明白无误地说："……三爷，咱们的缘分到今夜算完了——你别怪我无情无义。我这人既有情又有义，可我不能救你，只能看着你死。为啥？就为着你太蠢，心肠太坏，自己活不好，就不想让别人活好。你不想想，咱桥头镇现今有多风光呀？地下有挖不完的炭，老娘就有挣不完的钱，你老给窑上使狠使坏，不是坏老娘的生意么？肖大爷和那帮侉子是不是匪老娘才不管呢！只要他们能天天上老娘的花船，来日老娘的姑娘，就都是老娘的爷！"

章三爷这才明白，自己大半夜惨绝的努力全白费了，爬出了一个死亡陷阱，又落入了另一个死亡陷阱。他当年用银子引来了十八姐的花船，今日又得死在渴求银子的花船上了。他心里悔得不行，强压着满心的恨，用足气力才说出了几个字："我……我不……不告了，饶了我……"

十八姐说："我不信。你这人的德性我知道，逃过今日，你还得去告——只怕会连老娘一起告。白二先生对你那么好，你都还使坏，何况对老娘我了。你再不会想到老娘为创这份家业受下的罪，你只是不服气。不是为这，你也不至于走到这一步。"

章三爷已是气息奄奄，浑身麻木，不再感到冷和痛，脑子却十分清醒，十八姐的话也还听得真切，心里是真悔了，极富善意地想，要是今夜还能意外地活下来，他再不和谁争斗了，只求个一生平安。

直到临死，章三爷总算明白了自己短暂一生的悲剧——他在不自量力地对抗桥头镇一个双窑并立的银钱世界。这个银钱世界在某种意义上说是他参与开创的，他本可以在安闲与富足之中度过一生。可他心路太野，自己得不到的也不想让别人得到，想把大家的发财梦全毁了，这就让所有的人都把他当作了对手。王家窑王大爷、李家窑李五爷和老相好十八姐，决不是肖太平和白二先生的同党，可却为了共同喜好的银子走到了一起，他惨痛的灭绝也就因此注定了。

十八姐还在说，声音显得越来越飘渺："……三爷，我告诉你，咱桥头镇的煤窑垮不了，老娘花船上的生意也垮不了。煤窑过去旺，今儿旺，日后还会旺！老娘的生意必得跟着旺下去。为啥？就为着大家都是明白人，谁都不会吃在锅里又拉在锅里……"

伴着十八姐飘忽的话声，章三爷昏了过去……

同治十年十二月二十五日的五更时分，章三爷活活冻死在楼船的船头。嗣后做窑的人们提起章三爷时，已记不得他发现露头煤，鼓动白家开第一座小窑的历史事迹，只记得一个屁股后面挂着粪兜，四处喊人家亲爹的牲口。而窑子里姐妹们私下里争相传说的则是一个落难大爷和一条花船的伤感故事。

在那伤感故事里，十八姐成了吃人的母夜叉。

第二十章　一言为定

同治十年十二月二十五日肖太平又怎能忘记呢？

那夜，得知章三爷逃走，肖太平陷入了另一种疯狂之中，从桥头镇肖家大屋摸黑赶到窑上，带着窑丁在窑上窑下四处找寻章三爷。当时肖太平和窑丁们几乎没谁相信光着屁股且又气息奄奄的章三爷竟能在大冷天里爬到桥头镇上去。

把窑上窑下全细细找了个遍，竟没找到章三爷，肖太平气死了。下令把肖十四捆起来，吊在上窑口的工具房用皮鞭抽，抽得肖十四哭爹喊娘。肖十四被打急了，把对曹二顺的疑虑说了出来，说两班交接时，只有曹二顺在窑下。章三爷不见时，曹二顺神色又不对。

肖太平不相信曹二顺会和自己作对，更不相信曹二顺有这个作对的胆量，便把背煤的曹二顺叫来问。

曹二顺怯怯地随着喊他的窑丁到了工具房，一见梁上吊着肖十四，脸就白了，连连对肖太平说："章三爷的事我……我不知道，真……真不知道哩！"

肖太平问："交接班时你在窑下么？"

曹二顺说："我……我在窑下不错，却是睡了哩！"

肖太平挥了挥手，让曹二顺走。

曹二顺迟迟疑疑地往门口走了两步，又停下了，为肖十四求情说："兄弟，你……你别再打十四侄子了，这……这事也怪不得他……"

肖太平不理，仍是挥鞭狠抽肖十四。

曹二顺又说："我……我也求过你放章三爷呢，他……他逃了也……也好，终是一条性命哩……"

肖太平这才回过头说："二哥，你懂个屁！章三爷这条性命要是活下来，咱都得去死！连白二先生也不得好！"

曹二顺迟疑地问："为……为啥？"

肖太平心烦意乱地说："章三爷知道了咱的底细，说咱是捻匪，要去告官的！"

曹二顺一听这话，立时吓呆了。他再也想不到，自己竟给肖太平和弟兄们捅下了这么大的一个娄子。房里的窑丁们直到这时才知道了根底，也都呆住了。

一个窑丁怯怯问："掌柜爷，咱的底，是……是谁透出去的？"

肖太平说："日后总会让你们知道的，现在无论咋着，得先把姓章的找到。"

肖太平疑着肖十四，怕他心软放了章三爷，便又抽肖十四，要肖十四说实话，这章三爷到底逃到哪去了。

到这地步了，曹二顺再不敢相瞒，才吞吞吐吐地对肖太平说："兄弟，你……你快放了肖十四，到桥头镇找吧！"

肖太平一愣，多少有数了，走到曹二顺面前："你咋知道姓章的到了桥头镇？"

曹二顺只得说了实话："是……是我看着他可怜，把……把他从窑下背了上来……"

肖太平一下子失去了理智，挥起拳头，对着曹二顺的脸就是一拳。曹二顺本能地闪了一下，肖太平的拳头打偏了，落到了曹二顺的一只眼上。曹二顺惨叫一声，捂着血水直流的眼倒在了地上。肖太平却不管，对着众窑丁吼："都跟我到镇上找人去，死的活的都行！"

吼罢，肖太平带着手下窑丁，打着火把，匆匆忙忙就往镇上扑。

在镇边的大漠河堤上，迎到了花船上管事的二妈妈玉骨儿。玉骨儿喊了声肖大爷，想和肖太平说话。肖太平只"嗯"了一声，就擦着玉骨儿的身子走了过去。

玉骨儿又转过身子喊："哎，肖大爷，我们楼船上有个好东西要送您呢！”

肖太平这才回头问：“啥好东西？”

玉骨儿说：“您老窑上丢的……”

听玉骨儿一说，肖太平才化惊为喜，随着玉骨儿到十八姐的楼船上去了。到得楼船一看，章三爷身上裹着湿棉絮，已活活冻死了。

十八姐指着章三爷的尸体，装作不认识的样子说：“……肖大爷，这人是谁我们也不知道，半夜三更爬到我们船上，说是要给二十两银子，让我们用船送他到漠河城里见知县王大人。大爷您认认，是不是您窑上的啥人？要是，就物归原主，您带走。”

肖太平也不把话说透，只道：“真是我们丢的一个窑夫哩！”

玉骨儿故意问：“一个大活人咋就给丢了？”

肖太平说：“这人疯了哩。”说罢，吩咐手下的窑丁将章三爷的尸体抬走。

十八姐却挡了上来，媚笑着对肖太平说：“肖大爷，就这么走了么？这死窑夫还许给奴妾二十两银子呢，大爷您就让奴妾和玉骨儿深更半夜白忙这一场？”

肖太平明白十八姐要讨便宜，也觉得十八姐和玉骨儿为自己帮了大忙，得赏两个，马上说：“十八姐，你们够意思，我肖某也得够意思——这样吧，明日你就叫玉骨儿到掌柜房去一趟，支五十两银子，三十两算你的辛苦钱，另外二十两算玉骨儿的跑腿钱……”

十八姐拍着手笑道：“哟，看你肖大爷说的，倒好像我们是向您邀功讨赏似的！其实奴妾的意思是说，大爷您既来了，总不能就这么走了——玉骨儿还盼着您老请她喝酒哩！”

既已了却了心头大患，肖太平也就不急了，吩咐手下的弟兄回去，自己真就在楼船上留了下来，和玉骨儿喝了一壶花酒。喝花酒时，肖太平心情挺好，直夸十八姐，说十八姐能这么真心待他，他实在没有想到。还说，就为这，他日后也不会再难为十八姐了。

玉骨儿却噘着嘴说：“……肖大爷呀，只怕你是看错了人！十八姐今夜不是为你，却是为她自己哩！让我找你报信时，这老×就说了，你们煤窑上若是闹出大事，让官府封禁了，她这花船上的好生意就没法做了。”

肖太平说：“这正是十八姐了不得的地方——这女人实是精明哩。”

玉骨儿说：“只是也太毒了点哩，当年她和章三爷好成那样，今日竟能狠下心见死不救……”

肖太平说：“她这是识时务！正因为这样，她才能成大事。章三爷若是也像十八姐一样识时务，断无今日这结局……”

玉骨儿见肖太平对十八姐尽是夸赞，不敢再说下去了，心想，自己对十八姐真得防紧点哩。这老×对章三爷都不念旧情，对她就更不会有啥好心肠了。就算当年抢案的秘密不被发现，自己只怕也没个好。又想着，这十八姐恐怕还不是一般的毒，却是毒得很呢。对章三爷非但见死不救，肯定还恶意下了手。她下船向肖太平报信时，章三爷还活得好好的，咋一回来就死了，变成了一块冰疙瘩？章三爷身上的冷水必是这老×泼上去的，生生要了章三爷的命。

肖太平还在谈章三爷，不无得意地说：“……章三爷这结局我真没想到。别人不知道，你玉骨儿该知道，当年我在你小花船上日你的时候，章三爷那真叫神气哩，都不正眼看我，说是三条腿的蛤蟆不好找，两条腿的人有的是……”

玉骨儿说：“他这是瞎了眼。咱镇上如今谁不知道，没有肖大爷您撑在这儿弄窑，哪有三孔桥下这一天强似一天的风流繁华呀？”说毕，软软媚媚地倒在肖太平怀里，抚弄肖太平的胸膛。

肖太平这才动了性，搂着玉骨儿笑问：“这回还要我先付钱么？”

玉骨儿嗔道：“看您说的，倒好像我只认识银子似的。”

肖太平把手插进玉骨儿的怀里摸捏着说：“只认识银子也没啥不好，只要识时务就行……”

玉骨儿自然是识时务的，给肖太平宽了衣，床上床下变着花样精心地伺弄着肖太平，拿出全部看家的本领，让肖太平领略了一个女人动魄销魂的技艺。这娴熟技艺带来的美好感觉是过去不曾有的，肖太平便搂着玉骨儿直叫心肝宝贝……

肖太平极是满意，完事后，对玉骨儿说："要是当年你也这么侍弄我，我哪还会狠心去日你的腚呀……"

玉骨儿攥起拳，在肖太平身上直擂："你又提这事，又提……"

肖太平感叹说："这也真怪不得你——我想把桥头镇地下的炭都挖尽，你和十八姐自是想把男人的口袋都掏空的，若没这种大志向，也就成不了啥事了。"

玉骨儿这才把两只白白软软的手吊在肖太平脖子上问："肖大爷，您看我能成事么？"

肖太平说："你不是已成事了么?！从小花船到了大花船上，还成了管事的二妈妈。"

玉骨儿摇摇头，更明白地问："我是说，像大爷您一样，成番大事业哩。"

肖太平笑了："咋？你想做十八姐呀？"

玉骨儿反问说："为啥我就不能做？"

肖太平捏着玉骨儿红红的乳头，连连说："能做，能做。只是眼下怕不行，十八姐还在运头上哩。"

这花船上的事肖太平真没看准——肖太平当时以为识时务的十八姐还会有一段好时光，他再也想不到当年和他一起在小花船上点线香的玉骨儿，已处心积虑地要对十八姐下手了。

玉骨儿当时倒透出了一丝口风，问肖太平："……若是哪天我真成了个十八姐，有了这一河湾的花船，大爷您也会可着心抬举我么？"

肖太平说："那是！啥时这一河湾的花船真都成了你的，我就来给你贺喜！"

玉骨儿笑了："一言为定。"

第二十一章 十八姐疯了

迫近十八姐的死亡阴影中虽有玉骨儿注入的一份处心积虑，却也有十八姐自己结下的苦果。在章三爷毙命前后的那段日子里，十八姐渐渐变得躁动暴戾起来。对手下的俏姑娘们总无好声气，尤其是对大花船上的红姑娘梅枝，更是咋看都不顺眼，三天两头找碴乱骂。

梅枝是十八姐新买来的，买来后没多久接客就接红了。漠河城里的几个爷常为她争风吃醋，还在楼船上打了起来。只接了几个月的客，梅枝便为十八姐赚了成百两银子，按说十八姐不该恨她。可十八姐偏就恨上了梅枝。有一天白日，十八姐闯到了梅枝的船房里，把正睡着的梅枝弄醒了，毫无来由地在梅枝白嫩的身上乱拧，还揪着梅枝的头发，往梅枝脸上骑，弄得梅枝一脸脏东西，干呕不止。

梅枝惊惧地问："大妈妈，我……我咋得罪了你呀？"

十八姐不说梅枝咋得罪了她，只说："咋？你也嫌老娘烂？嫌老娘脏？老娘就是再烂再脏，也是你的主子！"

梅枝呜呜哭着说："大妈妈，我……我只知道为您老多赚钱，从……从没说过您烂呀？"

十八姐说："你敢说么？你要敢说，老娘把你的小×撕烂！别看你现在红，有钱的主争着抢着来日你，总有一天你也得和老娘一样，让人日烂，得上一身脏病，再没人愿意多看你一眼……"

听得这话，梅枝才明白，十八姐原是对她妒忌。十八姐下身时好时烂，脏名已传遍了桥头镇，除了摸黑骗骗一炷香的粗客，有钱有势的大人先生们已再不愿和她睡了，她就阴阴地恨起了别人。

这事实让梅枝吃惊。只是梅枝咋也想不到，身为大妈妈的十八姐会和手下的姑娘们争这卖笑的风头。梅枝和管事的二妈妈玉骨儿一说，玉骨儿也不信。

玉骨儿说："……梅枝，你不知道你大妈妈，我却是知道她的，她只认得银子，为银子，连老相好章三爷都不救哩。她再不会和你们争吃这种醋的。眼下这么欺凌你，想必还是为了银钱上的事吧？"

梅枝说："我哪来得银钱呀？客给的再多，还不都让大妈妈拿去了。"

玉骨儿问："明的被她拿去了，暗的呢？客们送的私房脂粉银呢？"

梅枝哭了："私房也……也都被她搜去了。每回客人一走，她就来搜。漠河刘三爷送我一对金耳环，我……我戴了没……没两天，就让她硬拽下来，把……把我耳垂都拽出了血……"

这一来，玉骨儿也觉得怪了，就跑去和十八姐说："……姐姐，咱得让梅枝和那些姑娘们多给咱赚钱才是，你咋老和她们过不去？姑娘们私底下都说你这大妈妈和她们争风呢！"

十八姐和玉骨儿说了心里话："……我也不是想和谁争风，只是看不过。玉骨儿你想想，当年这三孔桥下只咱姐俩时，姐姐多风光？多少男人淌着口水跟着姐姐转呀?！现在倒好，全跑到梅枝和那帮小×怀里去了——就连背时的章三爷都不偎姐姐哩！章三爷临死前最后一次到咱花船上来，要了小花船上接粗客的姑娘，都不要姐姐……"

玉骨儿说："这也是自然的，姐姐总不能永远十八岁嘛！再说，姐姐现在又是大妈妈，就算真有许多男人跟着姐姐转，姐姐也不能再接哩！"

十八姐承认玉骨儿讲得有理，连连点头说："是的，是的。"

玉骨儿又说："姐姐，咱得记着，咱是做生意，姑娘们是为咱们赚钱，咱万不可由着自己的性子来的……"

说这话时，玉骨儿还是真心想劝十八姐的——花船上的进项有她一成半的份子，她可不愿十八姐这么乱来，冷了姑娘们的心，也坏了花船的生意。

当着玉骨儿的面，十八姐无话可说，心里也后悔过，可一转身，十八姐仍不承认自己作为一个卖淫的女人已丧失了自我出卖的价值。仍幻想着用脂粉和娇喘长久欺骗桥头镇的男人们，把一个婊子年年说十八的谎言永远衍生下去……

在生命的末路上，十八姐时常陷在一种悲喜交加的情绪里。

每日夜晚，看到一封封银子和一叠叠银票、工票时，十八姐心里就会十分满足，觉得自己是个很成功的女人。瞅着自己糜烂的下身，她常常想，这每个女人身上都有的东西就是她起家的根本了。她充分地利用了它，也迫使手下的姑娘们充分利用它，就获得了非同凡响的成功。因而她这东西与其说是让男人们日弄坏的，倒不如说是生生让银子给撑坏的。于是便感叹不已，因为有了煤窑和挖煤的男人，这世界变得多好呀！男人从窑里把一封封银子挖出来，又一封封送到她的花船上，让她大发其财。然而，她终究失落了作为一个女人的价值，这便生出了深刻的悲哀。女人是为男人而存在的，对女人来说男人不再要她，她生命的意义也就不复存在了——当然，真像花船开张之初一夜被那么多男人日弄也不是好事，可总比没有男人来日弄要好。她宁愿被男人日死在床上，也不愿被男人们这么冷落。挖煤的男人应该死在窑下，卖身的女人就该死在男人身下哩。

一多半是为了银钱而忘命的精神，十八姐才拖着糜烂的下身背地里悄悄地接着窑上的粗客。点着线香接粗客时，十八姐总会想到当年和玉骨儿头夜开张的情形，耳旁就响起玉骨儿无知的叫声："姐姐，我不行了，要……要叫人日死了……"

玉骨儿没让男人们日死，她也没让男人们日死，现如今她成了大妈妈，玉骨儿成了二妈妈。她造就了自己，也造就了玉骨儿。玉骨儿眼下可比她强，一边和她一起赚着银子，一边在大花船上接着客，和肖太平打得火热。她心里虽说有气，却又不好像对付梅枝那样对付玉骨儿，只能时不时地和玉骨儿提提当年，让玉骨儿记住她的那份好处。

对十八姐提到的好处，玉骨儿嘴上应着，心里却颇为不屑。但对十八姐的"敬业"精神，玉骨儿嗣后倒有高度的评价。玉骨儿做了大妈妈后，每每夸罢自己被肖大爷日弄过的腚，就会夸赞到十八姐糜烂的下身，要手下的姑娘们别娇气。

不过，十八姐因为摆脱不了对梅枝和一帮俏姑娘噩梦般的妒忌，也做得太过分了，临死前那阵子，简直像变了个人似的。姑娘们谁的客多她生气，谁的客少赚不到钱，她也生气。搞得下面的姑娘不知该咋着好，都背地里跑到玉骨儿面前哭诉，一个个对十八姐恨之入骨。

梅枝常受十八姐的欺辱，实在受不了了，想到了逃。一天早上，收拾好衣装正要溜下船，被护船的打手郑老大发现了。郑老大扭住梅枝去见十八姐。十八姐气了，和郑老大一起毒打梅枝。梅枝被打急了眼，抱住十八姐的肩头狠狠咬了一口。十八姐发了疯，竟把梅枝捆起来，将梅枝下身一块块皮肉血淋淋地撕扯下来，撕扯得梅枝没人腔地叫。姑娘们都求玉骨儿去给梅枝讲情。

玉骨儿去了，见梅枝的下身和大腿上血肉模糊，样子很惨，便对十八姐说："……姐姐，你打她哪儿不好？偏撕她这里！日后让人家咋做生意?!"

十八姐说："老娘再不让她做生意了，就让她去死！"

玉骨儿说："姑娘们都死了，谁给咱赚钱呀?"

十八姐说："老娘再去买姑娘。"

玉骨儿说："再买姑娘也经不起你这么折磨哩！"

十八姐疯狂之下，连玉骨儿的面子也不给了，竟指着玉骨儿骂："……你玉骨儿是什么东西？也敢来教训老娘了？没有老娘，能有你小婊子的今天么？今天倒好，老娘抬举你做了管事的二妈妈，你竟管到老娘头上来了！"

玉骨儿心里很气，可还是忍下了，只淡淡地对十八姐说："姐姐，我是为你好，你要不听，就当我是放屁吧。"

虽没救下梅枝，却得了姑娘们的心。姑娘们都把玉骨儿当作了靠山。王小月还公然对玉骨儿说过，若是你二妈妈是当家的大妈妈就好了，我们都少遭些罪哩。玉骨儿这才想到利用姑娘们的情绪，对十八姐下手。

事过几日之后，十八姐又让下身稀烂的梅枝到小花船上去接客。和梅枝相好的王小月看不下去，替梅枝讲了几句话，竟当着许多姑娘的面挨了十八姐一个大耳光。王小月又跑到玉骨儿面前哭诉说："大妈妈再这么闹下去，只怕我和梅枝都没法活了。"

玉骨儿说："既是如此，我看你们倒不如拼死了她，各自逃生呢！"

王小月没听出玉骨儿话里的杀机，只问："二妈妈愿帮我们逃么？"

玉骨儿说："我倒是愿帮你们逃——只是有大妈妈在，我就没办法哩。"

王小月这才悟到了什么："二妈妈的意思是……是弄死大妈妈？"

玉骨儿说："这是她自找的——这老×不死，只怕谁都活不好哩。"

王小月苍白着脸，看着玉骨儿，愣了好半天才说："那哪天我……我……和梅枝商量、商量……"

王小月和梅枝被十八姐欺辱怕了，商量来商量去，还是不敢对十八姐下手。过了两天，王小月对玉骨儿回话说，她们只想结伴从花船上逃走，并不想做杀人夺命的事。玉骨儿心里很气，却又不好发作，无奈之中才又想到了已出落成人物的王大肚皮……

第二十二章　“教友”王大肚皮

王大肚皮出落成人物是得了两个历史性的机会。

第一个机会是同治八年喧嚣之夜对十八姐楼船的抢劫。凭着抢来的银钱，王大肚皮半逼半诱地逼着镇上两家原有的小牌房歇了业，伙着田七、田八两兄弟在三孔桥头开了第一家货色齐全的赌馆，包揽了桥头镇的赌博业。

第二个机会是同治九年的花柳病大流行。花柳病大流行，给桥头镇带来了詹姆斯牧师和洋诊所，也给桥头镇带来了洋教。王大肚皮在詹姆斯牧师那里诊好了血脓直流的鸡巴，就服了詹姆斯牧师和上帝的神力，皈依了耶稣基督。

王大肚皮是桥头镇有史以来第一个吃洋教的教友。

开着赌馆，吃着洋教，王大肚皮公然称起了爷，渐渐地连官府捕快都不怎么怯了。越往后看得越清楚，只要和洋大人沾了边，那好处就大了去了，即便不是爷，官家也不敢多招惹的，漠河知县王大人后来就是因着城中教案被撤了差哩。

不过，也得说句公道话，王大肚皮吃洋教时，洋教倒没有后来那么风光。那时，桥头镇的人都不知洋教为何物，詹姆斯牧师费尽口舌和心力，也没劝得几个羔羊皈依。王大肚皮皈依之后，又把田七、田八一帮无赖弟兄拉着皈依了，便吃了镇上不少大人老爷的骂。

秀才爷把王大肚皮骂做长毛，说是詹姆斯牧师的上帝和太平天国反贼洪秀全的上帝本是一回事，吃詹姆斯牧师的洋教就等同于谋反，迟早有一天要倒霉。秀才爷的爹田老太爷却说，岂但是谋反，更分明是自轻自贱不要自家祖宗——敬奉着洋人的圣父、圣母，咱列祖列宗往哪摆？

王大肚皮和手下的那帮无赖们胆大皮厚，既敢担着谋反的罪名，又敢不要列祖列宗，才让詹姆斯牧师和上帝一起在桥头镇扎下了最初的根基。对此，詹姆斯牧师悲喜交加，在岁暮晚年写过一本书述说自己的感受，书名叫作“遥远的福音”。

在《遥远的福音》里，詹姆斯牧师说——

……我没想到在同治九年肮脏迷乱性病流行的桥头镇，传播上帝的福音会那么难。更没想到桥头镇第一批皈依上帝的中国人竟会是些该下地狱的十足的流氓无赖。这帮流氓无赖被一个绰号叫王大肚皮的赌徒率领着，做着和上帝毫无关系的聚赌欺人的事情。有时我甚至想，这个王大肚皮皈依上帝，是不是想把上帝也拉到他的赌馆去赌上一场？……然而，也正因为有了王大肚皮这类毫无道德感的中国人，我才得以在桥头镇产煤区开始艰难无比的传教事业，才有了二十年后桥头镇教堂传出的真正圣洁的赞美诗……

对早期这帮无赖信徒们，詹姆斯牧师曾努力用天国的福音进行过教化。

詹姆斯牧师用洋药给王大肚皮诊治花柳病时，就和王大肚皮说过，上帝不主张纵欲淫乱，对纵欲淫乱而又不知悔过的人，上帝是不会保佑的。詹姆斯牧师还向王大肚皮说起了巴比伦国，道是古巴比伦就是因着举国纵欲，酒海肉山，方遭了天谴，以至灭亡……

王大肚皮听后，不知惧怕，却很是羡慕，竟咂着嘴对詹姆斯牧师说：“……詹大爷，要我说那巴比伦国的臣民也灭得不亏哩！又是酒海又是肉山，吃也吃足了，日也日够了，多好的事呀。詹大爷您想哪，人生在世，图个啥？不就是图个吃，图个日么?!”

詹姆斯牧师目瞪口呆。

王大肚皮没等詹姆斯牧师回过神来，竟又问：“哎，詹大爷，您说上帝他老人家吃不吃？日不日呀？”

詹姆斯牧师脸都白了，忙跪下祷告。

王大肚皮意识到自己犯了忌讳，又想着自己的花柳病还没好利索，还得求詹大爷的洋药，便也忙跟着跪下了……

詹姆斯牧师见王大肚皮在桥头镇包赌，三孔桥头的赌馆日夜乌烟瘴气，常有输得精光的窑工被王大肚皮手下的弟兄扒光了衣服打出来。便又对王大肚皮教诲说，普天下的人们皆是上帝的羔羊，上帝要羔羊们相亲相爱，彼此都有一颗仁慈的善心，不愿看到一群羔羊如此欺诈另一群羔羊。

王大肚皮认为这种事与上帝毫无关系，咧咧嘴说："……詹大爷，您老有所不知，赌钱有赌钱的规矩，来赌的人赢了，我得付钱给他；输了，自得掏钱给我，钱不够，就得拿东西抵，天公地道，谈不上欺诈的。我敢对万能的主发誓，我这赌馆最是公道。不论色子、牌九还是麻将，都从不做鬼。詹大爷，您老要是不信，就到兄弟这里赌一场，看看可有欺诈？"

詹姆斯牧师哪会去和王大肚皮赌一场？见王大肚皮不听教诲，只得作罢。

于是乎，王大肚皮的赌馆仍是日夜胡闹，有一阵子还把个大十字架挂在大赌房里，说是要让万能的上帝来证明他这赌馆的公道无欺。这就闹过分了，詹姆斯牧师忍无可忍，逼着王大肚皮取下了大十字架。

王大肚皮取下了大十字架，却对詹姆斯牧师说："……詹大爷，就是取下了十字架，上帝他老人家也在兄弟心里，兄弟仍是要讲公道的。"

讲着公道，王大肚皮照旧把输掉了底的赌徒扒光了衣服往门外打，照旧在赌具上做鬼，也照旧在三孔桥头横行霸道。

同治十一年一月的那天，玉骨儿去找王大肚皮时，王大肚皮手下的一个歪头弟兄嘴里叫着上帝，正把只穿着破裤衩的窑工钱串子用脚往雪花飞舞的门外踹。

栽出门的钱串子差点儿撞到玉骨儿身上。

玉骨儿一声怒骂："瞎眼了？你们这些死鬼！"

挨踹的钱串子和踹人的歪头弟兄都连连向玉骨儿赔不是。

玉骨儿这才消了气，让歪头弟兄引着，在赌馆后面的兑银房里见着了王大肚皮。

王大肚皮兴致正好，也不问玉骨儿为啥来，守着一盆炭火，对玉骨儿大谈上帝和詹大爷，直夸詹大爷的洋药好，说是有了这洋药，再上花船日弄姑娘就不怕烂鸡巴了。说着，说着，搂住玉骨儿就要弄。

玉骨儿一把推开王大肚皮说："你歇歇吧，我今日不是来和你干这事的。"

王大肚皮见玉骨儿一脸正经，便问："啥事害得你这二妈妈下着雪跑来找我？"

玉骨儿把兑银房的门插上，才叹气说："咱当年的劫案怕要发了——十八姐起了疑。"

那时的王大肚皮已成了人物，场面大了，见识也多了，和洋人詹大爷又成了朋友，还认识了上帝，再不好糊弄。王大肚皮根本不信玉骨儿的话，听罢，笑笑地摇着头说："妹子，你又胡诌了吧？十八姐要起疑早起疑了，哪会等到今天？"

玉骨儿把事先编好的谎话说了出来："这也怪我不小心，把……把当年咱们劫来的一个金镏子让十八姐看到了……"

王大肚皮怔了一下："真的？"

玉骨儿点点头。

王大肚皮仍是疑惑："哎，你……你莫不是骗我吧？"

玉骨儿说："我都吓死了，还有心思骗你么？"

王大肚皮信了，想了想说："这……这就糟了哩。"

玉骨儿直叹气："可不是糟了么！这……这两天十八姐老盯着我盘问，套我的话。"

王大肚皮问："你……你咋说？"

玉骨儿说："我自然是骗她，只说是从别人手里买来的。"

王大肚皮说："咋好这么说呢？这老×追下来，那还了得？我看你……你得快逃哩。"

玉骨儿摇头说："我不逃。逃到哪也没有在桥头镇好，我只想弄死她。"

王大肚皮笑了："我明白了，玉骨儿，你又想让我去杀人，可你不知道，哥哥我今天也不是往日了——我跟洋诊所的詹大爷吃了洋教，信了上帝哩！信上帝就和念佛吃素差不多，不能杀生的。詹大爷老和我说要爱一切人，再不能像过去那样胡作非为哩。所以……所以，妹妹你……你还是早点逃走才好。三十六计里就有一计，叫作'走为上'嘛。"

玉骨儿知道，王大肚皮的上帝全是扯淡，实际上是因为开着赌馆发着财，再不愿冒杀人坐牢的风险了。不过，她也不把话说破，只道："既然哥哥从抢贼变成了圣人，那好，我走，再不求你了！"走到门口，玉骨儿转过了身，媚媚地向王大肚皮一笑，似乎无意地说，"哦，忘了告诉你，我对十八姐说了，那个金镏子是从你手里买回来的……"

王大肚皮愣了："你……你坑我！"

玉骨儿见王大肚皮上了钩，又笑笑地问："咦？这咋叫坑你呢？你好生想想，当初是不是你和田家兄弟把这些首饰卖给我的？你不但卖，还买了我一件东西，——我的玉朵儿，买来就被你和田七、田八杀了，对不对？"

王大肚皮怕了，问玉骨儿："你……你真要害哥哥我么？"

玉骨儿指着王大肚皮的额头说："不是我要害你，是你信了上帝成了圣人，要害我哩！你想得倒美，我一逃，当年的劫案就是我一人做下的了，你就好守着你的上帝和赌馆天天发财了，是不是呀？"

王大肚皮红了脸："不是，不是，我……我没这么想过，让你逃真是为……为你好呢！"

玉骨儿翻了脸："我再说一遍，姑奶奶哪里也不去！你真小瞧我了，我虽是女人，却敢做敢当，不像你这孬种，出了事就做缩头乌龟。你想想，那夜我是不是劝过你？要你不要做抢贼，你却硬要干。今日咋熊了？！"

王大肚皮记起了当年和玉骨儿一起做下的事，想着玉骨儿当年的义气和今日的胆量，心里便愧了，遂连连点头说："好，好，妹妹，我……我听你的就是。"

玉骨儿脸色缓和下来说："这就对了嘛！别说这是咱俩一起做下的事，就算是我玉骨儿的事，我求到你哥哥门上，你也得帮我呀。你当初不是说过么？你和你的弟兄都会帮我的。"

王大肚皮说："是哩，我这人说话算数。"

玉骨儿说："那就好。你听我的也没亏吃，事成之后，我成了这些花船的大妈妈，就让你抽一成的头钱。"

王大肚皮来了精神："这话当真？"

玉骨儿说："我啥时骗过你？当初我在小花船上做姑娘时，不就和你说过么？日后我若发了，自有你和弟兄们一份好处的——只是有一条，成事后我做了大妈妈，你和你手下的弟兄就不能来捣乱了，还得为我护船护姑娘。"

王大肚皮说："那是，那是，别说我得了你一成的头钱，就是不得你的头钱，也得帮你忙呢！咱俩是谁跟谁呀！"不过，王大肚皮粗中有细，想了想，又问，"杀了十八姐后咋收风呢？"

玉骨儿说："收风的事你甭管，有我哩，我自会编排得滴水不漏的。"

当下，玉骨儿把想好了的谋划同王大肚皮细细说了一遍。

王大肚皮拍手叫绝："好，好，你实是太有心计，那咱就早点干吧！"

说这话时，王大肚皮心里再没有什么上帝和詹大爷了，满心里想着的都是那一成的头钱。为了玉骨儿许下的这份长流水不断线的进项，王大肚皮认为自己值得杀一回人……

第二十三章　十全十美的谋杀

雪下了一天一夜，四处白茫茫的。大漠河水停止了涌动，河面上结了厚厚一层冰，都能走人了。两条楼船和十条小花船全被冻在了河岸边。早上，雪住了，天气仍阴冷得很，四下里静静的，三孔桥上下难得看到几个鲜活的人影。

楼船里却不冷。十八姐守着一盆旺旺的炭火，围被坐在床上，喝着银耳莲子羹想心事。又快过年了，对手下的姑娘们好歹总得赏两个，年货也得办了。还有玉骨儿，得想法让她离开才好。当初遭难时离不了她，如今景况好了就留不得她了。这不是她十八姐心坏，却是没办法哩。姑娘们心都向着玉骨儿，玉骨儿又老替姑娘们说话，她这大妈妈还咋做下去？

正想着玉骨儿，玉骨儿撩开厚厚的棉帘进了门。

十八姐向玉骨儿招招手说："来，来，妹妹，到床上坐。"

玉骨儿说："不坐了，我找姐姐有事呢。"

十八姐问："啥事？"

玉骨儿说："王大肚皮家有个俏姑娘要卖给你。"

十八姐眼睛先是亮了一下，后来却黯下了，说："和这人打交道得小心呢，他手中的姑娘只怕来路不正。"

玉骨儿说："这个姑娘来路倒正，是抵债抵来的，我知道。姑娘的爹在王大肚皮那儿赌，输了十五两银子，没法还，就抵上了亲闺女。人我也见了，只十六岁，生得细皮嫩肉，不比梅枝差……"

十八姐高兴了："哦，是吗？那好，快请王大肚皮过来吧。"

玉骨儿说："姐姐，我看倒是你过去才好哩，能亲眼看看人嘛，看中谈妥了就带过来，看不中就算。"

十八姐想想也对，便答应了，说是马上就去看。

玉骨儿见十八姐穿衣起了床，就往门外走。

十八姐却把玉骨儿唤住了，说："妹妹，你别走，就和姐姐一起去王大肚皮那儿，姐姐还有话和你说哩。"

玉骨儿可不想让人看到自己和十八姐一起出去，便说："姐姐，你头里先走，我马上过去，有话咱回头再说。"

十八姐问："你忙啥？"

玉骨儿说："天这么冷，给咱护船的弟兄都挺辛苦的，我让他们喝点酒，暖暖身子。还得向他们提个醒：河上结了厚冰，别让姑娘从冰道上逃了。姐姐忘了么？去年腊月不是逃了个姑娘么？"

十八姐点点头："你心真细。"

因着玉骨儿的细心周到，十八姐又觉得自己还是离不得玉骨儿的，便把想和玉骨儿说的话又咽了回去，毫无疑心地去了王大肚皮家。在王大肚皮新盖的大瓦房里见了王大肚皮。

王大肚皮瞅着十八姐一愣，马上问："哎，玉骨儿咋没来？"

十八姐说："她来有啥用？我是大妈妈，买卖你还得和我做。"

王大肚皮似乎有些为难，搓着手说："十八姐，你……你不知道，这……这买卖是我和玉骨儿谈好的，玉骨儿不来我……我说不清哩。"

十八姐说："玉骨儿也要来的，你先把姑娘带给我看吧。"

王大肚皮哪有姑娘给十八姐看？心下气得要死，担心玉骨儿耍滑，却又不得不应付十八姐，便把房门插上，笑笑地说："十八姐，你……你别急，冰天雪地的，又快过年了，咱先烤烤火，暖和暖和再说嘛。姑娘就在前面牌房里，我包你满意，就是这价钱么，咱得好生谈谈。"

十八姐说："我总得先见着人才能给价呀。"

王大肚皮说："那是，那是……"

玉骨儿不来，十八姐又是一副坐不住的样子，王大肚皮有点急，已动了扑过去掐死十八姐的念头，想想还是忍住了，觉得不能便宜了玉骨儿，自己一人担下杀人的罪名。就硬着头皮和十八姐调情，说什么十八姐仍是风情不减当年，还煞有介事地感慨起来，说十八姐瞧他不起，至今没和他喝过一次花酒。

十八姐也感叹，说："……我当年倒是真风光过，现在却不行了，岁数大了，身子也坏了。"

王大肚皮说："不哩，嫖女人还是要嫖像十八姐你这样的才有滋味，年轻的并不见得就好，一个个木头似的，不懂得咋伺候男人。"

这就让十八姐把王大肚皮认做了知己，十八姐赞同地说："这倒是哩。那些小×哪懂什么男人呀，都以为只要年轻美丽就行了，却不知做那床上的功夫。不是吹，当年和我十八姐玩过的男人，谁能忘了我十八姐?"

王大肚皮很"知己"地上去搂住十八姐："那……那今日你就让我长长见识，也……也圆了我多年来的一个花梦吧。"

十八姐嗔怪着，推开了王大肚皮："说归说，我哪能真和你做呀。"

王大肚皮又扑了上来："哎，咋就不能? 还看不起我么? 我今日可是有银子了，你看，这新屋都砌了……"

十八姐叹着气说："今日不是我看不起你，倒是怕你看不起我——你没听说过么，我得了脏病呢。"

王大肚皮笑了："这我不怕，我有詹大爷的洋药哩。"

十八姐问："你真不怕?"

王大肚皮说："不怕。"

这就让十八姐动了心。

然而，十八姐脱了衣裙上了床，王大肚皮还是有点怕。看着十八姐糜烂的下身，王大肚皮泄了气。倒是十八姐劲头十足，使出浑身解数，变着花样侍弄王大肚皮，侍弄得王大肚皮极是舒服。王大肚皮一舒服，胆子渐渐大了起来，倒也顾不得什么脏病了。

十八姐直到生命的最后时刻，仍对自己从事的花窑事业充满了职业激情，对王大肚皮说："……如今的那些小×，比老娘差远了，一个个偏还神气得很，让老娘看了就生气。你们男人也不是东西，光认脸上的漂亮，不认床上的功夫……"

就听十八姐说到这里，王大肚皮杀心已起。十八姐总要杀掉的，与其等玉骨儿来时再伺机杀，倒不如现在杀容易了——只不过便宜了玉骨儿。却也不管了，这老×该死。她不死，那夜的事就不算完，他也拿不到玉骨儿许下的一成头钱。

王大肚皮心一狠，两只手伸到十八姐的脖子上，扼住了十八姐的脖子。十八姐再也想不到，正在日弄她的男人心会这么狠，竟会下手害她。她先没在意，还想把没说完的话说完。王大肚皮的两只手却使劲下力，扼得她再也喘不过气来了。

绝情绝义的事就这么发生了。

死到临头，十八姐仍是糊涂，不知哪里得罪了王大肚皮，想问王大肚皮，这到底是咋回事？可脖子被扼着，咋也开不了口，大睁着两眼盯着王大肚皮凶恶的脸孔看。王大肚皮也不想让十八姐死个明白，不提同治八年那夜的劫案，也没提玉骨儿。为了说服十八姐接受面临的惨痛死亡，更为了证明自己制造死亡的合理性，竟提出了一个理直气壮的借口："你……你这老×，一身烂病竟还敢来害老子！老子不掐死你真对不起桥头镇的兄弟爷们！老……老子要为民除害哩……"

十八姐本能地挣了一阵子，挣得屎尿都出来了，王大肚皮就是死不松手。十八姐拼命伸出手想抓王大肚皮的脸，却抓不到。后来十八姐挣不动了，两只乱抓乱扑的手软软地落了下来，眼光直了。

就在十八姐咽气的当儿，王大肚皮把身下的一股坏水放了出来。

桥头镇花窑业的第一代鸨母就这样死在一个无赖男人身下。

十八姐死定了，玉骨儿才进了门。

王大肚皮懒懒地说："完事了，老子日完她，又掐死了她。"

玉骨儿掀开床上的被子一看，十八姐果然一身屎尿光着身子死在床上，心里不由得一阵欣喜。几年来的处心积虑，今日总算有了个圆满的结果。这老×终是完了，那歌唱般的哭声再也不会飞入她的梦中了，她的好时光也将从今天开始了。

这真像一场梦。

王大肚皮挺惋惜地说:"……玉骨儿,你可别说,这老×还真是好货呢!床上功夫真好,真是我日得最好的一次了,我……我都差点下不了手哩……"

玉骨儿皱起眉头说:"既是杀她,你……你就不该再和她弄哩。"

王大肚皮不高兴了:"哎,还说呢,原不是讲好的么?咱俩一起杀,你怎么迟迟不来?"

玉骨儿说:"我是临时有事,被缠住了。"

王大肚皮说:"你还不是耍滑头么?我知道的。"

玉骨儿笑了:"我要来,就不会让你日弄她,你就占不下这便宜了。"

王大肚皮说:"我可不占这便宜哩!她弄得好,该给的银子老子照给,才不赖账呢。"

玉骨儿手一伸:"那就拿来。"

王大肚皮把玉骨儿的手打了回去,抓了块碎银子塞进了十八姐的下身:"得给她,哪能给你?!"

……

十八姐的尸体后来被王大肚皮扔进了三孔桥下的冰河里。

当天下午,玉骨儿若无其事地把当值的船丁叫到自己舱里喝酒,抽空放走了梅枝和王小月,要她们逃得远远的,再也不要到桥头镇上来。梅枝和王小月不知玉骨儿的精心谋划,真以为玉骨儿是为她们好,逃离时泪水涟涟,还跪下给玉骨儿磕了头。当晚,大小花船上全乱了套。十八姐不见了,梅枝和王小月又没了踪影,船丁和姑娘们都议论纷纷。玉骨儿装模作样找到船丁头郑老大问话。郑老大猜测说,没准是十八姐把梅枝和王小月带出去做大户人家的上门生意了。玉骨儿就让郑老大带人去镇上和漠河城里的大户人家找,可却再也没找着十八姐。

十八姐活不见人,死不见尸。

众人嗣后便传,都说十八姐十有八九是被梅枝和王小月杀了。而梅枝和王小月杀了十八姐后也逃走了。没有谁怀疑到二妈妈玉骨儿头上,更没人知道十八姐光着身子的尸体就泡在三孔桥下结着冰的河水里。

十八姐的尸体被发现已是来年开春了。桥头镇的男女们见十八姐光着身子，下身还塞着一块银子，便把逃走的梅枝和王小月都忘了，又推测说，十八姐也许是被哪个狠心的嫖客弄死的……

仍然没有谁怀疑到玉骨儿头上。

桥头镇花窑业历史上第一次十全十美的谋杀就这么完成了。

第二十四章　瞎了眼

曹二顺左眼瞎了，半个鼻梁成为一道阴暗的风景永远悬在了右眼底下。还不愿和别人说是让肖太平一拳打瞎的，对自己老婆大妮和妹妹曹月娥都不说。出事回来那日，大妮急得哇哇怪叫，曹二顺就是不吭一声。妹妹曹月娥来问他，他也不做声，只是不断地用衣袖抹右眼里流出的泪，心里实是又愧又恨。

曹二顺想到自己糊里糊涂把章三爷背上窑，让章三爷逃了，差点儿要了肖太平和侉子坡二百多号弟兄的命，就觉得自己这一拳挨得真算活该。可这一拳不是别人打的，偏是肖太平打的，就让他恨了。肖太平是谁？是自己亲妹夫呀，是爹看中的二团总呀。在爹最后的日子里，是他和肖太平一个推车，一个拉纤，伺弄着受伤的爹一路走到了大漠河畔这片窑区。爹一路上还和他们说过，自己怕是难逃一死了，要他们日后像亲兄弟一样相帮相助。今天肖太平竟下得了这种狠手。

这一拳把曹、肖两家的亲情全打完了。

曹月娥不知底细，回家就和肖太平说："……我二哥被人打瞎了一只眼，你知道么？"

肖太平原已把打曹二顺的事忘了，听曹月娥一说，怔住了："什……什么？二哥的眼被……被打瞎了一只？真的么？"

曹月娥说："可不是么，我咋问，他也不说是谁打的。"

肖太平又是一愣，随即便叹气道："怪我，怪我。"

曹月娥说："可不是怪你么？你做着窑掌柜，二哥还被人家打成这样，你不能甩手不管！"

肖太平又叹气，叹罢，给了曹月娥十两银子，要曹月娥马上给曹二顺送去，让曹二顺去瞧伤，还交代说，若是银子不够再到掌柜房支，务必要把眼治好了。

“……还有，这个月叫二哥别去下窑了，你和他说清楚，不下窑也算他六十个工的饷，我这里全认，逢五逢十叫大妮记着去窑上称高粱领钱。”肖太平说。

曹月娥难得见肖太平对自己哥哥如此大方，很高兴地拿着银子去见曹二顺，把肖太平慷慨的承诺全和曹二顺说了。曹二顺一听妹妹提到肖太平，火就上来了，不但不要这十两银子，还赶妹妹走，口口声声说自己和姓肖的一刀两断，从此以后双方两不相欠了。

这让曹月娥和大妮十分惊讶，都认为曹二顺太不近情理。

大妮不管曹二顺怎么想，把曹月娥带来的十两银子接下了，还挺着大肚子跪到地上给曹月娥磕了头。曹月娥看着瞎了一只眼的二哥和土炕上哇哇哭叫的春旺和秋旺，心里真难受，搂着大妮呜呜地哭出了声。

哭罢，曹月娥指着曹二顺的额头骂：“……二哥，你别不识好歹！我不是为了你，是为了嫂子和孩子！你要真硬气，就得像肖太平一样，混出点人样来给我看看，别让我这做妹妹的一天到晚为你担惊受怕的……”

到这份上了，曹二顺仍是不说事情真相，只对妹妹闷闷地吼：“我……我没要你为我担惊受怕，你……你走，你走吧……”

曹月娥哭着走了，好久没再来过。

因为左眼受伤，曹二顺确实不能再下窑了，这就有了嗣后一生中难得的二十二天空闲。是二十二天哩，曹二顺到死都记得清清楚楚。在这二十二天里，曹二顺除了到桥头镇的居仁堂和詹姆斯的洋诊所治眼，总和大妮厮守在一起。

和大妮在一起，曹二顺心气就平和多了。

见大妮老是泪水不断，曹二顺就说：“……哭啥呀，瞎了一只眼不碍事呢，又不是全瞎。再说瞎眼总比断腿断胳膊强。咱有胳膊有腿，每天照样能下窑挣那五升一斗的高粱哩。”

大妮不愿再伤曹二顺的心，噙着泪对曹二顺直点头。

曹二顺又算账："……我一月总能下四十多个窑，挣二十多斗高粱，一年就是二十多担了，不算少的。离了我妹妹他们俩，咱也能活，咱得有点骨气哩。"

大妮比比划划打手势对曹二顺说，妹妹曹月娥和肖太平不同，是好人哩。

曹二顺说："妹妹再好也是他们肖家的人，咱和她还是少来往好，我见到她就心烦哩。"

大妮猜不透曹二顺的心思，看着曹二顺只是发呆。

春旺、秋旺两个儿子也在这二十二天里和曹二顺亲热起来，再不愿整天睡在土炕上，老要曹二顺抱。曹二顺一手抱着一个儿子，心中就涌出压抑不住的自豪。夜晚，春旺、秋旺睡了，曹二顺抚着大妮高高鼓起的肚皮，又想，大妮肚里怀着的这一个必定还是儿子呢！妹妹说他没混出个人样，真是错得离了谱——他娶了大妮成了家，都有了三个儿子，还算没混出个人样么?!

这二十二天还给曹二顺带来了对上帝的信仰。因为到洋诊所治眼，曹二顺认识了詹姆斯牧师。

这认识极是偶然，可以说是大妮硬拉着曹二顺去认识的。居仁堂的王老先生已诊定了曹二顺的左眼不可复明，大妮就是不死心，硬扯着曹二顺进了镇子最西头的洋诊所。曹二顺这才见到了詹姆斯牧师。

詹姆斯牧师是个好心人，见曹二顺和大妮带着两个幼小的孩子，夫妇二人一个是哑巴，一个又被打伤了眼睛，心里很是难过，问明情况后就落了泪。詹姆斯牧师为曹二顺细心地诊眼上药，一文钱没收，临走反倒送给大妮一块细白的洋布，让大妮为没有棉衣的春旺、秋旺一人做件新棉衣。曹二顺再也没想到，这个黄头发蓝眼睛的中年洋人心肠会这么好，拉着大妮一起跪下，向詹姆斯牧师道谢。

詹姆斯牧师拉起曹二顺和大妮说："……你们不要谢我，要谢上帝，谢我们在天上的主。"

曹二顺由此而知道了上帝，知道了天上的主。

过了三天，按詹姆斯牧师的吩咐再去换眼药，詹姆斯牧师就对曹二顺进行了宗教的启蒙。詹姆斯牧师和曹二顺讲创世纪里的亚当和夏娃，讲上帝惩戒人类的大洪水和诺亚方舟，讲人类皆是上帝的子民和羔羊，要互爱互助的道理……

这闻所未闻的向善故事和向善的道理让曹二顺听得入了迷。曹二顺便把不愿和别人讲的话都和詹姆斯牧师讲了，极是不解地问詹姆斯牧师，他们曹肖两家有着如此亲情，昔日又是如此的关系，肖太平今天咋会变成这样？

詹姆斯牧师拉着曹二顺的手说："……我的兄弟，这不奇怪。人类的第一场仇杀就发生在亲情最深的兄弟之间呢。我们人类共同的祖先亚当和夏娃，在偷吃禁果走出伊甸园后生了两个儿子，一个叫加音，一个叫亚伯。加音受了魔鬼撒旦的诱惑，因为嫉妒亚伯而生出了仇恨，杀了亚伯，人魔之战就从此开始了，一直延续到今天。"

曹二顺问："肖太平也是被魔鬼撒旦诱惑了么？"

詹姆斯牧师说："是的，撒旦的邪恶无孔不入。人类的凶恶、贪婪、纵欲、自大、嫉妒等等有罪的恶行，都是撒旦意志的体现。所以我们要常与上帝交谈，要做祷告，让上帝帮助我们抵抗撒旦的意志。"

曹二顺那时还没有詹姆斯牧师那么博大的胸襟，也不知道要祷告，仍只想着自己和肖太平，想着上帝要惩罚坏人，便问："……加音受了魔鬼的诱惑，杀了自己兄弟，上帝不管么？"

詹姆斯牧师说："上帝怎么会容忍兄弟间的仇杀呢？上帝惩罚了加音。"

曹二顺问："上帝是咋惩罚加音的？"

詹姆斯牧师说："上帝让加音劳而无功，虽然做着一个家族的头领，却干什么都是一场空……"

曹二顺心想，对哩，这加音不就是今日的肖太平么？肖太平做着窑掌柜，是个头领，可却一个儿子也没有，正是劳而无功呢，日后必然会是一场空的。

詹姆斯牧师亲切地说:“……我的兄弟,要知道,我们的生命是上帝给的,我们每日的饭食也是上帝给的,我们的快乐和力量都是上帝给的。上帝让我们用诚实的劳动获得每日的饭食,却不许我们踏着别人的血泪去寻求快乐。”

曹二顺又想,肖太平不就是踏着别人的血泪寻求自己的快乐么?——也包括他的血泪呢。

最后,詹姆斯牧师抚着曹二顺的肩头总结说:“……兄弟,你是对的,上帝实际上已在你心中了。因此你不要去仇恨,也不要谋求报复,上帝在加音的额上留下了惩罚的印记,却不许人们报复哩。上帝洞察世间一切,最终会把惩罚施予那些恶贯满盈的魔鬼……”

曹二顺十分信服詹姆斯牧师的话,觉得詹姆斯说的上帝属于自己。万能的无所不在的上帝和肖太平,和死去的章三爷,和漠河城里的白二先生,还有大小花船上那帮为银子而疯狂厮杀的男女魔鬼们一点边都沾不上。

曹二顺把桥头镇看得群魔乱舞时,詹姆斯牧师也在桥头镇看到了撒旦的魔影。

置身于同治年间的桥头镇,詹姆斯牧师对土地遭受的破坏和人们精神道德的沦丧忧心忡忡。詹姆斯牧师曾站在诊所门外的田埂上,指着夕阳下的旷野和小窑对曹二顺说:“……上帝赐予你们一片多好的田园呀,广阔的土地依傍着清澈的河流,年年收获着吃不完的食粮。花儿在春风里开放,小鸟在蓝天下飞翔。你们本该知足,去谢上帝的恩。可是你们不知足,为了银钱,毁坏着上帝赐予你们的田园和土地。长久下去,上帝的惩罚就要降临了,你们将因为无法获得土地上的收获,而被迫于痛苦无奈之中去寻找新的家园……”

一百多年后,詹姆斯牧师的话果真应验了——一九九五年,桥头镇市周围储煤全部采尽,近五万矿工成建制地离开了这片全面陷落的土地。留下来的人们被迫在堆满矸石和黑水的几百平方公里陷地上进行艰难的复垦,用加倍的辛劳和汗水偿还一百多年来欠下的历史积债……

指着三孔桥下的大小花船，詹姆斯牧师还对曹二顺说过：“……贪婪和疯狂带来的罪孽是深重的，性病的流行已对桥头镇的人们提出了警示，而人们仍不知省悟。他们猪狗一样拥挤在肮脏的堕落里，不分善恶，不明黑白，俯身抽吸着撒旦的毒汁，却拒绝上帝的甘泉。谁都没想过，这罪恶的渊薮最终要被荡涤，末日的审判必将来临……”

那时，唯一一个带着真诚之心听詹姆斯牧师布道的只有曹二顺。可是曹二顺虽然满怀敬畏，却没法和詹姆斯牧师对话，很多时候都是詹姆斯牧师一人在自言自语。有几次，詹姆斯牧师自言自语着，眼睛里就默默地流下泪来。

同治十一年之前的詹姆斯牧师处于痛苦而光荣的孤独中。

曹二顺在詹姆斯牧师的孤独中，成了上帝真诚的羔羊。詹姆斯牧师此后也成了曹二顺一生中最信服的人。眼上的伤好了之后，只要到镇上，曹二顺总要到詹姆斯牧师那里去听布道，和詹姆斯牧师一起在圣像面前做祷告……

在《遥远的福音》里，詹姆斯是这样记载的——

……这个矮小瘦弱的曹姓矿工和他无助的家庭给我留下了深刻的记忆。第一次看到他和他的哑妻时，我就知道，他充满苦难的心灵祈盼着上帝的福音。他在同治十一年(1872 年)三月皈依了上帝，成了桥头镇众多矿工中的第一个真正意义上的教徒。五年后，当杰克逊的福音学校在上海开办时，我又劝这个多子的父亲把其中一个儿子送到上海接受系统的西方教育。他出于对我本人和教会的无比信赖，在中国当局对我们教会慈善事业无知无耻的诋毁中将自己的二儿子送进了上海福音学校，使得后来的大英帝国 SPRO 中国煤矿公司有了个叫曹杰克的出色买办。而这个曹姓家族未来几十年的命运也因此而奇迹般地改变了。这都是万能的上帝的旨意……

在同治十一年，曹二顺可不知道正牙牙学语的秋旺日后会变成英国

SPRO中国煤矿公司的总买办曹杰克，会在桥头镇乃至中国煤炭业的历史上留下显赫的一笔。那时的曹二顺只有对上帝的敬畏，对詹姆斯牧师的感激，却没有对生活的任何奢望，二十二天过后，瞎眼还没好利索就下窑去了。

下窑没几天，曹二顺瞎眼的真相就传了出来。是那夜在场的肖家窑丁无意中传出的。这真相震惊了侉子坡上曹肖两姓所有人，曹肖两姓窑工们再也想不到，发财做了窑掌柜的肖太平对自己的妻兄都这么狠毒……

第二十五章　惩办内奸

打瞎了曹二顺一只眼，肖太平虽说有些愧，心里却没太当一回事。事情本不怪他，倒是怪曹二顺，不是曹二顺放走章三爷，他决不会这么动怒。大怒之中挥拳打过去时，也没想到会把曹二顺的眼打瞎。不是曹月娥后来和他说，他不会知道。知道后，他并没赖账，让曹月娥给曹二顺送了养伤的银子不说，还包了曹二顺一个月的窑饷，也算对得起曹二顺了。让老婆曹月娥带着十两银子看过曹二顺后，肖太平便把曹二顺的事忘了，一门心思想着对付可恶而又可恨的内奸曹八斤。

肖太平知道，曹八斤不是曹二顺。曹二顺放走章三爷是因为心太软，看不得别人受欺受罪，并没有坏他的心思。曹八斤却不同，这人做过哨长，生就一颗歪心。只因自己没在白家窑上捞到实际好处，就恨起了他，竟违背自己当初发过的血誓，把曹团的底全向章三爷抖了出来，想坏他和整个前曹团的弟兄的事哩。

最初，肖太平想当众公布曹八斤那份“反贼自供状”，对前曹团弟兄们讲出事情真相，然后把曹八斤和章三爷一起押在窑下公然弄死。可转念一想，又觉得不妥。眼下他肖太平发了，前曹团的弟兄可没发起来。若是他公开了真相，让本来就不满的曹姓弟兄看出自己对昔日历史的恐惧，只怕杀不了曹八斤反要坏事。穷人本来就不怕事不惜命，更何况是曹团那帮和官家拼杀了许多年的野种。这帮昔日的野种弟兄没准就会趁机把事闹到官府，和他拼个鱼死网破，同归于尽。

想来想去，肖太平终于忍下了对曹八斤的一口恶气，只字不提那份“反贼自供状”，只让肖太忠带着几个窑丁日夜盯着曹八斤，伺机下手，去制造一起意外的死亡。可却不容易，曹八斤做贼心虚，上窑下窑总夹杂在一帮曹姓弟兄中间。曹氏弟兄的领头大哥原棚长曹鱼儿更像个影子似的，老笼在曹八斤身边。

后来肖太平才知道，曹八斤那时已起了疑。在窑下看到章三爷光着身子拉煤，曹八斤心里就犯嘀咕。别人相信章三爷是欠了肖太平的巨额赌债，曹八斤就不相信，咋想咋觉得这事奇怪。却又不敢和别人说，怕自己和章三爷说的那些话会惹翻窑下的弟兄。待得知道章三爷死了，曹八斤终于撑不住了，连做了几天噩梦之后，才跑去和曹鱼儿说了，说是自己混账，因着对肖太平的恨，就把起过的血誓忘了，把曹团弟兄的底和章三爷说了，以致害死了章三爷。

曹鱼儿极是吃惊，当下扇了曹八斤的耳光，对曹八斤破口骂道："……你这狗东西实是找死！你和章三爷说这些陈年旧事干啥？是啥用心？你光是害肖太平么？也是害咱大家伙！咱被官军追剿着东奔西逃的日子你他妈的忘干净了？"

曹八斤说："我……我是一时糊涂哩……"

曹鱼儿说："你不是一时糊涂，是因恨起贼心！章三爷该死，你狗东西也该死！咱曹团当年就有规矩，为官军、官府做奸细者，杀无赦。散伙时也发过血誓的，泄露曹团底细口风的，曹团弟兄人人皆可擒而诛之……"

曹八斤在曹鱼儿面前跪下了："大哥，咱总是姓着一个曹，又是同族弟兄，你……你得救……救我……"

曹鱼儿说："亏你还知道自己姓曹！惹事时你就没想过么？咱曹团姓曹不姓肖，曹团咋说也是咱老团总带出来的，起团至今曹姓没出过一个奸细……"

曹八斤说："我实是太恨肖太平了，这个狗日的东西哪……哪还有一丝二团总的味呀，人家如今成了爷，发了大财，再不把咱们弟兄看在眼里了。所以，我……我才想，哪怕和他拼着一起见官，我……我也不怕……"

曹鱼儿说："要说恨肖太平的人，哪止你一个？可再恨，咱也不能这么行事的。有能耐，咱就像他当年对付白二先生、章三爷那样对付他，闹一次大歇窑，把窑从他手里夺过来……"

曹八斤说："大哥，从今往后，我……我都听你的，你……你救我这一回吧，现在，我咋想咋觉得怕，我……我算定肖太平一定会生出法儿弄死我……"

曹鱼儿想了想，问："既是如此，你有没有胆量先下手弄死肖太平？"

曹八斤说："我咋没这个胆量，可……可就是没机会啊！肖太平身边总有那么多窑丁……"

曹鱼儿又问："日后要是有机会呢？"

曹八斤说："只要有机会，我自然会干。"

曹鱼儿说："那好，你就等着吧！"

却不料，曹八斤没等到对肖太平下手的机会，倒是肖太平找到机会对曹八斤下了手。就在曹二顺下窑后的一个夜里，白家老窑下的水大了，一个桥头镇当地柜头让要到窑下背煤的曹八斤和另一个肖姓窑工去竖窑上口用牛皮包打水。曹八斤去了，很卖力地从十几丈深的窑下一包包地往地上提水。

也是巧，这日护窑队队总肖太忠正在窑上和几个窑丁喝酒，出来方便时，无意中看到了在竖窑口打水的曹八斤。肖太忠没声张，尿完尿回来，就带着三个喝酒的窑丁拥到了窑台上。

曹八斤这才发现事情不好，再一看窑台上打水的除了当地窑工大刘和那个肖姓窑工，再无别人，心就慌了，已想着要跑到窑下去寻求曹氏弟兄的保护，可身子却动不得了。队总肖太忠和手下三个肖姓窑丁嘴上说着帮忙打水，公然把他挤在了黑洞洞的窑口边。肖太忠从曹八斤背后给了曹八斤凶狠而致命的一脚。伴着一声惊恐的惨叫，曹八斤一头栽进十几丈深的窑眼里……

事情发生得太突然，摇轳辘的大刘和在一旁放水的肖姓窑工都没明白过来是咋回事。

还是肖太忠先叫了起来："坏了，有人掉到窑眼里去了，快下去看看！"

大刘四处一看，曹八斤不见了，忙说："是那个姓曹的，我下去吧。"

肖太忠不要大刘下去，派了手下一个窑丁坐着大筐下去了。

窑丁上来时对肖太忠禀报说：人已死定了。

肖太忠这才很满意地回去，连夜跑到桥头镇肖家大屋向肖太平报告。

肖太平很高兴，赏了肖太忠一些钱，要肖太忠和那三个有功的弟兄都到花船上好好乐一乐。还交代说，曹八斤和章三爷都死了，过去的事就不要再提了，如今不是在曹团，总还是和气生财的好。本着和气生财的原则，肖太平只当曹八斤是做窑时的意外死亡，按例赔给曹八斤老婆孩子二两抚恤银……

肖太平想和气生财，曹鱼儿却不想和气生财。别人不知道曹八斤的死因，曹鱼儿却知道。尽管曹鱼儿并不赞同曹八斤告官的做法，可仍是对肖太平的阴毒和凶狠感到震惊，便想借口曹八斤的死大闹一场，在侉子坡发动弟兄们歇窑。

曹鱼儿的亲叔、前曹团钱粮师爷曹复礼反对拿曹八斤的死做文章。

曹复礼说："……曹八斤的文章不好做，他终究泄露过曹团根底，肖太平就是公开处死他，咱也放不出屁来。咱若为曹八斤说话，肖太平反会诬咱和曹八斤、章三爷串通一气，这就坏了咱的名声。"

曹鱼儿说："那咱就不提曹八斤的赖事嘛！"

曹复礼说："不提曹八斤的赖事，咱还闹个啥？窑上按例给了抚恤银。"

曹鱼儿问："那依叔的意思，咱就算了？"

曹复礼说："鱼儿，你咋不想想做曹二顺的文章呢？曹二顺的眼被肖太平打瞎了一只，这事你听说了么？曹二顺是啥人啊？他是咱侉子坡出了名的老实人，又是当年老团总的儿子，肖太平的亲舅子。咱要把曹二顺推出来，向肖太平讨个公道，谁不同情？！不说曹姓弟兄，只怕肖姓弟兄也得跟咱一起歇窑哩。"

曹鱼儿眼睛一亮："对呀，曹二顺真出了这个头，肖太平可就难堪了……"

曹复礼又说："肖太平这人我知道，在当年曹团里就是个人物，并不是好对付的。咱真要下定了决心和他拼一场，就得事事处处想周全了。还得听听曹月娥的口风，你莫看曹月娥是肖太平的老婆，可曹二顺终究是她唯一活着的亲哥哥呀……”

曹鱼儿全听明白了：“哎，叔，那你还不尽快去找找曹月娥啊?!”

第二十六章 曹姓窑工站出来

从曹复礼嘴里得知曹二顺瞎眼的真情，曹月娥才明白，不近情理的不是自己二哥曹二顺，却是自己丈夫肖太平。怪不得二哥气性这么大，再不愿和肖家来往。

这现实太残酷，曹月娥咋都不愿相信这是真的。

曹复礼一走，曹月娥泪光蒙眬的眼前便浮现出多年前曹团里的景象。那时做着团总的爹和猛虎般的大哥还活着，曹家和肖家两姓没贵贱的区别。上阵杀贼人人拼命，辗转路途上相互搀扶，大家如同亲兄弟一样守望相助。哪分啥曹姓肖姓呀。做团总的爹爹公道着哩，就因为肖太平有过人的胆量和上阵杀贼的本事，放着自己几个儿子不用，让肖太平做了二团总。现在是咋啦？咋白家窑的窑丁、管事都变成肖家的人了？咋曹姓弟兄和肖姓弟兄再也坐不到一起去了？肖太平咋把自己二哥的眼都打瞎了？若是爹和大哥活着，肖太平敢么？

曹家的人还没死绝。爹和大哥不在，还有她曹月娥呢！她曹月娥当年也是曹团女队里的一名巾帼，也上阵杀过贼的，这账曹二顺不敢找肖太平算，她就得去和肖太平算了。

跑到侉子坡曹二顺家，曹月娥对曹二顺说："……二哥，你给我说，你这眼是不是让肖太平打瞎的？是不是？"

曹二顺仍是那么倔："谁打瞎的我都不要你管。"

曹月娥指着曹二顺的脸骂："你这个孬种！窝囊废！人家骑到你头上屙屎你还护着人家！"

曹二顺说："我才不护着肖太平哩！我说过的，我……我和他再不来往。"

曹月娥说："来往不来往另说，你先跟我走，当着肖太平的面把事说清楚。"

这时，坡上下夜窑回来的曹姓窑工也蜂拥过来，纷纷跟着曹月娥附和说："二哥，你别没骨头！你就跟月娥去，看姓肖的咋说！"

"对，二叔，你就当着三姑的面，和肖太平把账算清楚！"

"二哥你别怕，咱曹家人不是好欺的，这公道讨不回来，咱就不伺候他肖太平了！肖太平算他妈什么东西……"

……

曹月娥见弟兄们群情激愤，心态又起了变化。一边是哥哥，一边是丈夫，她既要为哥哥讨回公道，却又不想让曹姓弟兄跟着闹起来，毁了丈夫弄窑的大事。

曹月娥不再对曹二顺嚷嚷，转过身子对众人道："有你们什么事？你们跟着瞎叫唤啥？"

一直没说话的曹鱼儿这时开口了，对曹月娥说："三姑，这老少爷们都是咱曹家的人，哪能看着二叔这么被人欺？你三姑站出来为二叔主持公道最好，要不，我们会让肖家三姑父好看的！"

曹月娥愈加警觉了："哎，你们想咋着？"

曹鱼儿说："俺二叔不是说得清清楚楚了么？再不和姓肖的来往——我们弟兄都不和肖太平来往，都不下他的窑了，他咋向白二先生交账？还发谁的财？！"

曹月娥愣了："咋的？你们想……想闹歇窑了？"

曹鱼儿说："弟兄们早想歇了，过去是看着二叔的面子，撕不开脸，如今二叔被打瞎了眼，这脸就撕开了。一撕开了脸，谁还怕谁呀？有钱没钱大家都是一条命嘛……"

曹月娥心里凉飕飕的。同治八年自己丈夫的歇窑闹垮了章三爷，这回曹姓弟兄再闹歇窑，只怕要闹垮自己丈夫哩。这念头一出现，心态就完全变了过来，把来侉子坡的最初目的和对肖太平的气全忘了，只对曹二顺说："……二哥，你闹歇窑咋不和我说一声？我终是你的亲妹妹呀！有啥事不好商量呢？肖太平再过分，你们也不能用对付章三爷的手段来对付他呀！”

曹二顺这才说：“歇窑的事我不知道，我刚下了夜窑回来……”

曹鱼儿忙走到曹二顺面前说：“二叔，在这之前你不知道，现在知道了吧？我们坡上一些弟兄商量过了，打今夜起歇窑，就你那话：再不和肖家来往！”

曹二顺蹲在地上，点起一锅烟，边吸边说：“要歇窑你们歇，我不歇。”

曹鱼儿火了：“你这人咋这样呢？大家伙是为了你，你倒缩起了头，说得过去么?！过去人家都说你二叔窝囊，不曾想你会窝囊到这地步！你说说，你怕啥？日后就算不在白家窑做，不是还有王家窑、李家窑么？二叔，你再好生想想。”

曹二顺闷头吸烟，不做声。

曹鱼儿还想再对曹二顺开导一番，曹月娥却把话头拦住了，对曹鱼儿说：“大侄子，你别再说了，我看清了，我二哥没说要歇窑，是你们自说自话要歇的。那我就把话说在前面。第一条，我二哥和肖太平的事你别跟着瞎操心，也和你们的歇窑没关系；第二条，真歇了窑，闹出乱子，你们别来找我这个三姑。”

曹鱼儿说：“三姑，你别把话说得那么死，我二叔歇不歇窑还难说呢，你别以为他老实就是好欺的。二叔咋说也是我们曹家老团总的儿子，就是为了老团总，我们曹家弟兄也得争这口气。”

曹月娥说：“听你那口气好像老团总不是我曹月娥的亲爹了，是不是?！”

曹鱼儿也不示弱：“老团总是你亲爹不错，更是曹肖两姓弟兄们共同敬着的长辈！老团总要活着，定不会看着肖太平这么欺压团内弟兄！自然，老团总真活着，也没有他肖太平的今天！他肖太平咋有今天的？啊？还不是靠着曹团弟兄的帮衬么？没有同治八年的大歇窑，他肖太平今儿个还得在窑下背煤！”

曹月娥说：“这我听明白了，你们是看不得肖太平做窑掌柜，都想自己做窑掌柜，好好发一笔，是不是？那你们就拿出真本事来！不是我笑话你们，你们都不是肖太平这块料！当年领兵上阵，肖太平就是你们的二团总，你们不服不行。”转而又对曹二顺说，“二哥，你可别听曹鱼儿他们煽，咱自家的事，就在家里了，你还是跟我走，咱到桥头镇掌柜房和肖太平说去！”

曹二顺说：“还说啥？我能再打瞎他一只眼么？”

曹月娥说：“自然不能再打瞎他一只眼，可他该赔情赔情，该赔银赔银。”

曹鱼儿说：“三姑，你真看低我二叔了，我二叔才不图那两个银子呢！二叔要争的是一口气，对不对，二叔？”

曹二顺烦了，把烟锅一磕，从地上站起来，对曹月娥和曹鱼儿吼道：“走，你们都走，我的事不要你们管！”吼罢，曹二顺推开众人，倔倔地到大漠河边的菜园去了。那日，天暖暖的，大妮正带着春旺和秋旺两个孩子在菜园里拾掇菜地。

曹月娥只好回去，临走时，对聚在曹二顺门前的曹鱼儿和众弟兄又说：“我劝大家都别闹，真有啥不满意的，还是和肖太平商量着办才好。肖太平并没有亏你们嘛，章三爷做窑掌柜时给多少，肖太平不是照样给多少么?！为啥你们就看不得肖太平？”

曹鱼儿说：“算了，三姑，你也别再说了，我们这回也算看清了，你说到底还是肖家的人，处处护着肖太平，我们和你已没有啥话可说了……”

真没想到，带着对肖太平的一肚子怨气到侉子坡来，却带着对肖太平的担心回去了。和肖太平再谈时，曹月娥已没多少火气，有的只是对曹姓弟兄歇窑的忧虑。

肖太平也知道了曹鱼儿的私下串联，脸上却没有一点怯意，只说：“……曹鱼儿他们想闹，就让他们闹去。早晚他们总要闹一场的，这我早就想到了。他们这帮东西恨不能毁了我呢。”

曹月娥说：“我二哥要是掺和进去就不好办了。”

肖太平说：“二哥是本分人，大概不会掺和进去的。退一步说，就算他掺和进去，我也不能怪他。我终是失手打坏了他的眼，心里有愧哩。”

听肖太平细细一说，曹月娥才知道了事情的来龙去脉，却原来，肖太平失手的这一拳也是事出有因，难怪二哥死活不愿和肖太平闹。又想到出事后肖太平又是让她送银子，又是包窑饷，便清楚了，这两个男人对这事心中都是有数的。

倒是死去的曹八斤和活着的曹鱼儿太坏。

曹月娥问：“……曹鱼儿他们真闹起来，你咋对付？”

肖太平说：“他们只要敢提曹八斤，我就把那份自供状拿出来，只说这份自供状是曹鱼儿和曹八斤串通一起搞的，想把曹团弟兄都害了。这一来，就是我不找曹鱼儿算账，也会有人找他算账的。”

曹月娥提醒说：“在侉子坡上，他们可没说起曹八斤的事，他们只想让二哥起头闹。二哥若是不上他们的当，他们大概就没啥戏唱了。”

肖太平笑笑说：“不对，我得让他们把戏唱下去。太忠已向我禀报过了，要歇窑的也就是侉子坡上的几十口人，都是些泼蛮的混账，我正想赶他们走呢！大明朱皇帝真是聪明，成事后就灭绝老臣，看来我如今也得走这一步了。我已安排了，就让他们闹几天，然后让他们全滚蛋。现在我哪会在乎这几十口人？我这几年四处招兵买马干啥的？就是为了防他们这一手嘛。”

曹月娥这才放心了，松口气说：“原来，你早想到他们前面去了。”

肖太平说：“我能不想么？我就是靠这一手起的家，不怕人家用这一手对付我呀？窑弄得越好，我心里想得就越多。我还想了，赶走曹鱼儿这帮东西，留下的曹团老弟兄，不论是肖姓还是曹姓，都要善待他们……”

曹月娥说：“这就对了，窑上柜上的管事、窑丁要多用些曹姓弟兄才好，为这，曹姓弟兄怨言多着呢。你知道么？”

肖太平说：“我知道的。你往日也和我说过。可往日根基不稳，我不用肖姓本家不行哩。这回曹姓弟兄只要不参与和曹鱼儿一起闹事，我日后自会用的。我现在和白二先生想的是一样的，要和气生财呢！就是曹鱼儿这帮人，只要他们不像曹八斤那样坏我，我也会给他们留着一条生路……”

曹月娥再无话说，她想到的肖太平已想到了，她没想到的肖太平也想到了。肖太平就是肖太平，爹爹和白二先生都没看错，这个人就是能成大事立大业……

第二十七章　笑柄

以曹姓窑工为主的歇窑当晚开始了。曹鱼儿和手下几个弟兄在侉子坡上下四处吆喝，要有血性的曹肖两姓弟兄都别再去白家窑下窑。前曹团钱粮师爷曹复礼则披着夕阳的红光，立在光秃秃的老槐树下向歇了窑的弟兄慷慨陈词。

曹复礼说："……爷们弟兄们，咱今儿个真得好好想想了，咱曹团咋变成了这样子？咋有人富得流油，有人穷得叮当？咱老团总起办曹团时不是立过规矩么？从团总到下面弟兄，一律不蓄私银，有福同享，有难同当。老团总带着咱厮杀十几年，至死不都和咱弟兄们一样么？草席一卷，就葬在了这棵老槐树下。今日肖太平是咋回事？他凭啥做白家窑的窑掌柜?!没有同治八年弟兄们的歇窑流血，白家能让他包窑么?!今日他发了，就把弟兄们全忘了，连一点人心都没有了，对自己舅子，咱老团总唯一活着的儿子都下得了如此毒手，咱还能指望啥?!咱还伺候他干啥？真想吃做窑这口饭，咱到哪家不能吃？"

歇窑的除了曹姓弟兄，也有几个对肖太平不满的肖姓弟兄。

几十个弟兄都盯着曹复礼看，脸上的神情渐渐激动起来。

曹复礼拖着花白的辫子，穿一身满是补丁的粗布棉袍，目光炯炯："……这叫'水可载舟亦可覆舟'呀。我们曹团的爷们弟兄能在同治八年把肖太平捧上去，也能在今天把他掀下来！为了把肖太平掀下来，咱就得把事闹大发了，不但是咱曹团老弟兄歇窑，也得串着这几年新来的弟兄和当地窑工弟兄一起歇……"

正说着，一个弟兄跑来对曹复礼说："师爷，我二顺叔要去下窑，我们拦不住哩……"

曹复礼一愣，停止了演说，和那弟兄一起去坡下堵曹二顺。

在坡下路口，曹复礼迎着了裹着破棉袄去下窑的曹二顺。

曹复礼很不高兴，开口就对曹二顺教训说："……二兄弟，你真是不识相哩！这么多曹姓弟兄都歇窑了，你咋还去下窑？快回去，别坏了弟兄们的大事。"

因为曹复礼是钱粮师爷，有学问，曹二顺素常很是敬重，对曹复礼便不敢硬，只讷讷说："师爷哥，不……不下窑咱吃啥呀？"

曹复礼长辫子一甩说："饿不死老哥我，就饿不死老弟你嘛！我曹复礼可不是肖太平，老哥我穷，却穷得精神，既讲义气，又有骨气。"

曹二顺说："这不好哩，我有力气，能出力，就得自己挣饭吃。上帝要我们靠自己的诚实劳动去换取每日的饭食……"

曹复礼那时还不知道曹二顺对上帝的信仰，又说："被肖太平生生打瞎了一只眼，你就没点气性？"

曹二顺说："气归气，可肖太平是魔鬼，我不是哩。"

曹复礼说："你既知道肖太平是魔鬼，何不想法斗垮他？！"

曹二顺说："上帝最后总要惩罚他的，和咱歇窑不歇窑没关系。"

曹复礼问："你今天还真要去下窑么？"

曹二顺点点头，重申说："上帝让我用诚实的劳动去换每日的饭食。"

曹复礼火透了，指着曹二顺骂："滚你娘的上帝！你不想想，这公道么？你累死累活卖一天命挣五升高粱，人家肖太平一天窑不下，每月净赚几百两银子！"

曹二顺正经作色说："师爷哥，你这话错了。我一天也不止挣五升高粱，白窑连夜窑就挣一斗高粱了。这有啥不公道？下一个窑五升高粱，打从咱下窑那天起就是如此，肖太平又没杀咱的价，咱有啥可说的？！咱眼红人家干啥！"

曹复礼见曹二顺这么执迷不悟，极是痛心："曹二顺，你……你真是贱，怪不得在当年曹团里你只能喂马。如今，我也看准了，你只配一辈子下苦力挖煤……"

曹二顺也不高兴了，头一昂说：“这有啥不好？我在曹团喂马，我在白家窑挖煤，都没杀过生，也没做过伤天害理的事，我活得就安生！”

说罢，曹二顺再不理睬曹复礼，顺着大漠河堤硬生生地向桥头镇方向走。

曹复礼在曹二顺身后喊：“曹二顺，你回来，你每日的窑饷我……我们认！”

曹二顺根本不应，连头都没回。

几个曹姓弟兄气坏了，商量着想把曹二顺拉回来，狠狠揍一顿。

曹复礼虽说也气，却不许弟兄们乱来。

曹复礼心里早想好了，为把歇窑的事闹大发，必得打一场——不过，不是和曹二顺打，却是要和肖太平手下的那帮窑丁打。按曹复礼的推测，横行无忌的肖太平是断不会看着侉子坡上弟兄这么闹歇窑的，必得派肖太忠的人来劝阻。而肖太忠的人一过来，事情就好办了，不管找啥借口也得打一打，打得见了血，就能闹到窑上，闹到肖太平的掌柜房去了……

不料，事情偏就怪得很，曹复礼、曹鱼儿叔侄二人在侉子坡上煽惑了两天，五十多个弟兄跟着歇了窑，桥头镇掌柜房那边就是没动静。肖太平竟像不知道有歇窑这回事，肖太忠那帮窑丁也没到坡上来。这就让曹氏叔侄和歇窑的弟兄都有点沉不住气了。

到得第三天下午，坡下终于飘来一顶蓝布小轿，曹氏叔侄先还以为是肖太平来了，一个个又抖起了精神，准备着开打。可待轿帘一打开才发现，来的不是肖太平，却是人家李家窑上的李五爷。

李五爷一下轿，就冲着弟兄们抱拳作揖说：“各位弟兄，咱这窑也不能长歇下去是不是？歇了几天，精神头也养足了，总还得出力吃饭是不是？所以我这里就有请各位了——各位既不愿吃白家窑的窑饭，就吃我们李家窑的窑饭好了。”

对领头闹歇窑的曹鱼儿，李五爷特别关照，张口就许了个大筐头的美差，要曹鱼儿把歇下的五十多号弟兄都带到李家窑去背煤。

李五爷拍着曹鱼儿的肩头，笑笑地说：“……曹筐头，领着这些弟兄到我们李家窑上好好干吧！我不会亏了你曹筐头，也不会亏了大家伙的，白家窑给你们多少，我们李家窑也给你们多少……”

听李五爷一口一个“曹筐头”地叫，曹鱼儿真有点像做梦了。曹鱼儿再没想到自己会碰到这样的好事，歇了三天窑竟歇成了李家窑的大筐头。大筐头管窑上背煤的弟兄，不要干活不说，明里暗里的好处也大了去了。

曹鱼儿愣都没打，当即跪下给李五爷磕头谢恩，并结结巴巴地对李五爷表示说：“五……五爷，您……您老这是抬举兄弟，日后……日后兄弟和众弟兄自会对得起五爷，定当帮着……帮着五爷您好好和白家窑，和肖太平拼一拼……”

李五爷却摆着手说：“哎，拼啥呀？五爷我只要挖煤，又不要打架，我们要和气生财哩——和气生财懂不懂？”

曹鱼儿忙说：“是，是，是，和气生财。您五爷说啥是啥。从今往后，我们这五十多号弟兄就认五爷您说话了……”

曹复礼见状，皱起了眉，扯过曹鱼儿，悄悄问：“鱼儿，咱歇窑的事就这么收场了？”

曹鱼儿说：“那是，见好就收么！”

曹复礼气道：“弟兄们见啥好处了？不就你一人得了好处么？你做了李家窑的大筐头，弟兄们又没做大筐头——你呀，你和当年的肖太平是一路货，弟兄们又让你卖了哩！”

曹鱼儿说：“叔，不能这么讲的，弟兄们不是被谁卖的，却是胜了——弟兄们都去了李五爷的窑上，再不伺候肖太平了，这不算胜了么？大筐头又不是我抢着要做的，是李五爷非请我不可，谁能说出啥？”

曹复礼问：“没有五十多号弟兄跟你到李家窑去，李五爷会让你做筐头么？”

曹鱼儿不屑地反问：“叔，那依着你该咋着？”

曹复礼口气严厉地说：“要依我，咱谁也别去李家窑，这窑还得歇下去，咋着也得和肖太平斗出点名堂来——不是要让哪个人去做筐头、柜头，而是要让肖太平记着当年曹团不蓄私银的规矩，要有饭大家吃，有银大家用……”

曹鱼儿打断曹复礼的话头说：“叔，我看你是做梦！如今是啥年头了，哪还来的曹团？眼下谁不是自己顾自己？叔，你是不是因为白闹了一通自己没得了好处？其实你要想开才是哩。您老想呀，我得了好处，不就等于你得了好处么？你岁数大了，本就做不了窑，日后我混好了自会孝敬你……”

曹复礼火透了，挥手给了曹鱼儿一个耳光，厉声骂道：“滚，老子不是你们这种贱货！”

这一个耳光并没把曹鱼儿做筐头的念头打掉。当天傍晚，曹鱼儿便带着歇窑的弟兄们到了桥头镇李家窑掌柜房，去喝李五爷的上工酒。李五爷比肖太平义气，在自家掌柜房里摆了五桌酒，不但请了曹鱼儿，也请了歇窑的五十多个弟兄。

喝酒时，曹鱼儿和弟兄们破口大骂肖太平，李五爷只是笑，并不多话。谁也没想到，酒喝到半截，肖太平竟在弟弟肖太忠和一帮窑丁的簇拥下进来了。李五爷这才站起来说明了真相，道是这五桌酒不是他李五爷请的，却是肖太平请的。

李五爷指着肖太平说：“……弟兄们，你们真不知道肖掌柜有多仁义！你们歇窑和他胡闹，他却尽想着你们，怕你们没吃没喝，家里断顿，要我到坡上召你们去下窑，今日又请了这场酒，说是诸位都是他老弟兄了，总要好说好散的……”

曹鱼儿和弟兄们全呆住了。

呆了片刻，曹鱼儿先醒悟过来，觉得自己得说点什么，要不真丢脸哩。还想到，反正从今以后自己也不吃肖太平的窑饭了，就算惹翻了肖太平也是不怕的。

不料，曹鱼儿阴阴地站起来，还没来得及开口说话，李五爷倒先说话了：“……曹筐头，你就代表众弟兄敬肖大爷一杯吧！不是肖大爷和我说起，我还真不知道有你这么个人物呢！你这个大筐头可是肖大爷向我极力保举的呢！”

这又让曹鱼儿吃了一惊：自己这大筐头竟也是肖太平向李五爷举荐的。

这就不好再闹了，肖太平重情重义，自己也得重情重义呢！更何况眼下的李五爷和肖太平关系又是那么好——李五爷得了白家窑上那么多人，当然要买肖太平的账。肖太平既能举荐他做大筐头，自然也能让李五爷废了他这大筐头。

曹鱼儿彻底服了肖太平，红着脸举起酒杯，连敬了肖太平三杯酒。

肖太平把三杯酒喝毕，拍了拍曹鱼儿的肩头，交代说："鱼儿，在人家李家窑上好好干，我亏你，五爷不会亏你的。"

曹鱼儿极是窘迫，忙说："你……你三姑父也……也没亏过我，倒……倒是我混账哩！"

肖太平呵呵笑了："知道就好，我这人就喜欢和明白人打交道。"

曹鱼儿连连点头："我……我现在明白了，全明白了！你三姑父对……对我们老弟兄真是没话说，是……是我们胡闹哩……"

肖太平这才把脸转向众弟兄说："可不就是胡闹么?！我知道，咱老弟兄当中，有些人是看不得我肖太平做窑掌柜的，总觉得我肖某亏了谁。现在我倒要问一下了，我是不是真亏了哪个弟兄？当年在侉子坡，白二先生许下五升高粱，我肖某少过谁一升么?"

曹鱼儿实是明白人，赔着笑脸连连应着："没少，没少……"

肖太平说："既不少你们的，你们还恨啥呀？还闹啥呀？干啥都得讲规矩是不是？就算我肖某想给你一石高粱，这也不合规矩呀，李家窑、王家窑也不依我呀。李五爷就在这，你们可以问问他！你要真不服气，那也找座窑来弄弄嘛！"

李五爷附和说："肖大爷，他们谁有你这本事呀。在咱漠河只怕再找不出你这样能弄窑的主了，不说白二先生了，就是我和王大爷也服气你呢。就说那歇人不歇窑的主意，谁想得出呀?！"

肖太平叹气说："李五爷，你是不知道，我这帮老弟兄可厉害哩，有人就觉得自己有了不得的大本事，总以为没了他，我这窑就开不成了……"

这时，才有一个大胆的弟兄站起来说："没有我们弟兄，一筐筐炭能……能从地下自己跑上来？"

肖太平火了，桌子一拍："为了把一筐筐炭从地下挖出来，老子每天付给你五升高粱的工价——你也就值这个工价，觉得亏，你不要做！"继而，转脸对李五爷说，"我们这位老弟兄身价高，五爷你要用不起就别用了吧！"

李五爷会意说："也好，也好，那就让他另找高枝吧。"

曹鱼儿总还是弟兄们的代表，要对弟兄们负责的，一听这话慌了，忙替那位弟兄求情，还逼着那位弟兄向肖太平赔了不是。其后，弟兄们再不敢多说什么了。

肖太平见弟兄们全被镇住了，才缓和了一下口气说："……你们要走，我心里虽说不舍，却不留你们。为啥？就为着让你们看看，没有你们，我肖某能不能把白家窑伺弄好。当然喽，好聚也要好散，大家终究兄弟一场，你们咋想的我不管，我总要尽到自己的一份心意。日后但凡要走的老弟兄，我肖某都摆酒给他送行，就这话。"

说罢，肖太平举杯敬了众弟兄三杯酒，而后，在肖太忠一帮人的前呼后拥之下扬长而去……

肖太平一走，曹鱼儿和弟兄们都闷头喝酒，喝着，喝着，就有几个弟兄借着酒性哭了起来，说是被肖太平耍了。曹鱼儿也知道被肖太平耍了，可因着到手的好处，不好多说什么。李五爷便劝，要大家对肖太平的话别计较，说是肖太平大面上总说得过去，不但请了这场酒，还要弟兄们酒后都到三孔桥下的小花船上点一炷香，给姑娘们的点香钱也留下了。结果，喝罢酒，几十口子弟兄在曹鱼儿的带领下，都去压了花船，少数几个没去的，也从李五爷手上拿了肖太平留下的点香钱……

曹氏叔侄精心发动的歇窑，就这样被肖太平不动声色地瓦解了。同治十一年已不是同治八年，曹鱼儿也不是肖太平，劳动力逼胜资本的神话没有重现。

弟兄们醉眼蒙眬地搂着花船上的姑娘，便大都忘记了对肖太平的不满，倒是看清了曹鱼儿的不义，有些弟兄对到李家窑去下窑有了后悔的意思。第二天，八个悔过的弟兄跑到白家窑掌柜房去找肖太平，想继续留在白家窑下窑。肖太平不愿见。这些弟兄又到肖家大屋去找曹月娥，由曹月娥出面说情，肖太平才把他们留在了白家窑上。留下的弟兄还真没吃亏，这月肖太平给留下来的八个老弟兄每人额外赏了五个工的工饷……

这场歇窑成为又一个笑柄载入了桥头镇煤窑业的历史，使后来的窑工们提起歇窑就心灰意冷。参加过两次歇窑的弟兄们都说，闹啥呀，同治八年闹歇窑，闹出了个肖掌柜。同治十一年闹歇窑，闹出了个曹筐头。咱出力卖命的，还不是照样出力卖命么！

肖太平和李五爷的联手就是从这时开始的。这次联手，双方都没吃亏。李五爷得了四十多个能出力卖命的好牲口，肖太平如愿赶走了一帮不驯服的老弟兄。

也是在这场歇窑失败后，以前曹团钱粮师爷曹复礼为代表的一帮老人才算彻底明白了：当年那个由老团总起创的不蓄私银的曹团已随着同治七年老团总的死而永远死去了，再没有谁能把有银大家花，有饭大家吃的好时光拉转回来……

第二十八章　卖了主子

同治十一年，肖太平对桥头镇煤窑业的统治权威已大体确立，三孔桥下花窑业的统治权威却还远没确立。时年二十四岁的玉骨儿靠精心策划的谋杀掠得了十八姐的花船和姑娘，却没能掠得对桥头镇花窑业的统治权威。从十八姐消失那日起，花船上便弥漫着雾水般的阴谋气息。随着冬的消解、春的来临，阴谋竟像发了芽的种子一般“滋滋”疯长，使得玉骨儿的好时光从一开始就鬼影幢幢。

十八姐的死动摇了花船存在的基础，经十八姐手买来的姑娘们因为失却了原先的主子，就渴望起自由来，一个个试着想逃。还真逃走了三个，其中一个嗣后抓了回来，另两个再也没了踪影。十八姐请来的船丁也变了味，表面上虽还驯服，心里想的啥，鬼都搞不清。到得后来出了事，玉骨儿才知道，这帮东西那时都没把她当回事，心里都想着黑她呢，而她却沉浸在成功的愉悦中，没能嗅出危险气味。

应该说，玉骨儿算是聪明的。

三月里，十八姐赤裸的尸体从开了冻的河里一漂上来，玉骨儿就出头收了尸，厚殓了十八姐。给十八姐下完葬，玉骨儿又请郑老大一帮船丁弟兄喝酒。在酒桌上还给弟兄们许了愿，将众弟兄的月规银都提了二成，要郑老大他们把自己当十八姐一样对待。

为获取郑老大一帮弟兄的同情心，玉骨儿抹着泪回忆说：“……花船上的生意能做到如今这一步实是不容易，全是我和姐姐拼命挣下的。我再也忘不了当年的情形，那时还没有你们这帮弟兄，也没有这么多姑娘这么多船，只有我和姐姐的一条小花船。我们姐俩哪夜不接几十个粗客呀？不怕你们笑话，当时我和姐姐真怕被那帮粗客压死哩。”

一个姓王的弟兄心里疑着玉骨儿继承花船业的合法性，又不太清楚玉骨儿和十八姐当年的关系，便问："……二姑奶奶从一开初就和大姑奶奶合伙了么？"

玉骨儿说："可不是么？我们姐俩啥都不分的，她的就是我的，我的也就是她的。最初买那条小花船的钱全是我的，我也让她来做主。"

那弟兄又问："这么说，如今这盘买卖全是二姑奶奶你的了？"

玉骨儿一怔，绷起了粉脸："咋着？这盘买卖不是我的，还会是你的么？"

那弟兄讪讪笑了："我……我也就是随口一问……"

郑老大这时站了起来，对那弟兄斥道："有你这么问话的么？你这话是什么意思？是想黑咱二姑奶奶么？"

那弟兄讷讷着，不敢言声了。

郑老大却不依不饶，对玉骨儿建议说："这小子既有二心，我看倒不如让他滚蛋才好。"

这话正对玉骨儿的心思，玉骨儿知道，对手下这帮奴才既要施恩，也要立威，否则新的秩序就难以确立。于是玉骨儿就点了头，让那弟兄到楼船上去结账。

那弟兄摔下酒杯就走，临走时，指着郑老大骂道："你姓郑的真不是东西，当年十八姐对你的好处，你全忘了……"

郑老大却说："正因为我记着十八姐的好处，今日里才得听二姑奶奶的。我服气咱二姑奶奶，你们谁还敢不服？"

弟兄们自然不敢不服。留下的七个弟兄在郑老大带领下，都恭恭敬敬地向玉骨儿敬了酒，一个个信誓旦旦表示说，二姑奶奶义气，弟兄们自会义气，断不会坏了二姑奶奶的花船生意。

玉骨儿真以为船丁们全服了她，就大意了，两眼只盯着船上的生意，心里尽想着扩张十八姐留下的摊子，就忽略了郑老大的阴险，以至于闹出了让她一辈子窝心的大笑话。那当儿，大小花船上都出了缺，年前放走了梅枝和王小月，后来又跑了两个，姑娘就少了。有条小花船连着两个月没法做生意，天天在春天的河水里空泡着。玉骨儿看着着急，便想买几个姑娘回来，补上空缺。

家在清州的郑老大一听就乐了，怂恿玉骨儿到清州去买，且立马就走，说是春天里青黄不接，正是去清州买姑娘的好时候，倘或去晚了，收上了夏粮姑娘就不好买了。玉骨儿知道，清州是个穷地方，出匪贼，也出姑娘，王小月和梅枝都是十八姐从清州买来的。因而对郑老大举荐的清州也没起疑，当下便应了，还和郑老大说了实话：往日有十八姐在，自己从没经手买过姑娘，更没到清州去过，心里有些怯哩。因着心里怯，玉骨儿要郑老大和她一起去，顺便也回老家看看。

说这话时，是同治十一年四月底。

五月头上，玉骨儿带着郑老大和一百二十两银子，在漠河县城上了船，顺京杭大运河北上八百多里地去清州。一路上，郑老大对玉骨儿十分巴结，一口一个"二姑奶奶"地叫，饮食起居安排得很是周到，让玉骨儿过得颇为愉快。因为愉快，玉骨儿就把自己赏给了郑老大，上船第二天夜里，就和郑老大睡到了一起。

都睡到一起了，郑老大仍是一副小心恭敬的样子，说话的声气都不敢大。

郑老大搂着玉骨儿，慢声细气地说："……二姑奶奶，你不知道哩，咱窑子里买姑娘一向总是很难的。清州人穷，可也不愿把自己闺女往花窑里卖。就算是卖，人家也会要大价钱。所以去年我领十八姐去买姑娘，就扮成个好人家，只说是买来做府宅上使唤的丫头。"

玉骨儿没想到这里面有啥名堂，便说："行，过去咋着这回还咋着吧。"

郑老大试探着说："过去，我……我扮十八姐的哥……"

玉骨儿不经意地说："那你也扮我的哥嘛……"

这一来就上了当。玉骨儿再也没想到，自己这个去买姑娘的鸨母，竟会被郑老大当成姑娘卖给了清州的花窑，而且只卖了区区六两银子。这真是天大的笑话，只怕说给谁听谁都不会相信。

清州的那家花窑名号叫做"一河春"，挺气派的，就在运河码头上。站在船上，还没上岸，玉骨儿就看到了“一河春”古色古香的琴房、画房，还有门楼前的大灯笼。

郑老大指着“一河春”的门楼对玉骨儿说：“……总算到了，咱今晚就在这‘一河春’歇了。”

玉骨儿不知道“一河春”是啥地方，便问：“这是客栈么？咋还挂着红灯笼呀？”

郑老大也没瞒，笑笑地说：“这‘一河春’不是客栈，却是我们清州最有名的花窑哩。老鸨刘妈妈是十八姐和我的老相识，每回来清州买姑娘，我们总在这儿落脚的。”

玉骨儿觉得奇怪，问：“人家也开花窑，咱总不能从人家手里买姑娘吧？”

郑老大说：“那是，就算人家刘妈妈愿卖咱也买不起。刘妈妈那些姑娘都是从小驯出来的，琴棋书画样样精通，没有上百两银子你别开口。”

玉骨儿问：“那咱去人家那儿干啥？”

郑老大赔着笑脸，耐心解释说：“得问问市价呀。二姑奶奶你想呀，姑娘一时是一时的价，咱不问清了，岂不要吃亏么?！再者说，买回一个个姑娘，咱也得有个好地方关她呀，若是让她逃了，咱不白费银子了么？”

玉骨儿想想也对，又想到，这“一河春”靠着码头，把买来的姑娘往回带也是方便的，便没再多说什么，就让郑老大背着包着一百二十两银子的蓝布包袱，下船随郑老大去了“一河春”。

到“一河春”门厅，郑老大让玉骨儿先坐下，独自去琴房先见了鸨母刘妈妈。

没多会儿，郑老大笑眯眯地带着刘妈妈过来了，指着玉骨儿对刘妈妈说：“这就是我妹妹。”

刘妈妈看看玉骨儿，又看看郑老大，说：“你们兄妹不大像呢。”

玉骨儿笑笑，没做声。

郑老大又指着刘妈妈对玉骨儿说：“妹子，这是刘妈妈，可是个大好人哩！”

玉骨儿欠了欠身子，叫了声“刘妈妈”，很客气地说：“我们兄妹这一来就麻烦你了。”

刘妈妈笑着说：“只要有生意，我是不怕麻烦的。”

郑老大想抽身逃走，便对玉骨儿说：“妹妹，你和刘妈妈先说会儿话，我去把你的房间收拾一下。”

直到逃走的最后时刻，郑老大脸上仍保持着恭敬的笑，让玉骨儿无从疑起。玉骨儿眼见着郑老大提起了那只包着银子的蓝布包袱，又眼见着郑老大出了客厅的朱漆大门。

在门口，郑老大竟还极是正经地向玉骨儿交代了一句：“妹妹，你头次出远门，做啥可得听咱刘妈妈的招呼呀！”

玉骨儿没在意，挥挥手说：“行，你快去快来，收拾好住处，就去叫桌酒，咱请请刘妈妈。”

这话让刘妈妈愣了一下。刘妈妈疑疑惑惑地瞅了一下郑老大远去的背影，对玉骨儿说：“罢了，罢了，哪有你请我的道理呀！”

玉骨儿说：“总是我们兄妹的一点心意吧！日后我还要请刘妈妈多关照哩！”

刘妈妈笑道：“好说，好说。”

玉骨儿便问：“如今清州的姑娘是个啥价码呀？”

刘妈妈又是一愣：“你问这干啥？”

玉骨儿说：“我心里得有数哩，要不，日后会被人骗的。”

刘妈妈这才迟疑着说：“姑娘的价码不好说呢，有的值钱，有的不值钱。这就要看了，看相貌姿色，还得看岁数。我这里十三四岁的小女子最值钱，像你这么大岁数的，已是没法调教了，我一般都不要的……”

玉骨儿见刘妈妈拿自己做比方，心里虽有些不快，脸上却没流露出来，仍做出一副高兴的样子说：“这倒怪了，我们漠河是大姑娘值钱，你们清州这儿倒是小丫头值钱，你刘妈妈没骗我吧？”

刘妈妈不高兴了，说：“我骗你啥？你以为我坑了你兄妹么？我是看到你有这卖身救父的一片孝心，才六两银子要了你……”

玉骨儿一下子愣住了，惊问道：“刘妈妈，你……你说啥？谁卖身救父？谁卖了六两银子？啊？”

刘妈妈眼瞪得老大，指着玉骨儿说：“哎，不就是姑娘你么？不是你父亲等着银子抓药么？六两银子已让你哥哥拿走了呀……”

玉骨儿差点没气死过去，忙站起来说：“哎，刘妈妈，你……你弄错了，那人……那人不是我哥，却是……却是我手下的船丁！我……我是带他到清州买姑娘的，我……我在漠河的桥头镇有……有十几条花船，有二十多个姑娘哩……”

刘妈妈这时心里已有数了，却偏不理这茬，只对玉骨儿说：“你就是皇上的千金我也不管，你哥哥既把你六两银子卖给了我，我就是你主子。”

玉骨儿真急了眼，无意中看到自己手上的金镏子，便将金镏子亮给刘妈妈看：“刘妈妈，你……你看，你看，我手上这……这个金镏子值多少银子？我……我像是个为了这六两银子就卖身的姑娘么？”

刘妈妈不往玉骨儿手上看，冷笑着说：“姑娘，我劝你识点趣，你哥既卖了你，你就得认命。”

玉骨儿跺着脚说：“他……他真不是我哥，他……他骗了你……”

刘妈妈说：“错 了，他没骗我，只是骗了你，这与我是没关系的。”

玉骨儿真昏了头，到这地步了，仍没想到去和刘妈妈做一笔赎身的生意，竟把清州当作了桥头镇，大喊大叫着往门外走，说是要找郑老大去算账——其时，郑老大离开没多久，如果玉骨儿吐口将被郑老大拐走的一百二十两银子作为赎身的身价赔给刘妈妈，刘妈妈也许会乐得帮忙的，可玉骨儿把这茬忘光了……

门口，两个大汉上去把玉骨儿扭住了，也不管玉骨儿如何号啕。

玉骨儿后来才知道，这刘妈妈实是坏得可以。明明知道这笔买卖有诈，却将错就错，为了日后能从她手里诈出大把大把的银子，故意想尽办法折磨她，羞辱她。当晚，刘妈妈要玉骨儿去洗一大堆脏衣服，累得玉骨儿腰酸背痛。第二天让玉骨儿挨个房给姑娘客人倒夜壶，扫房间。第三天又叫玉骨儿守着一堆炭末子做炭饼。

第四天，玉骨儿实在是受不了了，没等刘妈妈开口派活，先求着刘妈妈说：“……刘妈妈，让……让我替你卖身挣钱吧，我……我打十五就破身挣钱了……”

刘妈妈不屑地说：“你能挣啥钱呀？你是会唱歌呢，还是会弹琴呢？你是会下棋呢？还是会吟诗呢？你以为是个女人长个 X 就能吃这口饭呀?！实话告诉你吧，老娘花六两银子买你来，就是想让你做杂活的，从没指望你做生意挣钱。”

玉骨儿伤心地哭了。

刘妈妈这才说：“好了，好了，杂活你照做，闲着没事时，就做做咱窑上弟兄们的生意，挣点小钱自己花吧。”

这就更遭罪了，“一河春”护院伺候姑娘的男丁有二十多口子，这些男丁当夜便在刘妈妈的鼓动下，去找玉骨儿做，做一次只给十文钱，简直不把玉骨儿当人看。自然，“一河春”也没有点线香的规矩，有的弟兄一闹就是大半夜……

落到这地步，玉骨儿才想到了自己作恶的报应，老在异乡的梦境中看到十八姐吓人的脸孔，还时不时地听到十八姐歌唱般的哭声。有几次半夜中吓醒了，大睁着两眼再不敢睡，抱着脑袋直发呆。

在清州“一河春”的落难日子，嗣后成了玉骨儿最刻骨铭心的记忆，郑老大也因此成了玉骨儿一生中最仇恨的人。靠阴谋起家的玉骨儿不光恨郑老大高超的阴谋，更恨郑老大对她的羞辱：一个奴才卖了自己的主子，而且是一个在后来二十五年里代表着桥头镇花窑业的主子，而且是卖到了清州的花窑里，这恶毒实是无与伦比……

为了尽早从“一河春”脱身，玉骨儿还算精明，第二天挨个房倒完夜壶，就去找刘妈妈说，要用手上半两重的金镏子为自己赎身。

刘妈妈不睬。

玉骨儿知道刘妈妈嫌少，第三天做完炭饼，又去找刘妈妈，除了金镏子，又加上了六十两银子。

刘妈妈仍是不睬。

这就让玉骨儿害怕了。

玉骨儿想到，这刘妈妈胃口太大，她若是一路把价加上去，只怕不但脱不了身，还得落个倾家荡产哩。与其这样，倒不如冷冷再说了，古人说过一个道理，叫欲擒故纵。

这一纵，就纵了五六天，刘妈妈就是不说话。

玉骨儿又急了，想着自己离了桥头镇已快半个月了，大小花船上还不知道会出啥事。又想着郑老大万一再回到桥头镇继续黑她，她折损的银子就海了。便把欲擒故纵的计谋甩了，又找了刘妈妈，心一狠，许了刘妈妈二百两银子。

刘妈妈这回开口了，笑笑地说："我真不信姑娘你年纪轻轻会是个鸨儿。"

玉骨儿说："我真是的呢。"

刘妈妈说："你若真是鸨儿，咋会这么看轻自己的身价？咋只许我二百两啊？我要是被人家骗去卖了，少说也得许人家五百两。"

玉骨儿恨死了这个刘妈妈，可自己的命运攥在人家手上，不认不行，于是，只得认人家这笔诈账，便说："好，五百两就五百两，我认。"

刘妈妈手一摆："我是说像我这岁数，老不中用了，是五百两，你这么年轻，总得再加一百两吧？"

这刘妈妈简直就是无赖。

和无赖没理可讲，玉骨儿只得硬着头皮先认下了这六百两银子。认下后就想，这银子是断不能给的，只要到了桥头镇，她就让王大肚皮或肖太平手下的窑丁把随着来取银子的刘妈妈赶走。不料，她想到的问题，刘妈妈也想到了，一听说要随玉骨儿到桥头镇去取那六百两银子，刘妈妈马上把手摆了起来，说是不行。

玉骨儿问："那咋办？"

刘妈妈说："好办，我派人先去取了银子，再放你走，你告诉我去桥头镇找谁。"

玉骨儿说："你就去找在三孔桥头开赌馆的王大哥吧。"

刘妈妈说:“行,你写个帖子给我带着。”

玉骨儿说:“我不识字,写不得哩。”

刘妈妈皱起了眉头:“那人家咋会信我们的话?”

玉骨儿说:“咱们还是一起去吧,你刘妈妈若不放心,就多派上几个弟兄。”

刘妈妈当下没言声,说是要好生想一想。想了两天,刘妈妈还是没想出更好的主张,最后只得依着玉骨儿的主意,让四个五大三粗的汉子陪着玉骨儿上了南下的船。

在码头上船时,玉骨儿一颗心怦怦乱跳,脸面上却装出一副平静的样子,还和和气气地向刘妈妈道了谢。刘妈妈要玉骨儿别耍滑头。玉骨儿嘴上应着,心里却想,老东西,你等着吧,姑奶奶这六百两银子才不会给你呢!姑奶奶要用这六百两银子去买郑老大的狗头……

赎身回到桥头镇后,玉骨儿真就悬赏二百两银子购买郑老大的狗头。可遗憾的是,直到二十五年后玉骨儿过世,这二百两银子也没花出去。

第二十九章　肉山酒海

在玉骨儿落难清州的日子里，王大肚皮过上了一生中从没有过的帝王生活。

和郑老大一起去清州前，玉骨儿为防姑娘们逃跑，花船生乱，把生意交给王大肚皮临时料理。王大肚皮高兴死了，当天就把赌馆交给田七、田八两兄弟守着，自己一副主子的派头住到了玉骨儿的大花船上。

王大肚皮上了大花船，无异于饿狼进了羊群，大小花船上二十几个姑娘差不多都让他白弄了一遍。有时还不是单弄一个姑娘，竟是三两个姑娘一起弄。嗣后回忆起来，王大肚皮还津津有味地说，人哪，只要过了这二十几天快活日子，一辈子就不算白活。还说，玉骨儿最对得起他的事，就是给了他这二十几天的好时光，让他把花船上的姑娘玩了个够。

不过，王大肚皮也算够朋友，玩姑娘归玩姑娘，贪匿玉骨儿钱财的事倒没有过。每日夜里姑娘们做生意得的工票、银票，王大肚皮收了后都让人上账。对姑娘比十八姐还苛刻，客一走，连姑娘的裹胸布和腿裆都摸，生怕姑娘们私藏了客人送的好处。玉骨儿回来后，姑娘们都哭诉说，王大爷实在不是东西，借着搜私房，脏手在她们身上乱掐，比当年的十八姐都坏，还白日黑夜不让人安生。

最苦的是大花船上小小、春喜、灵姑三个俏姑娘。打从玉骨儿走后，王大肚皮便把她们选做了自己的"三宫"妃子。夜里客不少接，白日还得陪王大肚皮玩乐。玩到后来，王大肚皮竟不许她们再穿衣服。王大肚皮自己也不穿衣服，什么时候来了精神就乱弄一气，十数天下来，三个姑娘眼圈都青了，整日哈欠连天。

王大肚皮渐渐也吃不消了，眼前时常冒起飞旋的金星，可仍强打着精神东奔西突，还很委屈地和三个姑娘说："……就你们累，老子难道不累么？老子一人伺候你们那么多人，日得脚跟都软了，恨不能倒头睡上三天哩！"

小小困倦地说："那你就回去睡嘛——咱们都去睡。"

王大肚皮却说："老子才不去睡呢！老子一辈子难得有这样机会，不日够了还成？你们也别想睡，都他妈的给老子忍着点吧！"

灵姑劝道："王大爷，总是您的身子要紧……"

王大肚皮摆着手说："不碍事，不碍事，我吃着参，天天补着哩。"

王大肚皮活得愉快，赌馆里田七、田八那帮弟兄和护船的船丁也想跟着愉快起来。王大肚皮最讲义气，拍着胸脯发了话，说是晚上得让姑娘们挣钱，不能乱来，白日里姑娘们闲着也是闲着，就犒劳弟兄们吧！姑娘们便都倒了大霉，再无白日黑夜之分。有时白日在床上正睡着，就有人爬上去硬弄，说是王大爷特许的。

姑娘们因着现实的苦难，都极一致地想念起玉骨儿来，盼着玉骨儿快回来，尽早结束王大肚皮对大小花船的残暴统治。那当儿，姑娘们可没想到自己主子玉骨儿也在清州"一河春"受着同样的罪，正十文钱一次被另一帮男人作践着。

王大肚皮自然也没想到——王大肚皮既没想到智谋过人的玉骨儿会在清州被郑老大以六两银子的价码卖掉，更没想到郑老大在桥头镇花窑业的历史上写下了这最荒唐的一笔之后，竟然还敢从清州赶回桥头镇骗他。

郑老大回来得很突然，事先一点风声没有。

那天上午，王大肚皮正和小小、春喜、灵姑三人光着身子喝花酒。三个白生生的姑娘当花，王大肚皮喝酒。一盘盘菜摆在姑娘们的肚皮上，一杯杯酒也摆在王大肚皮最乐意摆的好地方，说是叫做肉山酒海。王大肚皮喝一杯酒，就弄一个姑娘，累虽累，却极是快活。

郑老大就是在这好时候上的楼船，闯进门来的。

王大肚皮因着酒喝得多，精神便恍惚，郑老大进来时，还以为是手下的弟兄来楼船上讨便宜,眼皮都没抬,就冲着郑老大吼叫:“快滚出去,楼船上的姑娘全是老子的!”

郑老大不滚,反而一步步地向王大肚皮面前走,边走边说:“王大爷,你也太过分了点吧?啊?我们二姑奶奶让你替她管船,管姑娘,你就这样管的么?一人霸着三个,也不怕累着?!”

王大肚皮一看是郑老大,酒醒了大半,先是一阵窘迫的笑,而后就问:“咋着,你……你们这么快就……就回来了?玉骨儿呢?”

郑老大说:“想让我们二姑奶奶也来见识一下你王大爷弄姑娘的本事?”

王大肚皮以为玉骨儿随郑老大一起回来了,禁不住有些慌乱。

郑老大这才笑着说:“王大爷,你别怕,我们二姑奶奶还在清州耍着呢。”

王大肚皮放了心,也笑了,指着铺上的三具白肉对郑老大说:“那咱就一起玩玩吧!一边吃一边日,真赛过神仙了……”

郑老大眼里色迷迷的,嘴上却说:“我不敢哩!我不是你王大爷,怕二姑奶奶回来不饶我。”

王大肚皮一把拉过郑老大说:“怕啥呀?这是白日,咱又没误了她的生意,再说还有我呢!来,来,咱们有福同享了。”

于是,郑老大便和王大肚皮去有福同享。两个男人三个姑娘瞬即打成一团,闹得楼船上一片淫声荡语……

这日,王大肚皮和郑老大吃得好,喝得好,也玩得好,因着有福同享的关系,就成了割头不换的好朋友。既成了割头不换的好朋友,王大肚皮对郑老大便很是信任,郑老大说什么,王大肚皮就信什么。

郑老大说:“……二姑奶奶买了八个姑娘,带的银子不够,还在清州等我送银子去呢,我得立马赶回清州。”

王大肚皮说:“那你就快走,别让玉骨儿等急了。”

郑老大说:“二姑奶奶让你给我筹一百两银子带走。”

王大肚皮说:“行,行,这十来天姑娘们挣的你都拿走,不够我这里再凑凑。”

郑老大说：“小小我要带走，二姑奶奶和清州的窑子谈好了，把小小卖了个大价钱。”

对这一眼就能看破的假话，王大肚皮竟也没疑，连连点头说：“好，好，你带走就是……”

……

王大肚皮就这么辜负了玉骨儿的信任，用肉山酒海招待了郑老大，搭上一百两银子不说，还让郑老大大模大样地带走了与之相好的小小。使得一场起源于桥头镇的阴谋又十分出色地在桥头镇落了幕，真把玉骨儿气死了。

郑老大带着小小走后第十几天，又有个清州人找到楼船上来要银子，也说是玉骨儿让给的，数目很大，竟是六百两。这才让王大肚皮起了疑——仍没想到玉骨儿被卖了，却是想到了匪贼的绑票。

王大肚皮问那个清州人：“玉骨儿要六百两银子干啥？”

清州人说：“赎身嘛。”

王大肚皮又问：“玉骨儿现在哪儿？”

清州人说：“这不能告诉你，你把六百两银子带去，就能把她带回来了。”

王大肚皮说：“好，你等着，我去想想办法。”

让楼船上的姑娘陪着清州人，王大肚皮下船到了自己的赌房。先还是想垫上银子救出玉骨儿的。可转而一想，六百两不是小数目，自己一下子筹不齐。又想到，就算能筹齐，也不能乖乖地就送去，倒是带着手下的弟兄打走这些匪才是上策。打走了匪，省下六百两银子，总能从玉骨儿手上落点好处。于是，便想打一回。

不料，手下弟兄却怯着匪们，不想打。田七说：“……打啥呀？咱不知匪来了多少，若是打不过反倒不好了。”

田八说：“真是哩，就算打过了也不好，匪们都不是善碴子，这回吃了亏，下回必得来报复，咱还是不管为妙。”

王大肚皮说："咱若不管，只怕匪要撕票哩！"

田七说："撕就撕呗，匪们真把玉骨儿撕了，咱就到船上抢姑娘。"

这话提醒了王大肚皮。王大肚皮马上想到，对哩，玉骨儿若是永不回来，这大小花船和二十几个姑娘就没主了，他正可趁机掠过来，把赌馆和花船上的生意带着一起做。自己也能天天在楼船上过肉山酒海的生活了。

心就这么黑了下来，回到楼船后，王大肚皮对清州人说："……人，你爱放不放，要银子老子没有。"

清州人说："王大爷，你再想想，我们来一趟不容易。"

王大肚皮说："你们容易不容易关我屁事，我又不欠你们的。"

清州人火了，说："好，那我回去，再想赎人，你们就到清州来找我们吧。"

王大肚皮说："老子才不会去清州找你们呢！有种你就把人票撕了吧！"

清州人说："撕了就便宜她了，我们才不撕呢，我们得让她慢慢受着，让弟兄们活活日死她。"

王大肚皮说："很好，很好，日死总比硬杀了好，死得也算快活了。"

清州人气坏了，只得悻悻地下船回去。临走时，清州人又对王大肚皮说："王大爷，你……你这人真是无赖。"

王大肚皮很严正地说："老子就算是个无赖，也不勾通你们这些绑票的匪贼！"

清州人说："谁是绑票的匪贼？你知道不知道，你们主子是被人卖到我们清州窑子里的！"

王大肚皮愣了："什么？什么？玉骨儿被卖到你们窑子里了？"

清州人说："可不是么?！她原还不让我和你说……"

王大肚皮这才知道了事实真相，头脑马上清醒了。玉骨儿既是在清州的窑子里，就没有撕票这一说了。凭玉骨儿和肖太平的关系，迟早总会被肖太平那帮爷救回来，自己看来是黑不成她了。这就改了主张，换了副笑脸对清州人说："那好，那好，你们既不是匪，这六百两银子我就给你筹，你看是不是让我先去见见人再说？"

清州人说："人你别见了，我还是那话，你带着银子跟我去领人。"

王大肚皮没了辙，只得再去筹银子。

就在王大肚皮筹银子的当儿，不曾想，玉骨儿竟被白家窑上的弟兄救回来了。

那日傍晚，三个清州人押着玉骨儿在桥头镇外的河滩上等银子，正巧碰上白家窑护窑队队总肖太忠带着一帮弟兄路过。玉骨儿冲着肖太忠和弟兄们叫起了救命。肖太忠和弟兄们便救了玉骨儿的命，一阵拳脚打跑了三个清州人，又把玉骨儿送到了楼船上。

玉骨儿回到楼船时，王大肚皮正替玉骨儿破着财，把筹来的三百多两银子和几张银票往那个残存的清州人手里过数，见玉骨儿到了，一时还没回过神，竟问玉骨儿："哎，玉骨儿，是六百两吧？他别讹咱！"

一脸倦色的玉骨儿指着王大肚皮的额头骂："你这蠢货，姑奶奶都回来了，还给什么银子？！"

王大肚皮这才省悟过来，抢过已递到清州人手上的银票，一脚将清州人踹出老远，嘴上还骂道："真是呢，我妹子已回来了，哪还有银子一说！"

清州人踉踉跄跄爬起来，指着玉骨儿说："玉姑娘你别赖，六百两银子是你许下的……"

玉骨儿没容清州人再说下去，就对肖太忠一帮窑丁弟兄说："这个绑匪最坏，你们替我好好收拾一下！"

肖太忠一帮弟兄立马收拾起来，直收拾得清州人口口声声认了自己是匪，玉骨儿才让弟兄们把清州人踹下了楼船，让他滚蛋。对肖太忠那帮弟兄，玉骨儿赏了银子，赏了姑娘，还赏了酒。

在一片喜庆的欢快中，玉骨儿当着肖太忠一帮弟兄的面，对自己这二十几天的遭遇作了痛心疾首的描述。据玉骨儿说，郑老大早就通匪，这次骗她出得漠河，就在半道上伙着清州的匪把她绑了票。不是她有过人的精明，把绑匪们骗到桥头镇来取银，只怕一条命就要留在山窝窝里了。

王大肚皮问:“……那人家清州人咋说你被卖到了窑子里?”

玉骨儿格格直笑,笑得眼泪都出来了:“王大哥,你不想想,我玉骨儿是什么人?会被人家卖掉?!”

这一来,王大肚皮又疑惑起来。

玉骨儿指着王大肚皮直叹气:“你呀,真是太蠢!”

王大肚皮想想,禁不住红了脸,也认为自己确是蠢了点,竟让绑匪郑老大骗走一百两银子,还骗走了小小。郑老大喜欢小小,他也喜欢小小呢。

玉骨儿又说:“不过,话说回来,你王大哥蠢虽蠢点,人倒不错,肯垫钱赎我。”

王大肚皮愈加惭愧了。于惭愧之中,王大肚皮结束了自己对大小花船长达二十三天的统治,也同时结束了自己肉山酒海的帝王生活。

回到自己的狗窝,王大肚皮困乏之极,倒在床上一气睡了两天两夜。

第三十章　肖家窑

肖太平的第一座煤窑是在同治十二年冬天开工的。窑址选在侉子坡上沿二里多路的一片荒地上，北面地界紧贴王家窑，东距桥头镇没多远，南临大漠河。黄道吉日是请了两个风水先生几经反复才择定的，破土动锹那日，放了上千头“天地响”。白二先生、李五爷、王大爷和玉骨儿都赶来恭贺，侉子坡上没下窑的弟兄也都跑去围观助威，工地上一片红火热闹。

肖家窑正挖着，还没正经出炭，肖太平又以窑做抵押，借下白二先生三千八百多两银子，在大漠河上修建了第一座煤码头，并购置了第一批运煤大木船。

到得同治十三年，肖家窑出炭时，肖太平的煤码头和大木船都用上了。由八条大木船组成的船队开始连樯南下，顺大漠河入运河直接向江南乃至上海运送煤炭。以往桥头镇的煤都是从陆地肩挑车载运往漠河县城，再从漠河县城沿运河水路和陆路官道两路向南卖运。由于中转太多，费时费力，运资费用居高不下，窑上的钱赚得就少。别人没看到这一点，肖太平却看到了，所以打从买窑地起，肖太平就盯着大漠河不放，非要在大漠河畔买窑地，非要在大漠河畔立窑。

白二先生、李五爷、王大爷开始时都不大理解，认为这是发疯找死。白二先生好心劝过肖太平，要肖太平谨防大漠河河水透进窑里，被大漠河害了。结果却是，大漠河不但没害了肖太平，倒是成全了肖太平。肖家窑的煤出了窑口就进了煤码头，再不需陆路中转，利银一下子多了二成还不止。白二先生、李五爷和王大爷这才再一次发现了肖太平过人的目光。

因为肖太平过人的目光，桥头煤直下江南的新时代不可逆转地开始了——尽管开始时只有八条船，规模很小。

也就是在同治十三年前后，窑上力夫紧缺的状况得到了缓解。桥头镇周围三省四县的人们渐渐聚向了这片新兴的窑区，农闲时便成群结伙跑来下窑。从那时起，白李王肖四家窑上，除了夏秋两季农忙时，已基本上不存在力夫紧缺问题。

虽说如愿以偿开了自己的肖家窑，做了窑主，肖太平却没有趾高气扬的样子，仍尽心尽职地做着白家窑的窑掌柜，和白二先生的关系不但没有疏远，反倒走得更近了，好得像一家人。肖太平常记着白二先生的好处，真诚地认为，没有白二先生就没有他的发达。同治八年，白二先生让他包下白家窑，给了他发家致富的机会。同治十年，白二先生冒着窝匪的风险，毅然处置了章三爷，从根本上呵护了他。到得自己开窑、建煤码头，白二先生又是出头帮他买地，又是借钱。

白二先生的这些好处，让肖太平记了一辈子，一直记到死。肖太平死后留下两条遗训中的头一条就是，肖家后人们必得牢牢记住白家的恩德，日后三代逢到和白家发生争执，肖家后人都要避让。后一条与白家无关：任何时候都不要结交贫穷的亲戚朋友。贫穷的亲戚朋友不会给肖家族人带来好处，只会带来麻烦，闹不好还会带来无端的嫉妒和仇恨。

肖太平对白二先生的恭敬，也得到了白二先生恭敬的回报。白二先生并不糊涂，白二先生知道，自己成全了肖太平，反过来肖太平也成全了他。没有这个叫肖太平的前捻党二团总，就没有白家乃至整个桥头镇煤窑业的全面兴盛。白二先生终其一生不服别人，只服肖太平。到得岁暮晚年，肖太平已死了很多年了，白二先生还常常一口一个肖大爷地提起肖太平。

白二先生常对人说，啥叫仁义？人家肖大爷一辈子活得就叫仁义。凭肖大爷的过人的气派本事，同治八年以后，他想哪天开窑做窑主都成，想闹腾多大都成。可人家肖大爷却一直耐着没动，因啥？就因着不愿和老主家窑上争力夫。直到同治十三年，力夫不缺了，人家肖大爷才不紧不忙地弄起了自己的窑。这样的爷谁能不服？人家是君子爱财取之有道哩。说到肖太平的能耐，白二先生总要提起同治八年煤窑上的昼夜作业制，还要提起同治十三年的煤码头和船队。越到后来人们看得越清楚，昼夜作业制的意义不仅仅是把一座煤窑变成了两座，也划时代地改变了桥头镇人祖祖辈辈沿传下来的生息习惯。而煤码头和船队给桥头镇煤窑业带来的变化更是历史性的，煤码头和船队的出现，使得质优价廉的桥头煤在铁路时代来临之前，就先声夺人地打开了南运河两岸和江南各城市的庞大市场。

这期间，肖太平和李五爷的合作也进入了一个新阶段。

李五爷在肖太平的煤码头上看出了省力省钱的门道，就想用肖太平的码头运自己窑上的煤，先是出银一千四百两和肖太平合伙扩大了运煤船队。后来又和肖太平商量，干脆把李家窑交给肖太平一起弄着，自己专做运煤卖煤的二掌柜——不但运卖自己窑上的煤，也同时运卖肖家窑上的煤。第二年——光绪元年，白家窑也在肖太平的力主下修建了通往大漠河煤码头的路道，李五爷就连白家窑的煤也一同卖了起来。

到得光绪二年，除了王大爷的王家窑，桥头镇采煤业和运销业的第一次大联合不显山不露水地自然完成了。水路直运和联合采销，大大地降低了白肖李三窑成本，也在客观上形成了强大的资本群体对日渐强大起来的劳动力群体的威慑力。

自然，桥头镇煤窑业史上这第一次大联合不同于后来那些煤矿公司具有现代意义的组合、兼并和扩张。这次联合的基础并不牢靠，没有什么股份、控股之类的说法，也没有谁能对三家小窑的资本进行统一调度。白二先生、肖太平、李五爷不论产煤还是销煤，都是各记各的账。利益行为上互为依托，也互为控制。肖太平控制着李五爷的窑，李五爷控制着肖太平销出去的炭，而白二先生执掌的总账房则控制着三家的银炭进出总账。

运煤的大木船一条条下水，满载着桥头煤连樯南下时，三孔桥下的大小花船上的姑娘却陆续上了岸。桥头镇卖淫业历史上的花船时代进入了落幕前的尾声，而名副其实的花窑时代开始了。

光绪初年的桥头镇，常年在白肖李王四家窑上下窑的单身窑工已不下两千号人，加上煤码头和船队上的力夫，就有两千五百多号人了。冬春两季农闲时，四面八方的人都到窑上来挣现钱，镇上竟是一片人头攒动的景象，比漠河城里还热闹。这样一来，大小十几条花船和二十几个姑娘就远不能应付越来越多的青壮男人了。玉骨儿便于光绪元年春，在三孔桥下沿盖了八间青砖红瓦的新窑房，自己上了岸，也把新买的一批姑娘安置在岸上。光绪二年，玉骨儿又在八间窑房两头盖了十二间东西厢房，除却一条成色尚好的楼船，卖掉了余下的全部花船，把大部分姑娘都拉上了岸。

桥头镇有名号的花窑这一年正式出现了。花窑名号叫“暖香阁”，是玉骨儿请了场花酒，让秀才爷起的。

暖香阁开张那日，肖太平、李五爷和漠河城里的几个爷都到了。白二先生被肖太平硬邀着，也破例到了。玉骨儿用上好的美酒和新来的姑娘招待了各位爷，后来还把一个名叫小香的姑娘送给白二先生做了三太太。白二先生过意不去，送给玉骨儿一条路——出银修了暖香阁门前到三孔桥头的一段黄泥路。路修得正经，矸石打底，上铺细石渣，宽约两丈，极是平坦，雨天再不沾脚，大人老爷的车马轿子能一无阻挡地直达暖香阁门前。

也是在这一年，由肖太平牵头，肖白李王四家窑王捐银，修建了从镇东到镇西的盛平路。同时，肖太平又独自出钱修了从桥头镇经肖家窑到侉子坡煤码头的车马大道。加上原有的老路，一个以桥头镇为中心，串连四家小窑和煤码头以及皇家官道的道路网便形成了。这使得后来官窑局的道员总办赵老爷一眼看上了这里，堂堂朝廷的官窑局没设到漠河城里，倒设到了这名不见经传的桥头镇上。

朝廷起办官窑这时已初露端倪。光绪元年六月圣母皇太后懿旨恩准李中堂煤铁开采的奏请。光绪三年八月，李中堂正式在北地开平镇窑区设办官窑局，以西方列强的现代洋井之法大规模开采煤炭。桥头镇进入官家视野，进行现代化的西法开采，也只是时间早晚的事了。

漠河知县王大人的态度因此发生了变化，再不说桥头镇煤窑“大匿巨凶"、"藏亡纳叛"。逢到城中绅耆人等骂起桥头镇煤窑，王大人总说，李中堂是对的，现在看来，要富国强兵非得掘煤冶铁不可。到得王大人因漠河教案撤了差，钱宝山钱大人做了漠河知县更一头扎到了桥头镇窑上，和肖太平打得一团火热。

那时，没有谁会料到，后来——光绪十七年的官窑局会给桥头镇带来一场巨大而血腥的灾难，肖太平竟会那么绝望地倒毙在和官窑局、大洋井的血泪拼争中，就此结束了他所代表的小窑时代，也结束了肖氏家族的一代繁华梦……

第三十一章 "上帝"詹姆斯

大妮生儿子的本事真大，从同治八年开始母鸡下蛋似的连着生下了春旺、秋旺、冬旺、夏旺四个儿子，让侉子坡上的女人们羡慕不已。到了光绪三年，大妮第五次怀孕，心中想着要个日后能做伴做事的闺女时，才生下了唯一一个闺女五凤。

五凤一出生就显得与前面四个哥哥不同，俊眉俏眼，一副娇模样。脾气也坏，老要人抱，不抱就哭闹，让全家人不得安生。大妮要管着一家七口人的吃喝，还侍弄着一片菜园，根本没工夫抱，就把五凤交给七岁的大哥春旺和六岁的二哥秋旺照料。于是乎，春旺和秋旺就成了五凤的小奴隶，轮流抱着、背着五凤在侉子坡四处转悠。老三冬旺和老四夏旺则自得其乐地在满屋满院子乱滚乱跳，时常搞得三间泥坯草屋和小小的土墙院内脏乱得像猪圈。

大妮的脾气变得很坏，除了五凤，对四个儿子抬手就打。儿子们被打皮实了，对母亲也不怕。胆最大的是老三冬旺，这边刚挨过揍，脸上的泪还没干呢，那边又闹上了，不是抓破了弟弟夏旺的脸，就是在家中唯一的木盆里尿了尿，这就使得母亲大妮有更充分的理由再揍他一顿。

儿子们尽管经常挨揍，对母亲却好得很。大妮歇下来给五凤喂奶，儿子们便像一群小猪似的围上来，这个给母亲捶腿，那个给母亲捶背，没有一个儿子在母亲面前撒娇——除了闺女五凤，大妮的儿子们竟没有一个学会撒娇的。对母亲的名誉，儿子们看得更重，谁敢提起母亲的当年，四个儿子就齐心去和人家打架。

因为下窑生活的安定，侉子坡上人丁兴旺。当年曹团残部三百零四人，这些年死去的不多，新生的倒不少，满身满脸灰土的光屁股孩子一坡都是。白二先生有一次偶尔路过，看着满眼的孩子极为惊讶，以为自己走错了地方——当年允诺这帮侉子在坡上落脚时，白二先生可没想到侉子的后代们会像野草一样疯长。

侉子坡第一代孩子们像野草，更像野狗，一个个都是相同的模样。夏天赤身裸体，在大漠河里泡，在太阳底下晒，一身黑亮的水锈。还像野狗咬架一样整天闹个不休，坡上几乎天天都有某个母亲为自己吃了亏的儿子骂大街。冬天稍好一些，孩子们没棉衣穿，大多在自家的土炕上老实趴着。孩子们没法到外面闹，就专和自己母亲作对，母亲们的日子也并不好过。

大妮的四个儿子闹出的麻烦实是不少。在家里内讧，对外却抱成一团，和谁打架都是一齐上。总是打赢的次数多，吃亏的次数少。而大妮则总是向人家赔笑脸的次数多，找到人家门上的次数少。为此大妮用鞋底，用柳条没少抽过儿子们，可抽过后，心里倒是挺骄傲的，觉得儿子们比他们的老子曹二顺强多了。

四个儿子中，老大春旺最懂事，逢到哪天断了粮，没得吃了，总不吵不闹，还帮着母亲哄几个弟弟。从四岁开始，春旺就帮着母亲在菜园里做事，五岁会满坡转着挖野菜，六岁时就背着五凤，带着秋旺到河沟里捉些小鱼小虾了。最让大妮惊讶的是，有一回曹二顺在窑下砸伤了脚，三天没下窑，家里一粒粮也没有，她急得直哭。春旺就默默地带着秋旺和五凤到桥头镇上讨了一天饭，不但三个孩子吃饱了，还从好心的詹姆斯牧师那里带回了十斤白面。

老二秋旺也挺懂事，只是一开始心术不太正。有一次，见大妮病在床上起不来，夜里跑到坡下偷人家的鸡，想偷来煮给母亲吃。大妮见了偷来的鸡，真气死了，用鞋底抽了秋旺不说，还让曹二顺亲自动手打了秋旺一顿。

最没用的是老四夏旺，整日泪水汪汪的，在外面没有三个哥哥伴着，总要被人欺负。在家里，老三冬旺又是他的对头，欺了他，还先跑到母亲面前告状。家里出了任何无头案，冬旺总说是夏旺干的，让夏旺挨了不少冤枉打——后来谁也没料到，曹家四个儿子中，恰恰是这个曹夏旺继承了自己团总爷爷的叛逆精神，辛亥时期再度举起反清义旗，四处策动新军起义，三度向巡抚衙门扔炸弹，成了桥头镇上唯一一位捐躯民国的革命英烈。

五凤最是幸运，从小就没挨过大妮的打，也没挨过哥哥们的打。春旺、秋旺和五凤的感情自不必说，夏旺也喜欢这唯一的妹妹。只有冬旺欺惯了夏旺，也想欺负五凤，可五凤哪是省油的灯？不说上面有春旺、秋旺护着，就是自己夸张的哭声也能把冬旺对付了。整日劳累不堪的大妮才没心思讲理哩，但凡听到五凤的哭声，不管怪不怪冬旺，总是先抽了冬旺再说——为打在冬旺身上的巴掌，大妮在冬旺病死后悔了好多年。

大妮在五凤身上总能看到自己的影子。有时搂着五凤，大妮会想，五凤就是另一个她哩。可五凤偏又不像她，能说会道，极是乖巧，一张小嘴甜得很。命也好，一家人都宠着她，就算断顿了，做爹的曹二顺自己一口不吃，也少不了她吃的，再难的日子也没亏待过她。因此，童年的侉子坡对五凤来说是个充满温情的地方。许多年后五凤混成了人物，和秋旺一起，促成了曹氏家族的再度崛起，把一场风水轮流转的好戏演得有声有色。但五凤不论是年轻时做山中巨匪龙玉清的压寨夫人，还是后来做民国镇守使、民国督办龙玉清的太太，都念念不忘侉子坡。

这期间，正占着上风上水的肖太平和曹月娥也有了三女一子。儿子最小，和夏旺同岁，起了个形象的乳名叫尿壶。尿壶和母亲曹月娥一起到侉子坡上来过几次，不嫌春夏秋冬四个表哥穷，也不嫌表哥们脏，老想往表哥们身边凑。表哥们都不理他，二表哥秋旺还捉来毛毛虫吓他，让尿壶很伤心。尿壶那时可不知道这位又穷又脏又淘气的二表哥日后会成为大英帝国 SPRO 中国煤矿公司的买办，而他这位阔少爷却会成为代表劳工利益的工团领袖，世事的演变实是让人触目惊心。

穷表哥们让尿壶伤心，曹二顺却让曹月娥伤心。打从同治十年被肖太平伤了左眼起，曹二顺再没和肖太平说过一句话。有时走到对面了，脖子一拧，掉头就走。日子过成这个样，二哥嘴上仍硬生得很，肖家赏的钱一文不要。亲哥哥不领亲妹妹的情，却偏和洋毛子詹姆斯热火得很，让曹月娥见了就生气。因着生气，曹月娥打从住到桥头镇肖家大屋后，到侉子坡来的次数随着时间的推移越来越少了，以至于后来大妮生了五凤大半年了，她都不知道。

光绪五年，五凤一岁多的时候，曹二顺一家的生活进入了最艰难的时期。

因多子而生出的骄傲在曹二顺心头逐年消退了，随之而来的是日夜不断的叹息。面对一家七张要吃要喝的嘴，曹二顺挣下几亩地江山的志向完全破了产。因怕大妮再给他生出个老六、老七，连那事也不大敢和大妮做了。曹二顺原来话就少，现在话更少了，有时十天半月都没一句话，被儿子们闹急了，就躲到坡上老槐树下一人吸闷烟，做祈祷。

和詹姆斯牧师的话倒多了起来。许多不能和老婆、孩子们说的话，都能和詹姆斯牧师说。有时，也在祈祷时默默地对心中的主说。曹二顺总觉得主不会让自己一家人活不下去的，窑上的生意这么好，他怎能活不下去呢？这没道理呀。可事实却是，桥头镇煤窑业的日益发达没给曹二顺带来任何实际的好处，反倒给曹二顺带来了新的忧虑。每到农闲，看到大批外地力夫拥到镇上、窑上时，曹二顺就不免担心窑上裁人，更担心窑上降饷——在这一点上曹二顺是个先知先觉者，后来窑上果真降了饷。

光绪五年，窑上还没降饷，下一个窑仍依着老例给五升高粱，白日黑夜连窑就是一斗高粱。曹二顺虽说再不和肖太平来往，却仍老实巴交地在白家窑做活，不图别的，只图相熟的王柜头给面子，能让他多连几个窑。农闲时人多，侉子坡上不少弟兄想多连窑已不成了。

在连年辛劳中，曹二顺硬实的身子渐渐佝偻下来，人也瘦得脱了形。有一次肖太平见了都不敢认。待认出后，肖太平动了恻隐之心，想帮自己舅子一把。可肖太平知道曹二顺太倔，自己没出面，却吩咐弟弟肖太忠出面，请曹二顺到煤码头上去看守炭场，一天破例给两斗高粱。曹二顺开始挺高兴，后来知道看守炭场和在码头上装煤的弟兄都是一天五升高粱，才悟出是沾了肖太平的光，便不愿到炭场去了。还郁郁地和肖太忠说，自己已对上帝发过誓，再不和肖太平来往。

肖太忠回去向肖太平一说，肖太平火透了，要肖太忠带话给曹二顺：现在的侉子坡都是自己从白二先生手上买下的，真要有骨气，就从侉子坡上搬走。曹月娥也气得要死，可却不能不劝。先劝了肖太平，又到坡上去劝曹二顺，和曹二顺说：你别以为我和肖太平是为了你——我们是为自己，你不想想，你身子骨真垮了，这一窝孩子我们能不管么?！曹二顺也真做得出，被妹妹劝回了炭场，却只领和大家一样的五升高粱，夜里再到白家老窑下窑挣另五升高粱。

就是这么难，曹二顺仍在肖太平面前保持着曹家人的骨气，这就让肖太平不能不服气，也不能不头疼。

因为白日在煤码头上看炭场，不要出力干活，也常常能抽空打个盹，夜里下窑精神就好多了。算起来高粱也比往月多挣了三四斗，曹二顺家里的日子总还过得下去，尚未落到讨饭的地步。

在这段人生的青黄不接时期，詹姆斯牧师时常伸出济助之手。每回到侉子坡上向教友们传布福音，詹姆斯牧师总要顺便到曹二顺家来看看，送给大妮一些食品旧衣，也时常给曹家的孩子们带点小小的礼物。曹家的孩子们就是从詹姆斯牧师那里第一次吃到了糖，知道了世间还有一种叫做甜的滋味。

春旺、秋旺、冬旺、夏旺和五凤都把高高瘦瘦的詹姆斯牧师当成了上帝。

许多年后，易名曹杰克做了英国买办的秋旺回忆起自己在侉子坡上度过的童年时还说："……詹姆斯牧师完全是主的化身，他给光绪初年贫穷苦难的侉子坡，也给一个贫困的中国家庭带来了主的垂怜和天上的福音。万能的无所不在的主，正是通过詹姆斯牧师拯救了我们，并在日后决定性地改变了我们曹氏家族的命运……"

五凤跟巨匪龙玉清替天行道后再不信教，可对詹姆斯牧师也一直保持着深深的敬意。光绪二十五年龙玉清绑了白家大少爷的票，点名道姓地要老迈不堪的白二先生进山送赎。白大少爷是教友，白二先生就求到詹姆斯牧师头上。五凤一见詹姆斯牧师为白大少爷进了山，二话没说就让龙玉清放人，还和龙玉清说，詹牧师是上帝哩，咱不听皇上的得听上帝的……

光绪初年，侉子坡上大人孩子没有不认识詹姆斯牧师的。大家都把詹姆斯牧师称作詹大爷，都知道詹大爷是好人，心善，信奉洋菩萨，给穷人看病不要银钱，还收养那些没人要的野孩子。因为对乐善好施的詹大爷的信任，侉子坡上不少男女也渐渐地信了上帝，天国的福音迅速地在坡上传播开来，光绪五年连教堂都建了。不过，这教堂大概算是基督教历史上最简陋的教堂了：空空一间土屋里什么都没有。土屋落成时倒是挂过一个木十字架，只三天就被人偷走了，又挂过一个，第二天又被人偷走了，后来就再没挂过。詹姆斯牧师也不怪，说是只要耶稣基督在我们兄弟姐妹心中就行了。

然而，谁也没想到，就在这年秋天，漠河教案发生了，漠河城里一帮百姓非常残酷地杀死了一个叫彼德的牧师。桥头镇的秀才爷也张罗起一帮人，四处追打詹姆斯牧师，让詹姆斯牧师蒙了难……

第三十二章　打毛子

光绪五年的漠河教案是酝酿已久的。

早在春上城里城外就有人传，说教堂里的洋毛子没安好心，四处偷拐婴孩杀了制洋药。传得有鼻子有眼，说是婴孩的心配制什么药，婴孩的肝配制什么药。夏天城里就出现了说帖，连县大衙对面的街上也贴了一张，是一篇很长的书歌子，除了拐杀婴孩的老话，已公然提出——

……我漠河，
大清地，
岂能容，
邪教生？
众义民，
快动手，
烧教堂，
杀洋鬼……

到了九月秋里，大乱骤起。

漠河周围乡民和城里百姓一夜之间举着火把包围了教堂，要教堂里主事的彼德牧师交出收养的婴儿。彼德牧师一看情况不好，想见知县王大人，可深更半夜见不到，便闭门不出。众人吵闹着放起了火。彼德牧师被大火烧出来后，人们就用菜刀活活劈死了他。次日上午王大人赶到时，彼德牧师全身已无一块好肉，肚子都被剖开了，花白的肠子拖了一地。

王大人当时没太当回事，虽也让差人捕快装模作样地去拿办暴民凶犯，可在往上报奏的折子上却说，洋人和洋教堂多有不轨不法之举，激起民愤天怒，始有教案之发生。王大人再没想到，为这只死了一个洋人的区区教案竟会惊动北京朝廷，竟会引来巡抚老大人和西洋列强的领事老爷，自己后来竟致被撤差流放……

桥头镇距漠河城只有四十里地，漠河教案发生的第二天，消息就传到了桥头镇上。传来的消息又走了样，说是彼德牧师这夜正用活婴脑浆配制长生不老之药，被义民当场拿获，杖击而毙。还说，官府王大人得知此事后不但没治义民的罪，反赞扬义民为地方除却了一害。

满腹经纶的秀才爷田宗祥得知这消息来了劲，断定当年詹姆斯牧师用于诊治花柳病的洋药有问题。秀才爷想到自己的学问在桥头镇是最大的了，就决意出首为地方做主。秀才爷先在居仁堂里和一帮谈天说地的大人老爷们合计，后就四处张罗着召集义民。义民来了二三十口子，大多是识得些"子曰"，懂些古理的正经百姓，也和秀才爷一样对邪教看不惯。

秀才爷见义民们来了不少，精神头更好，站在居仁堂门口手舞足蹈地说："……诸位都听说了吧？昨日漠河义民打杀了彼毛子，漠河一害已除。咱桥头镇咋办？詹毛子这一害要不要除掉？我看要除掉。漠河的彼毛子杀婴制洋药，咱桥头镇的詹毛子开诊所卖洋药，必是一丘之貉！诸位想呀，詹毛子的洋药咋就这么灵？居仁堂诊不好的花柳恶疾他都能诊好。他是神仙吗?！他的洋药是仙丹吗?！才不是哩。他那洋药里十有八九有婴孩的血肉精气。这个詹毛子只怕比漠河的彼毛子还要坏哩，用咱婴孩的血肉精气给咱吃，又骗咱去信他的上帝。"

义民们纷纷跟着议论——

有人证实说："……是哩，詹毛子给谁诊病都满口的'上帝、阿门'，对穷人还不要银钱，只劝他们信他的邪教。"

又有人说："这个詹毛子不但是卖药，只怕也拐婴孩哩，半年前我亲眼见着他手里携个婴孩骑着驴往漠河城里去。"

秀才爷越发兴奋起来，很明确地说："这个詹毛子今日也算闹到头了！漠河有义民，咱桥头镇也有义民。义民是谁呢？就是我们了。我们再不能让詹毛子用邪教、洋药祸害咱桥头镇了。有种的都跟我到洋诊所去，拿了这詹毛子去见咱王大人。”

有人高声吵吵：“秀才爷，你真是迂腐了！见啥王大人呀，洋毛子归根说不算正经人，你看他们那样子，黄毛蓝眼，哪个不是鬼托生的?！咱只管打，打死算数！”

许多人跟着附和——

“对，打死算数！”

“真是哩，毛子们害了咱这么多婴孩，就算打死他几回也不为过。”

“打，打，都去打……”

于是，都去打毛子。

秀才爷庄严神圣，带着一帮义民走在最前面，路过自己宅院门前时，见到了同样憎恶邪教的老爹田老太爷。田老太爷起先不知道秀才儿子是要去为桥头镇民众除害，还以为秀才儿子又无端起哄，便照例上前去拽秀才儿子的辫子，嘴上还说：“……你这个孽子，咋就不学好呢?！”

秀才爷被田老太爷捉住了辫根，便失却了自由，偏着脑袋挣扎着说：“爹，我……我今日学好了——我们要……要去打毛子哩！”

听说去打毛子，田老太爷脸上才有了笑意，放了秀才儿子的辫子，把手上的拐杖在地上频频顿着，对众人说：“好，你们打毛子很好——毛子这种东西就是欠打，不打跑他们，咱就别想清静了。大家想呀，毛子要咱信上帝，上帝是什么玩意儿？就是毛子的洋祖宗。咱们那些不开化的百姓只为贪毛子一点小好处，就信了人家的洋祖宗，就不想想，信了毛子的洋祖宗，咱列祖列宗还往哪摆？咱皇上，咱圣母皇太后还往哪摆？你们都去打，把毛子打回他们的毛子国去！”最后，指着不争气的秀才儿子，田老太爷又说，“你这孽子，今天倒算做了回正经事……”

连田老太爷都认为是正经事，秀才爷和几十个挺身而出的义民更认为自己是真理在握了，气焰便越发凶烈起来，沿途寻着能寻到的物件，准备用着打毛子。秀才爷虽做着义民的首领，也还是不顾身份地寻了根铣把于手上攥着。

这是许多年来秀才爷最风光的一天。这一天，桥头镇人都看到了镇上这唯一的秀才爷一马当先领着男女老少一帮人去打毛子，使得日后秀才爷想赖都赖不掉。

打从章三爷死后，秀才爷的日子越过越没意思，不要钱的花酒没人请他喝了，花船和花船上的姑娘便可望而不可即。有时斗胆偷了家里的银子到花船上去耍，田老太爷就让他当着老婆孩子的面出丑。仕途前程更是一片渺茫，自以为学问见长，却总不走运，回回应试，回回名落孙山。打从同治八年到今天，竟是一无进展，既未得中，也未进学。田老太爷极度沮丧之下，已不对他的学养抱什么指望了，年前便打算拿出一半家资为他捐纳个功名。

这一回好，秀才爷想，他虽说没进学，却还有点忠君护国的正气，打了毛子不说老爹嘉许，只怕官府也会褒奖哩。老爹把话说到了底，毛子的邪教是不要皇上、不要圣母皇太后的，他带着义民打毛子，就是为国驱邪。

却不料，这一回竟没打成。因为一路上吵嚷得太狠，惊动了詹毛子，待秀才爷一干义民到了詹毛子的洋诊所，詹毛子已不见了踪影。洋诊所的门也闭了，门上挂着把大铁锁。

秀才爷合着义民们砸了锁，踹开门，冲进房里一阵乱砸乱打。挂着大十字架的福音堂砸了，十字架上还让几个义民撒了尿。诊所门面也砸了，洋药散了一地。为寻出毛子害人的证据，秀才爷和义民们砸过之后，又四处细心搜查，试图找出一两具被害婴孩的尸身，可找了半天也没找到。

正遗憾着，有人说，詹毛子逃到了王大肚皮的赌馆。

秀才爷遂又带着男男女女的义民往三孔桥头扑去……

这当儿，詹姆斯牧师真就在王大肚皮的赌馆里。

漠河发生教案，詹姆斯牧师并不知道，待得秀才爷在居仁堂门前公然鼓动义民时，才有两个教友赶到诊所报信，说是漠河县城彼德牧师已被杀害，秀才爷马上也要杀过来了。詹姆斯牧师大惊之下一时竟不知如何办才好。

漠河既已发生了血案，再逃往漠河是不行了。诊所太小，也藏不住人。情急之下，詹姆斯牧师想到了最早的教友王大肚皮。王大肚皮手下无赖弟兄不少，这几年已是气焰熏天，在桥头镇除了此人，只怕再也没人能提供更可靠的保护了。于是詹姆斯牧师便在两个教友护送下，顺着盛平路后街去了三孔桥头王大肚皮的赌馆。

王大肚皮倒还不错，虽说被魔鬼撒旦诱惑着，不是虔诚的教徒，却还知道以恩报恩。在这危难之际，把詹姆斯牧师接到赌馆后面自己屋里藏起来，还大包大揽地说："……詹大爷，这时候您老来找我算找对了。有我在，别说秀才爷，就是举人爷、状元爷也别想碰你一个指头！日他娘，今天我倒要看看谁敢到我这儿来和咱上帝捣乱！"言罢，王大肚皮吩咐手下弟兄给詹姆斯牧师沏茶，还对弟兄们交代说，"詹大爷是个积德行善的大好人。咱这些年得了人家詹大爷不少好处，老子的鸡巴坏了几次，都是詹大爷的洋药治好的，咱得讲义气。因此所以，咱得护好了詹大爷，真要和秀才爷那帮人打起来，大家都得拼命！"

詹姆斯牧师连忙说："不要打，不要打，我看这是误会。说我们拐杀婴孩，是绝对没有的事。你们要和这些迷途的羔羊好好讲道理，用万能的无所不在的主来感召他们。"

王大肚皮连连摆手说："詹大爷，你不懂，你不懂，他们都是魔鬼撒旦那边的人，不信咱的上帝，咱对他们就一个法，揍！像那秀才爷，你不揍出他的屎来，他就直冒酸气——日他娘，就算拐杀了婴孩又关他秀才爷屁事……"

詹姆斯牧师忙申辩说："主要我们以一片爱心去爱人，我们……我们怎么会做拐杀婴孩的事呢？我们教堂收养弃婴，正是为了体现主无所不在的爱……"

王大肚皮说："算了，算了，詹大爷，爱啥呀？你爱他们，他们可不爱你哩。兄弟我今天要是不救你，你就死定了，因此所以，你那爱不爱的话就别再说了……"

面对外面的义民和面前王大肚皮这两批不可教化的魔鬼，詹姆斯牧师实在无可奈何，只是耸肩叹气，再不和王大肚皮多说什么了。

王大肚皮却还在说:“……詹大爷,你放心,兄弟我是上帝这边的人,你也是上帝这边的人,一笔写不出两个上帝,大爷你干了啥我都不管,我就知道咱俩是一路的……”

话说到这儿,秀才爷和那帮男男女女义民冲到了赌馆门前,吵闹声穿过赌房,透到了王大肚皮的住宅屋里来,詹姆斯牧师禁不住白了脸。

在一阵强似一阵的吵闹声中,田七跑来对王大肚皮报告说:“大哥,秀才爷真带着一帮孙子来了!”

王大肚皮大英雄一样,极是气壮地说:“来得好,哥我就去会会他们——你们全给我备家伙,准备开打!”临走,又对詹姆斯牧师说,“詹大爷,你别怕,就在我屋里喝茶呆着。为防万一,我从外面把房门锁上,待我们打完,再放你出来。”

詹姆斯牧师仍怕王大肚皮打出乱子,再一次交代:“还是不……不要打,他们是一群迷途的羔羊……”

王大肚皮说:“你别管,你别管,就算打出人命也与你詹大爷无涉!”

离了詹姆斯的面,走进赌房时,王大肚皮的态度变了,对田七低声交代:“告诉弟兄们,别真打——秀才爷是文曲星,咱随便打得么?咱们只管堵住门,不让他们闯进赌馆就是。”

田七问:“他们进了赌馆咋办?”

王大肚皮说:“那也不打——他们总不敢砸老子住房门上的锁吧?!”

到了赌馆门口,王大肚皮就冲着义民们笑了起来,还对秀才爷抱拳说:“秀才爷,咋着带这么多人来照应我的生意呀?”

秀才爷也冲着王大肚皮抱起了拳:“王大爷,这回不是来赌,却是来……来寻个毛子。”

王大肚皮问:“哪个毛子?”

秀才爷说:“还有哪个毛子?就是詹毛子——漠河城里的义民打了彼毛子,我们今天就打詹毛子,到洋诊所偏没找到,有人说詹毛子跑到爷你这儿来了。”

王大肚皮直笑:“真是胡说,真是胡说,詹毛子老骂我是魔鬼撒旦,会往我这儿跑么？就算真跑来了，我也不会藏的。秀才爷你想呀，我又不是真吃洋教的人，除了让詹毛子给我治病，我啥时到他那里去跪过上帝？”

秀才爷承认说：“这倒也是。”

王大肚皮又说：“打从你秀才爷一说洋教是邪教，兄弟我就知道了，这邪教不能信——咱身为大清国的百姓，哪能不信咱列祖列宗，偏要去信邪教？！”

秀才爷说：“既是如此，那我们就进去看看。”

王大肚皮说：“兄弟的赌房能随便进么？坏了我的生意算谁的？”

秀才爷知道王大肚皮不是一般人物，头不好剃，又见得门前那帮无赖都横眉竖眼的，底气便泄了三分，不敢硬来，便和王大肚皮商量说：“他们都不进去了，就我一人进去看看——打毛子是为地方除害，也不是哪个人的事，爷你也是明白人，该不会让大家都疑惑着你吧？！”

王大肚皮说：“你这么说还差不多。”

说罢，让手下的无赖弟兄闪了一条道，放进了秀才爷。

秀才爷在三间赌房四下寻看，除见着一些窑上的弟兄在推牌九、掷色子，根本没有詹毛子的影子。心想，必是那报信的人看走了眼，屈了王大肚皮。因此再不敢多啰嗦，挺知趣地向王大肚皮抱拳道别。

王大肚皮却叫了起来：“哎，秀才爷，你既是来了，好歹也赌一把嘛！”

秀才爷也极想赌一把，可一来身负打毛子的重任，二来囊中羞涩，便涨红着脸推脱了。在赌馆门前，秀才爷和义民们商量了一会儿，认为有对洋诊所进行更仔细搜查的必要，这才乱哄哄地沿原路回了洋诊所。

门前的义民散尽了，王大肚皮又来了劲。领着手下的弟兄又是拍胸顿足乱喊乱叫，又是敲桌子砸板凳地制造了好半天声响，才开了住宅门上的锁，气喘吁吁地跑去和詹姆斯牧师说：“詹大爷，上帝保佑，这……这帮魔鬼总算被我和弟兄们打……打走了。”

詹姆斯牧师欣慰地叫起了阿门。

王大肚皮又说：“不过，这帮魔鬼还会再来，因此所以，詹大爷你看是不是先到别处躲躲——不是兄弟我不想留你，却是……却是怕万一下次我的弟兄打不过他们，让你詹大爷吃苦头……”

詹姆斯牧师看出来了，王大肚皮并不想将自己留在家里，遂想了想说：“那……那你就把我送到侉子坡吧，那里有我们不少教友……”

对詹姆斯牧师来说，这实在是一个聪明的选择。这一聪明选择使詹姆斯牧师没有最后殉身于秀才爷发动的教难。光绪五年，人欲横流的桥头镇是地狱，而满目凄凉的侉子坡倒真是一方净土。

詹姆斯牧师后来在《遥远的福音》里记述说——

……侉子坡住着一群口音不同于当地人的北中国流民，许久以后我才知道，他们曾隶属于反抗清朝政府的西路捻军。是在和政府军作战失败之后，才转而成了开采煤炭的矿工。他们曾是著名的崇拜上帝的太平天国军队的盟军，他们虽然贫穷，却心地善良，敬畏上帝，完全没有漠河县城和桥头镇上的那种毁教灭教的疯狂情绪。我因为有了他们的救助，才得以在教难中活下来为主的伟大作见证……

第三十三章　秋旺有福

曹二顺记得，詹姆斯牧师到侉子坡避难那日是个阴雨天，他刚从码头炭场回来，正想吃过晚饭去下夜窑，王大肚皮手下的几个弟兄就用轿子把詹姆斯牧师抬到了土院门口。

詹姆斯牧师一见曹二顺的面，就流下泪来。

曹二顺很惊异，问："詹牧师，你这是怎么了？出了什么事？"

詹姆斯牧师沉痛地说："我的兄弟，魔鬼撒旦又在制造罪孽，我们漠河的教堂被烧了，主的牧人彼德兄弟也被暴徒们残忍地杀害了。彼德兄弟一生敬畏上帝，那么有爱心，为了在这遥远的东方传布主的福音，先是为主献出了家产，现在又为主献出了生命……"

这位彼德牧师曹二顺并不认识，曹二顺便不太伤心，可因着詹姆斯牧师伤心，曹二顺就知道彼德牧师必也是好人，也跟着伤了心——也只是伤心而已，能为殉难的彼德牧师做什么，曹二顺可一点都不知道。

詹姆斯牧师也没指望曹二顺做什么，只不过抑止不住诉说的欲望："……我的兄弟，彼德牧师为漠河的兄弟姐妹做了那么多充满爱心的好事，收养弃婴，接济穷人，最后却落得这种结局，实在让我震惊……"

后来，詹姆斯牧师说到自己今天在桥头镇蒙难的一幕，曹二顺才知道该做些什么了。曹二顺稍一踌躇，便把去下夜窑的计划取消了，先让詹姆斯牧师吃了点东西，后来找了在家的几个教友来商量，咋着保护自己的牧师。教友们都不错，抢着要牧师躲到自己家里。一些不是教友的弟兄因为得过詹姆斯牧师的好处，也来了，都对曹二顺说，只要牧师在咱侉子坡，咱就得护好他。

曹二顺很高兴，就去和詹姆斯牧师说："……詹牧师，你不要走了，我们商量过了，你就在坡上住下来吧。有我们吃的，就有你吃的；有我们喝的，就有你喝的，我们每天留人护着你。”几个教友弟兄也当着詹姆斯牧师的面，邀请詹姆斯牧师住到自己家里。

詹姆斯牧师不愿去，摆着手说：“这对你们太不方便了。”

曹二顺一心想让詹姆斯牧师在自己家住下，就叫大妮把他们住的一间东屋腾出来。大妮难得有机会照料这个好心的牧师，高兴地点着头，要到东屋去收拾，不料，却被詹姆斯牧师拦下了。

詹姆斯牧师想到了一个好地方，说：“兄弟们，我就住坡上布道的教堂吧。”

曹二顺说：“不行哩，你一人住在那里，要是出了什么事，我们都不会知道的。”

詹姆斯牧师仍坚持要住到教堂去，曹二顺和教友们都没办法，只得依从了牧师，在教堂的土屋里支了块门板，又尽可能地找了床好些的铺盖给牧师凑合用。为怕秀才爷那帮人夜里打到坡上来，曹二顺和另一个叫曹复成的教友都没回家，就在地上铺了张草席睡在牧师床前。

春旺、秋旺、夏旺、冬旺见牧师住下了，也都来了精神，再不愿老老实实地在家里的土炕上睡，全挤到詹姆斯牧师床前嬉闹不休。

詹姆斯牧师很抱歉，对曹家四旺耸着肩，摊着手说：“……孩子们，今天伯伯没有礼物给你们了，伯伯只能送给你们一个祝福。”

冬旺眨着小眼睛问：“牧师伯伯，主今天是不是忘记我们了？”

詹姆斯牧师说：“主没忘记你们，主要伯伯日后把礼物补给你们。”

秋旺说：“我们不要礼物，就叫伯伯给我们讲上帝的故事……”

曹二顺知道牧师心情不好，便瞪起眼，把四个儿子赶走了。

曹家的儿子们走后，詹姆斯牧师对曹二顺说：“我的兄弟，孩子们一天天大了，你该让他们读书接受教育呢。”

曹二顺叹着气说：“饭都快吃不上了，还读啥书？”

詹姆斯牧师想了想说：“你要愿意，我可以介绍春旺和秋旺到上海的福音学校读书。”

曹二顺先怔了一下，后就摇起了头："算了，算了，再苦几年，春旺和秋旺也能到窑上干活了。"

见曹二顺根本没有让自己儿子读书的意思，詹姆斯牧师便没再说下去。曹二顺伺候着詹姆斯牧师睡下，也让曹复成睡下，自己就蹲在土屋门前，对着秋夜的月亮默默抽烟，直到发现坡下出现一片火把……

火把是从桥头镇方向烧过来的，起先像一片流星闪烁，曹二顺还以为自己看花了眼。后来流星化成了跳动的火焰，脚步声也隐隐传来了，曹二顺才知道坏事了，连忙喊起詹姆斯牧师和曹复成——那夜真是怪了，谁也闹不清风声是咋传出去的，秀才爷竟带着一帮人打到了侉子坡上。

詹姆斯牧师和曹复成从睡梦中爬起来，到土屋门口一看，也傻了眼。

曹二顺对曹复成说："你快去挨家喊人，我先把詹牧师带到我家藏起来。"

曹复成应了一声忙跑走了。

曹二顺又追着曹复成的背影喊了句："麻利点，就说匪贼到坡上来了！"

喊罢，曹二顺拉着詹姆斯牧师就往自己家跑。可只跑了没多远，曹二顺就觉得不对头。黑暗中，几个没打火把的人从哪里突然窜了出来，追着他和詹姆斯的背影喊："……快过来呀，詹毛子在这里呢！"

曹二顺情急之下，扯着詹姆斯牧师就近冲进了一家土院。

也恰在这时，身后的几个追赶者扑了过来，飞起一棍，把詹姆斯牧师狠狠打倒在土院门口。曹二顺急了眼，扑到詹姆斯牧师身上，想用自己的身子护住詹姆斯牧师。可却不行，自己又瘦又小，护不住詹姆斯牧师不说，还白挨了几棍。不过当时倒也没觉得疼。詹姆斯牧师却感到了疼，嘴里已说不出中国话，只用洋话哇哇怪叫，声音凄惨吓人。事后才知道，当时詹姆斯牧师的左脚踝让人家打碎了。

在这紧要时刻，报匪警的铜盆声响了起来，曹复成的叫喊声也响了起来，家家户户在家的男人都起来了，全抄着家伙四处乱问：

"……匪在哪里？匪在哪里？"

曹二顺适时地爬起来大叫："匪……匪在这儿哩！"

坡上的弟兄们"呼啦"围了上来，围上来后才知道，不是闹匪，却是秀才爷带着桥头镇上的一帮男男女女来打毛子。

秀才爷振振有词，对围拢过来的侉子弟兄说："……老少爷们，没你们的事，你们都回去睡觉吧，我们只是打毛子。这詹毛子我们找了一天了，总算在你们这儿找到了。我们也不怪你们，只要你们让开，别让毛子的脏血溅到身上。"

曹二顺让赶来的教友们护住詹姆斯牧师，指着秀才爷问："詹牧师招你惹你了？你……你们非要打他？"

秀才爷说："毛子都不是好东西，人家漠河城里都打了，咱能不打么！"

曹复成说："漠河城里的人都到茅坑吃屎，你们也跟着去吃？"

又有坡上的人说："就算别处的毛子不是好东西，这个詹牧师却是好人。别人不知道，我们坡上的弟兄都知道，詹牧师传的是咱穷人的教！"

秀才爷还想说什么，坡上的弟兄已叫成了一片：

"滚，快滚！"

"再不滚，老子们也打！"

"对，打，打这些狗日的东西！"

……

秀才爷这夜带来的人不少，其中也有几个愣种。这几个愣种先是和坡上的弟兄对骂，后来就打了起来。硬碰硬的一打，秀才爷和他手下的那帮义民就熊了，几个愣种先吃了老拳挨了脚踹，继而秀才爷也被曹复成踹翻在地上。秀才爷倒在地上慌了神，再记不起打毛子这回事了，直冲着弟兄们喊大爷。

弟兄们不依不饶，见詹姆斯牧师被打碎了脚踝，极是痛苦，也要用棍棒打碎秀才爷的脚踝，给秀才爷造成相同的痛苦。曹复成已举起了手上的棍棒，却被詹姆斯牧师劝住了。

詹姆斯牧师有气无力地对曹复成说："……我……我的兄弟，饶了这个……这个可怜的秀才先生吧，就让万能的主去……去惩罚他吧……"

曹复成看在詹姆斯牧师和上帝的份上，没打碎秀才爷的脚踝，却对着秀才爷的大腿狠狠地打了几棍，说是要给秀才爷长长记性。秀才爷长了记性后，拖着鼻涕眼泪，带着手下的义民们灰溜溜地逃走了，詹姆斯牧师的教难这才算结束。

虽说在曹二顺和侉子坡弟兄的保护下，詹姆斯牧师没像彼德牧师一样丢掉性命，却还是受了伤。被打碎的脚踝造成了詹姆斯牧师终生的残疾，在嗣后的岁月里，詹牧师便成了跛脚牧师。当时的情况是严重的，置身于贫穷凄凉的侉子坡，没有最起码的医治条件，也没有西药，平时给别人医伤诊病的詹姆斯牧师，现在却没法医治自己的伤了。曹二顺和曹复成一帮教友们很着急，第二天便跑到镇上居仁堂，为牧师抓了些外敷内用的中药回来。牧师却不信这些草药，死活不愿用。

曹二顺焦虑地问："……詹牧师，那……那你想咋办?"

詹姆斯牧师想了半天才说："我的兄弟，你们有没有办法送我到上海去治疗?"

曹二顺想到码头上运煤的船队，说："有，有船。"

詹姆斯牧师说："那好，就用船送我去上海吧!"

曹二顺找了船上的弟兄问了问，回来却泄了气，对詹姆斯牧师说："只怕不行哩，水上路太长，要先走大漠河进运河，再走长江，听说到上海得二十天。你的伤只怕等不得这二十天哩。"

詹姆斯牧师不怕路途漫漫，执意要走，固执地说："……我的兄弟，你放心，有万能的主和我同在，就算走二十天也不怕。"

曹二顺没办法，只得同意詹姆斯牧师带着伤去上海。

临走前几天，詹姆斯牧师再次恳切地和曹二顺说："……我的兄弟，你有这么多孩子，总要让一两个去读一些书，受一些教育。否则这些可爱的孩子们长大以后也会像你一样，变成只会挖煤背煤的奴隶——要知道，上帝让我们用诚实的劳动去换取每日的饭食，却不愿让我们成为任何一种劳动的奴隶啊。"

曹二顺闷头抽着烟，想了半天，才问："詹牧师，你……你看我哪个儿子是……是读书的料?”

詹姆斯牧师说:“你的儿子们每一个都是能读书的,说不定他们中间哪一个以后就会成为了不起的人物。”

曹二顺闷闷地说:“我……我不能让你把孩子都带走,我……我只让你选一个。”

詹姆斯牧师说:“我的兄弟,就你说吧。”

曹二顺想了想:“春旺是我大儿子,不能走的。我们这里有句老话,叫家有长子,国有大臣。冬旺、夏旺太小,也不能走,会给你添累的——就老二秋旺吧,路上还能照应你一下。”

詹姆斯牧师说:“好,就秋旺吧——秋旺有福了。”

曹二顺又说:“可有一条,你得依我。”

詹姆斯牧师问:“哪一条?”

曹二顺说:“让秋旺认你干爹。”

詹姆斯牧师说:“到上海进了福音学校,秋旺要受洗的,我就做他的教父。”

曹二顺说:“那也好,反正从今往后,这个儿子就是你的了。”

詹姆斯牧师说:“不单是秋旺,你其他三个儿子,还有五凤,如有可能,都要让他们读点书。我的兄弟,你千万记住我今天说的话,我是为你好。”

曹二顺点点头说:“我知道哩。”

过了三天,曹二顺找好去上海的煤船,托了船上的弟兄一路照应詹姆斯牧师和二儿子秋旺,一家人加上坡上众多教友,恋恋不舍地把詹姆斯牧师送上了船。

在煤码头上,大妮搂着秋旺哭了,秋旺也哭了。

曹二顺因着离别,心里也难过,一直黑着脸不做声。到秋旺上了船,曹二顺才对秋旺说了句:“老二,你记着,从今往后,詹牧师就是你爹!”

秋旺走向大英帝国SPRO中国煤矿公司的道路,就这样从光绪五年的大漠河煤码头上开始了。未来那个叫曹杰克的著名买办,那个日后将为曹氏家族鼎定天下的矿业资本家,将在自己的一生中永远不断地咀嚼回忆起大漠河畔这煤船起航的一幕——

父亲曹二顺默默地蹲在河畔的煤堆上，噙着旱烟袋，目送着挂满帆的煤船渐渐远去。哑巴母亲抱着妹妹五凤，哥哥春旺扯着弟弟冬旺和夏旺，跟着船顺着河堤跑。春旺边跑边哭，冬旺在高声喊叫，夏旺跑不动了，站在河堤上招手。秋旺记得，他当时闹得很凶，已不想跟詹姆斯牧师走了，在牧师怀里直挣，无意中还碰疼了牧师受伤的脚……

这次凄悲的离别，侉子坡上许多人都看到了，坡上的人们因此而议论了好久。都说曹二顺实在太无用，生得起却养不起，把个已七岁多的儿子送给了人家洋牧师。后来，当SPRO中国煤矿公司的西式大井巍巍然耸立在桥头镇的土地上，西装革履的英国总买办曹杰克出现在众人面前时，众人才知道，一生贫穷糊涂的曹二顺，在光绪五年秋天做了多么聪明的一件事呀。只这一件聪明事，曹二顺一生的糊涂都显得微不足道了。只这一件聪明事，就把肖家占据的上风上水给破了。

桥头镇人为曹二顺一生中这唯一一次不同凡响的聪明津津乐道了半个世纪。

第三十四章　严办教案

詹姆斯牧师跛着脚重回桥头镇，已是年底瑞雪飘飞的初冬了。

这时，漠河城里和桥头镇上的情况已大为改观，再没有打毛子这一说了。列强的洋领事在巡抚老大人的亲自陪同下，带着一个通事官和几个洋官军到漠河城里查教案，把一城官民都吓呆了。巡抚老大人带来了圣母皇太后的懿旨，懿旨共计十二个字“按约接待，查明实情，厉惩真凶”。

实情很快查明了，拐杀婴孩配制洋药的传言纯属无稽。

为寻出真凶，洋大人整日在县大衙瞪着蓝眼珠威胁教训倒霉的知县王大人。

王大人变得极为老实，在巡抚老大人的主持下，把参与残杀彼德牧师的三个真凶抓了，一个处绞立决，两个处斩监候。其他暴民还抓了几十口子，有枷号示众的，有打板子的，有进站笼的，还把一个胆小的老童生活活吓死在监号里。烧掉的教堂修葺一新，教堂的其他损失也作了颇为丰厚的赔偿。就这样，洋大人们仍不满意，执意要把知县王大人也处斩立决。总督老大人虽据理力争，可拗不过人家洋大人，只好息事宁人地先把王大人拿下大狱再作道理。后来巡抚老大人又奏请朝廷，撤了王大人的差，将王大人流放新疆伊犁，才算最后了事。

新任捐纳知县钱宝山钱大人于王大人落难之后实授上任，上任后继续处理教案未了事宜——主要就是桥头镇这边的事了。巡抚老大人在洋大人的威胁下留下话了，“对桥头镇教案当援漠河之例尽快了断，不得有误。”有巡抚老大人留下的话，又有前任知县王大人的惨痛教训，钱大人岂敢儿戏？到任第二天就派出捕快到桥头镇查访，第三天就下签抓人。首凶秀才爷公然带人打毛子，干证颇多，无以抵赖，第一个被铁索锁着拿下了大狱。

田老太爷极为震惊，再没料到儿子打毛子驱邪护国，竟会落得这么个悲惨结果。儿子被差人锁走时，田老太爷拦在家院门口的盛平路上，老泪纵横地直叫苍天，还破口大骂邪教毛子。几个差人吓得要死，把洋大人的厉害和圣母皇太后的懿旨都说与田老太爷听，好心劝田老太爷莫要叫骂。说是如此叫骂，一旦传到洋大人耳里又要坏事，只怕连田老太爷也得被锁了走哩。听差人们如此一说，田老太爷才明白，却原来连京城里的圣母皇太后和官府都怕洋人。田老太爷便也怕了——倒不是怕自己真被官府拿下大狱，而是惧怕洋人的官府害死自己的独生儿子。田老太爷只得收敛起对邪教毛子的仇恨，四处送礼托人求见钱大人。

钱大人先是不愿见，后来见田老太爷送了银子来，才看在银子的分上，勉强见了一次。是在县衙签押房见的，连看茶的客套都没有，一开始也不愿给田老太爷帮忙，很明确地对田老太爷说："……别说你才送我二百两银子，就是用两千两银子码个银人送我，你那秀才儿子我也不敢放。你不想想，这是啥案子？为这案子，问了一个绞立决，两个斩监候，前任王大人也丢了乌纱下了大狱——你该不是想让我也丢乌纱下大狱吧?！我为实授这个知县可是苦等了七八年了！"

田老太爷连连说："不敢，不敢，小民只求……只求钱大人恩典……"

钱大人翻着白眼说："咋着恩典？这教案圣母皇太后都有懿旨的！"

田老太爷也知事情难办，可仍讷讷地说："好歹……好歹我儿总……总还……还是个秀才呀。"

钱大人不以为然："秀才？秀才咋啦？秀才就能打人家洋大人了？我实话告诉你，别说这回你们没理，就算有理，你们也得让着人家洋大人三分！为啥？就为着他是洋大人！"

田老太爷流着老泪问："那……那就没办法了?"

钱大人想了好半天才说："你再送五百两银子过来，我替你在詹大人面前缓个情——不过，我把丑话说在前面，有没有把握我是不知道的。你自己呢，也去找一找詹大人，把砸坏的诊所赶快修了，再赔些银子给人家。

让人家詹大人开恩发个话，不从严追究，我这边就不处斩立决了，最多问个斩监候。日后你再花点钱上下打点一下，那十有八九就死不了了。”

田老太爷差点没气昏过去，再送五百两银子给钱大人，钱大人还要处儿子一个斩监候。可气归气，还得按钱大人的吩咐去做。那当儿詹姆斯牧师还没从上海回来，田老太爷就先出资找人，把诊所和福音堂全修好了。詹姆斯牧师披着瑞雪回来的那天晚上，田老太爷又颤巍巍地去主动求见。一见詹姆斯牧师跛了脚，田老太爷心里已凉了半截。

詹姆斯牧师倒还不错，知道田老太爷的来意后，对田老太爷说：“……你不要怕，有主的保佑，我只是受了点伤，并没有像彼德牧师一样被杀死，因此你儿子不会被你们的官府杀头——我也不会要求你们官府处死他。”

田老太爷十分惊喜，连连向詹姆斯牧师致谢，后来又进一步哀求说：“詹大人，你……你要多少银子老夫我都给你，老夫我只……只求你慈悲为怀，再多说几句话，让……让钱大人把……把我儿子放回来，好么？”

詹姆斯牧师说：“这就用不着我去说了，官府是你们的官府，自然会为你们讲话的。”

田老太爷呜呜咽咽地哭了起来：“詹大人，老夫我……我不怕你洋人笑话，眼下……眼下我……我们的官府只看你们洋人的眼色说话，你詹大人不吐口，只怕……只怕我儿子就……就要把命送掉哩……”

詹姆斯牧师当时并不相信田老太爷的话，可几日后，被钱大人用蓝呢大轿接到县大衙后才知道，田老太爷的忧虑竟是很真实的。中国官府对自己属下的百姓确是一点同情心也没有，一心只想让他这个受了委屈的洋人满意。

钱大人让詹姆斯牧师亲眼见了被锁在号子里哭号的秀才爷，和当初那一帮打到侉子坡上的义民，然后向詹姆斯牧师宣告说：“……詹大人，因为这个无赖秀才对您残酷而毫无道理的伤害，本知县打算处他一个斩立决——就是不等秋天审问，立即将他杀掉，向大人你谢罪，不知大人对此处置是否满意？”

詹姆斯牧师吃了一惊，忙申明说：“尊敬的钱知县，我本人并没有杀掉这位秀才先生的意思，如果仅仅因为我受到的伤害而杀了他，这是有失公允的。”

钱大人摆着手，笑眯眯地说：“哪里，哪里，你詹大人千万不要客气，我圣母皇太后有旨，要厉惩真凶，我杀了他向你谢罪，正是理所当然的事，也是很公允的事。你这么客气，倒让我不好意思了。”

詹姆斯牧师听着钱大人说话的口气，心里禁不住一阵阵发抖，觉得钱大人好像不是在谈论处死一个大活人，却是在谈论杀死一只当做下酒菜的鸡。

钱大人还在说：“本知县和本知县的前任是完全不一样的。本知县对你们这些洋朋友一向至为尊重。以后你会看到，不论是在漠河城里，还是在桥头镇上，再不会有任何刁民敢对你们洋朋友野蛮无理。”

詹姆斯牧师这才说：“尊敬的钱知县，如果您真的尊重我的意愿，那就请您放掉这个秀才先生吧——当然，还有那些被您关押的人。”

钱大人一怔：“詹大人，你……你这是什么意思？”

詹姆斯牧师叹了口气：“上帝要我们以一片爱心去爱人，像爱自己一样地去爱别人。为我们亲爱的彼德兄弟，已有那么多迷途羔羊受了惩戒，有人还送了性命。我认为这件事情应该结束了，不是吗？”

钱大人不相信詹姆斯牧师这么好说话，以为牧师是在诈他，赔着小心问：“我真放了这个破秀才，詹大人该不会到巡抚衙门和京城去告我吧？”

詹姆斯牧师说：“尊敬的钱知县，说真心话，我对秀才先生这帮人的无理和野蛮是很生气的，可是对我国领事在交涉教案时的蛮横态度也并不赞同。我们作为主的牧人，到这里来本是为了传播天上的福音，不是为了制造仇恨。因此请让我和那位秀才先生说一句：我们讲和吧。”

钱大人还不放心，叫来签押房师爷，让师爷把詹姆斯牧师的话全记录在案，然后，小心翼翼地请詹姆斯牧师画押按手印。

詹姆斯牧师顺从地画了押，把手印按上了。

钱大人这才真正高兴了，对詹姆斯牧师说：“詹大人，你真是个大善人！”

詹姆斯牧师擦拭着手指问："那么，这位秀才先生和那些迷途的羔羊你可以释放了么？"

钱大人想了想说："你詹大人既然赦免他们，我就能放了——不过，也不能马上就放，本知县得让他们吃点苦头，让他们记住了，日后再见了你洋大人该咋着循规蹈矩！因此詹大人，教案一事，你不要再管，尤其是对那个破秀才的事不要再管，也不要先说出赦免他的话来。"

詹姆斯牧师真以为钱大人只是想教训一下秀才爷和那帮迷途的羔羊，就没再过问此事。田老太爷再找来时，詹姆斯牧师只要田老太爷去找钱大人。

田老太爷找到钱大人，钱大人却苦着脸说："……人家詹大人死活不松口呀，问斩监候都不行，只要问斩立决，你这儿子只怕救不下来了！"

田老太爷急火攻心，一下子瘫倒在地上。

钱大人又说："死马当做活马医吧，你快再去想法弄几百两银子来，我看能不能找个人替下他的罪名。"

田老太爷只好把祖上传下的一片好地当作窑地卖给了肖太平，又凑了七百两银子送给了钱大人。

得了这七百两银子，钱大人才说了活话："别急了，顶罪的人也不要找了，本知县不是无用的王知县，为民做主哩。经本知县据理力争，终于说倒了詹大人——詹大人就是伤了脚，咋能让你儿子抵命呢？有失公允嘛。所以死罪是没有了，你再筹八百两银子吧，我送给詹大人当作抚慰金，干脆把你儿子放出来算了。"

田老太爷这回不但卖地，还卖了面对盛平路的七间正房，总算把八百两银子凑足了。

钱大人接下八百两银子后，将秀才爷当堂杖责三十大板放回了桥头镇。

这期间，二十几个被押在号子里的义民们也不断地给钱大人送银子，送得多的，钱大人一律杖责开释。送得少的，没银子送的，钱大人就天天开堂用刑，实在榨不出油水了，才把他们带枷示众后全放了。

这一来，詹姆斯牧师真诚渴望的和解便落了空，许多家破人亡的义民非但不领詹姆斯牧师的情，反倒生出了对詹姆斯牧师更加深刻的仇恨。尤其是秀才爷，对詹姆斯牧师的仇恨简直达到了不共戴天的地步。

经过这番劫难，田老太爷一病不起，一个多月后过世了。原打算为秀才爷捐纳功名的银子家产也用完了。秀才爷自己更吃足了苦头，在号子里蹲了足足五十三天，人瘦得脱了形，屁股还被打得稀烂。殷实富裕的田家就此败落。埋葬了田老太爷后，秀才爷承继下来的家产仅有镇北二十五亩薄地和盛平路上的四间旧房，捐纳功名而步入仕途的路永远断掉了。秀才爷自此一恨洋人，二恨官府，脑后的反骨自然而然生将出来。因此在后来的岁月中，秀才爷以耳顺之高龄奔走于反清志士之间，竭力呼号鼓吹革命是毫不奇怪的。

钱大人却在这场教案中名利双收，几千两白花花的银子赚到了手不说，还得了巡抚老大人的一番褒奖。巡抚老大人看到按有詹姆斯牧师手印的赦免承诺书说："……这个钱知县办事有方，这么难对付的洋人都让他对付了，而且保护了地方，没伤百姓，实是难得。"因为知道钱大人是捐纳而候补知县，而后实授知县的，巡抚老大人便又断言，"由是观之，谓'捐纳官吏皆为不学无术之辈'者，实为大谬不然，漠河钱知县对桥头镇教案的交涉断处即为一例明证也……"

桥头镇历史上最有名的贪墨知县钱宝山，就这样凭借光绪五年教案上任起家，开始了自己对桥头镇产煤区长达十二年的近乎疯狂的敲诈和掠夺……

第三十五章　七品饿狗

当年参加捻乱，做过捻党二团总，成了肖太平永远去不掉的一块心病。随着煤窑业年复一年的兴盛，肖太平心里越发虚怯。总觉得自己这十来年的运气好得有些玄乎，有点像做梦。时常便会为自己当年的叛逆历史忧虑不止，生怕这荣华富贵的好梦过后重新成为官府的阶下囚。

想想也是万幸。同治十年，章三爷和曹八斤险些要坏他的事了，白二先生救了他，把曹八斤画了押的“反贼自供状”还了他，还给了他断然处置章三爷的机会，使他化险为夷。光绪五年打毛子，因为他事先和窑工们打过招呼，白家窑和肖家窑都没人去掺和，又使得他躲过了一场大难。如果当时他手下人也跟着去打了毛子，没准就有大麻烦。钱知县可不是迂腐的王知县，钱大人心狠手辣，沾毛赖个秃，若追根刨底，闹不好当年的叛逆之事就会泄露出来。只为打毛子，钱大人都能让秀才爷家破人亡，对他这个捻党二团总，钱大人更会置之于死地的。

正是因着这份虚怯，肖太平才把成功的喜悦压在心里，不敢过分嚣张。

每每立在大漠河畔煤码头上，看着煤船连樯南下，肖太平总会在心里暗暗告诫自己：如今这天下可不是捻军大汉国的，还是人家大清国的。自己要想把这荣华富贵的好梦长久地做下去，就得看着人家官府的脸色行事。因此肖太平在王大人做知县时，就通过白二先生认识了王大人，每逢年节喜丧，总要备份厚礼献给王大人。王大人在任后期对桥头镇煤窑看法的转变，除了朝廷李中堂拓办洋务的原委以外，自然也还有肖太平孝敬的原因。到王大人因教案下了大狱，钱大人接任，肖太平又贴上了钱大人。钱大人不是吃饱了民脂的王大人，而是一条刚扑到漠河的饿狗，胃口大得很。先是暗示，后就公然告诉肖太平，自己和前任王大人不一样，这七品知县是花了许多银子捐来的，候缺又候了八年，投下去的血本海了。因此钱大人要肖太平除年节喜丧的例礼之外，再按月奉上月规银一百两。

钱大人很和气地和肖太平说："……肖掌柜，我和你说实话，我这人从心里讲是不愿贪墨的，平时也最是痛恨那些贪墨枉法刮地皮的昏官狗官。一到漠河上任我就想了，本县得为民做主，为官清廉。可话又说回来了，就算为官清廉，我也不能做赔本生意吧？我为官不赚钱，总不能赔上老本吧？我捐出的那么多银子总得多少收回来一些吧？你说是不是？"

肖太平附和说："是的，是的，如今这年头，哪还有人做赔本生意呀?!"

钱大人愉快地拍了拍肖太平的肩头："你这人懂道理，很好，很好！你要是不懂道理，我就不和你多说了。不过我总爱把丑话说在头里——这每月一百两的月规银，可是你老弟硬要送我的吧？别日后提起来，诬我向你讨的……"

肖太平连忙声明说："哎，哎，钱大人，您咋这么信不过我肖某啊？这月规银一事，我再不会和别人说起的！"

钱大人更愉快了："这就好，这就好啊……"

肖太平不怕送这一百两的月规银——反正由肖李三家窑上分摊，落到自己头上也没多少，怕的倒是那块抹不去的心病。便又借着这分外友好的气氛，试探说："……钱大人啊，这月规银的事真是不值一提哩！我们桥头镇四家窑上赚了那么多钱，哪有不孝敬大人您的道理？我们四家窑主都知道呢，没有钱大人和官府的庇护，要把这些窑侍弄好不易哩。没准哪一天就会有人诬我们个什么！"

钱大人笑眯眯地说："对嘛！一到任，我就问教案，一问教案我就知道了，漠河这地方刁民实是不少，胆子也大，连洋大人都敢打。日后这些刁民到你们窑上闹事，谁来管？还不得靠本县发话吗?! 再者说了，你们弄窑，整日和阎王爷打交道，能不死人么？死了人，事主纠缠起来，谁给你们做主？还不是大人我么？所以你们的月规银我也不算白拿的，是不是？"

肖太平说："那是，那是！日后我们总少不了麻烦钱大人的。"

钱大人连连应着："好说，好说！肖掌柜，只要你们好生开窑挖炭，一不谋反，二不打毛子，咱就啥都好说！真闹出点小乱子，像塌窑透水死几个人，也不怕的，都由本县为你们做主了——受人钱财，为人消灾嘛，这道理本县懂哩！"

那次谈得不错，就像做成了一笔好生意。

肖太平认为，身为七品知县的钱大人是个不错的生意人，贪虽贪了点，却是直来直去，连"受人钱财，为人消灾"的话都说了出来，甚是痛快。从这一点上看，这位钱大人倒比早先那王大人强，遇事总是可以指望的。故尔肖太平不敢怠慢，打从那次谈话之后，就每月派人把一百两规银悄悄地给钱大人送去，还四处夸赞钱大人是为民做主的清官。钱大人也就觉得肖太平懂道理，常借着各种由头往桥头镇跑，到煤窑上拉炭，抓银子，也到玉骨儿的暖香阁叫姑娘，讨花捐。有时钱大人来了报国情怀，还会搂着姑娘谈讲些开窑掘煤利国利民的道理。但凡有人在钱大人面前骂起桥头镇的煤窑、花窑，钱大人便无好脸色，也无好声气。

到了光绪七年，肖太平和钱大人已打得一团火热了。钱大人再无县父母大人的官架子，和肖太平称兄道弟，无话不谈。一次酒喝多了，钱大人竟劝肖太平也像他一样，花些银钱捐个七品知县来做一做，说是这生意只赚不赔哩。

钱大人搂着肖太平的肩头，掏心掏肺地说："……我的老弟呀，我和你说个实话：天底下只怕再也没有比买个官当更好的生意了。你老弟没听前辈圣贤说过么？'三年清知府，十万雪花银'呀！咱虽说不是知府，只是个七品小知县，可只需浊上一些，三年至少也有十万雪花银好赚的。"

肖太平做过捻党二团总，至今还是官府剿杀的对象，哪敢做这种大头梦？便借着对钱大人的吹捧推脱说："钱大人，我可不是您哪！您这七品知县虽说是花钱捐来的，那学养本领却非常人可比。在我看来，只怕高过那些科班出身的酸腐书生不知多少倍哩！"

钱大人得意了，马上自吹："这倒是！别的不说，就说前两年的教案吧，巡抚老大人都夸赞本县有办法呢！别人不知道，巡抚老大人那是知道的，洋大人多难对付呀？惊动了朝廷，把老大人折腾了个半死。本县一到，三下五除二就把事给断了，洋牧师詹姆斯满意，地方百姓也满意，还没杀一个人。这不是本事么？”

肖太平说：“是的，是的！这和洋大人办交涉的本事，就不是能从书上学到的。王大人读书倒多，却是读蠢了。他若是有您钱大人一半的本事，也不至于落到撤差流放的地步呢。”

钱大人认为自己遇到了知音，拍着肖太平的肩头呵呵直乐：“英雄所见略同，英雄所见略同……”

被钱大人指认为英雄，肖太平那块叛逆的心病消去了许多，自以为有钱大人这官府的后台，自己的富贵梦可以安然地做下去了。他再没想到，在后来的日子里，钱大人这条七品恶狗会一口咬住他的脖子，死死不放，喝了他近十年的血。

事情发端于肖家窑和王家窑的窑业争端。

肖太平大意了，原本压抑着的野心，在和钱大人一日胜似一日的热络之中骤然爆发起来，竟想吃掉王西山王大爷的王家窑，一举统下镇上所有煤窑，完成对桥头镇煤炭业的真正垄断——肖太平总认为王家窑搁在王大爷手上算糟踏了。

王家窑的位置在肖家窑南面不远处，两家的窑地紧紧相连。肖太平看过多少次了，只要在王家窑修一条通往肖家窑的道路，王家窑的炭就能直抵煤码头，两座窑就变成了一座窑，利也丰厚了许多。而各弄各的，肖太平赚不到王家窑上的钱，王大爷的利也薄——王家窑的炭要走旱道经桥头镇去漠河，转运工费太高。

光绪二年，大漠河煤码头建好，肖白李三家煤窑联手时，肖太平就想到了王家窑。指望王大爷也会像李五爷一样聪明，主动找到门上，把窑交给他侍弄。可王大爷却不聪明，对煤船连樯的煤码头竟视若无睹。没办法，肖太平只好让李五爷去劝王大爷。王大爷偏不干，还劝李五爷不要干。说是肖太平和白二先生的关系非同寻常，两个爷又都是财大气粗的主，只怕弄在一起会被肖白两家吃掉。

李五爷不以为然，推心置腹地和王大爷说："……老哥，咱得承认，要说弄窑，咱谁都不是人家肖大爷的对手。窑在咱手上就出那么点炭，转到肖大爷手上，他就能生出花来。现在肖大爷又有了煤码头和船队，工费更省，四家联手，咱既省心，又多赚了银子，多好的事呀！我日后专管运炭卖炭，再不管窑上的事了！"

王大爷是小气的肉头，窑不攥在自己手上总不放心，仍是摇头不止。李五爷无奈，回去如实向肖太平传话。肖太平心里虽气，却也拿王大爷和王家窑没有办法。后来几次想向王大爷下手，逼垮王家窑，可总因着早年叛逆的心病，怕惹急了王大爷，闹出不可收拾的大乱子，便不敢造次。这就有了五年的相安无事。

五年里，王大爷小心侍弄着自己的窑，就像侍弄着一块上好的庄稼地，虽没大发，倒也风调雨顺。王大爷没有野心，也就没有气生，眼见着李五爷跟着肖太平发了，心气仍是平和，断无因嫉生恨的样子。因为势单力薄，王大爷从没梦想过把自己窑上的炭直销江南，只安分地守着邻近三省四县的老主顾过日子。

没想到，到了光绪七年冬天，王大爷的日子过不下去了。

这年冬天，肖太平宣称煤炭销路不畅，江南的煤价不动，却把销往漠河城里和周围三省四县的炭价降了一成半。王家窑只好跟着降价。降了价，肖太平厚利不减，王大爷就苦了，卖完一冬天的炭后算算账，几个月竟是白忙活。

王大爷黑着脸找到了肖家窑掌柜房，和肖太平说："肖大爷，你可把我挤对苦了。"

肖太平说："我咋挤对你了？你卖你的炭，我卖我的炭，咱是井水不犯河水。"

王大爷说："你把炭价降了一成半。"

肖太平说："炭卖不动，我只得降价，与你何干?!"

王大爷说："那你在江南咋不降价?"

肖太平说："你这话问得无理——江南卖得动，我为啥要降价?"

王大爷说："我知道，你这是坑我，想把我往死路上逼。"

肖太平说："这话又错了，我才不逼你呢，却是你硬要往死路上走。你现在要是不想走这死路了，咱就好商量……"

王大爷问："商量啥？"

肖太平说："商量把窑盘给我嘛！我不欺你，会给你一个好价钱。"

王大爷说："肖大爷，我劝你别做梦，我这窑就是开不下去，也不会盘给你的，你要真有本事，就按这价把炭一直卖下去！"

回去后，王大爷主动歇了窑，单看肖太平这降了价的炭能卖多久。

肖太平却又换了副笑脸，派李五爷找到王大爷门上，不谈盘王大爷的窑了，只说要像包白二先生的窑一样，包王大爷的窑。还挺大方地提出，按王家窑上一年的出炭量加一成算，要炭给炭，要银子给银子。王大爷一口回绝，声言，自己再不和姓肖的打交道。实在没办法，肖太平请出了白二先生。

白二先生和肖太平好得像一家人，自然愿为肖太平帮忙，便把王大爷请到漠河城里来，知心朋友一般，好言好语地和王大爷说："……王大爷呀，你和肖大爷闹个啥呀？肖大爷想包你的窑，不也是为你好么！我白某都信得过肖大爷，新窑、老窑都敢包给他，你王大爷咋就信不过人家肖大爷呢？肖大爷十来年让我赚了那么多，还能有亏给你吃么？你要怕肖大爷说话不作数，我就来做个中人，好不好？"

王大爷说："二爷，你别劝我，我知道的，我和你不一样——你有恩于肖太平，又是大窑主，肖太平自然不便黑你，也黑不了你。我就不同了，我这窑只要落到肖太平手上，就别想再好生回来了。再说我也得争口气哩。"

白二先生说："争哪口气呀？只要能多赚些银钱，我看比啥都好。"

王大爷却摇头说："说起来，二爷您也算是桥头镇的老户了，是桥头镇第一家弄窑的，您咋就不想想，咱桥头镇的煤窑现如今都落到一个外乡侉子头手里，咱脸上有光么？"

白二先生说："王大爷，你这话就错了。人家肖大爷一没把咱桥头镇的煤窑背走，二没让咱少赚了银子，倒是把咱桥头镇闹腾得一片红火，咱脸上的光还小了？没有这个能弄窑的肖大爷，咱桥头镇煤窑就没有今天嘛！你我不服气是不行的，凭你我，如今江南断不会知道有咱桥头煤嘛！”

王大爷那时可不知道桥头镇地下的煤炭重重叠叠，竟有十层之多，能开采一百二十多年，又忧心起煤窑的命运来，对白二先生说：“二爷，你想过没有？肖太平终究是外来人，他自己的窑咱不说，咱的窑在他手上，能有好么？他不发了疯似的给你往死里挖？等把咱窑下的炭挖光了，他赚足了，拍拍屁股走人，咱咋办？咱就守着破窑眼喝西北风么？”

白二先生觉得王大爷心眼太死，便说：“窑下的炭不论谁挖总要挖完的，到时咱再开新窑嘛！谁会守着破窑眼喝西北风呀！”

然而，不论白二先生咋着说，王大爷就是不吐口。

肖太平见白二先生出面都没和王大爷谈通，这才动了手，趁着王家窑歇窑的机会，从地下炸通了王家窑的煤洞子，把肖家窑和王家窑连成了一气，公然在王家窑下掘起炭来。起初王大爷不知道，待知道后，气疯了，带着上百号弟兄打到肖家窑上，遂引发了肖家窑和王家窑的窑业战争。

这场窑业战争爆发于光绪八年春天。其时，正是青黄不接的四月，王家窑上歇了窑的窑工没饭吃，早已对肖太平和肖家窑一肚子怨气，一听说要去和肖家窑打架，都来了精神。周围三省四县拥过来的季节工也多，王大爷便不愁人手。素常小气的王大爷，这次很大方，开打之前，给每个弟兄发了五斗陈高粱，还言明了，伤养死葬，打死了对方的人算他的。

是从地下打过去的。

光绪八年四月的那个早上，跛脚王大爷盘起自己头上的辫子，包了包头布，还喝了点酒，才带着百十号弟兄从王家窑这边下了窑。先也没打，只让手下的弟兄用棍棒逼着肖家窑上的窑工向后转，把刨出的炭全往王家窑窑口背。肖家窑的窑工还算识相，见王大爷手下的弟兄都攥着家伙，便老老实实听了王大爷的话。后来肖家窑窑口老没有炭背上来，护窑的窑丁就起了疑，下到地下去看，这才打了起来。王大爷有备而来，人多势众，肖家窑的十几个窑丁不是对手，一开打就吃了亏，哀号着抱头往肖家窑窑口窜。王大爷的弟兄打得性起，在地下一路追过去，冲到了肖家窑上口。

这时，形势起了变化。

肖家窑上口紧连着大漠河煤码头，当日聚着的窑工和装煤船工有三百多口人。这些人开始还不知道是咋回事，待见得跛脚王大爷指挥着王家窑的弟兄抢运煤场上的炭，还乱打人，才蜂拥而上。弟兄们纷纷抄起手上的铁锨、扁担、镐头和王家窑上的人拼打起来，直打得窑口和码头上一片血肉飞溅……

这一仗打得惨烈。王家窑死了一人，伤了三十多人。肖家窑这边死了两人，伤了十几人。王大爷本人也受了伤，肩上被人劈了一锨，生生劈折了锁骨，鲜红的血浸透了宝蓝色的夹袍。最后时刻，王大爷是被四个王氏本家弟兄抬着，才逃出重围的。

说来也巧。这一日，肖太平不在桥头镇，更不在肖家窑战场上，而是在漠河城里，正由白二先生陪着和钱大人一起喝酒。席间，得到护窑队队总肖太忠气喘吁吁的禀报后，肖太平和白二先生不说话，都盯着钱大人看。

钱大人火了，借着酒兴，拍桌子对手下的差人喊道："……这个王西山真是目无王法了，大天白日敢打到肖家窑上，还打死了人，这还了得！快给本县把刁民王西山一干人等全用铁索锁了来！"

肖太平这才说："钱大人，一切就要靠您做主了，兄弟和白二先生都是有身份的人，往日总不愿和这种无赖多纠缠，没想到，这无赖得寸进尺，今日竟打到我们窑上了……"

钱大人说："你们放心，你们放心，本县自有修理这无赖的好办法……"

第三十六章　倾家荡产

钱大人果然有修理无赖的好办法。

用铁索锁来王大爷和一干人等后，钱大人不审不问不过堂，一律扔在号子里先饿上三天。三天过后，饿去人犯们的精气神，谁都喊不出冤了。钱大人复用杀威法修理，一一提至大堂，连姓甚名谁都不去问，扒了裤子就是一通板子。直打得人犯们连哭都哭不出来了，钱大人才开始逐一问案。问案时，人犯们的裤子是决不许穿的，一个个得捂着血肉模糊的光屁股跪在大堂下。这时，人犯们饥饿难忍，体无完肤，且又尊严荡然，个个形同猪狗，便也个个成了顺民，宁愿倾家荡产，也不敢再用没钱的借口去和姓钱爱钱的钱大人耍无赖了。

看着已被彻底修理过歪歪斜斜跪在面前的王大爷，钱大人心情很好，脸上便有了些笑模样。依例问过姓名、居地、案由等情，钱大人有了说话的欲望，照例先从自己的捐纳说起，给王大爷一点小小的暗示。

因着和王大爷熟识，钱大人口气倒也和气，颇有一些推心置腹的意味："王西山，你莫要以为逢年过节给本县送点微薄的例礼，本县就会网开一面，徇私枉法了。本县这七品官位是花了许多白花花的银子买来的，候缺就候了八年多，断不会为徇私情，葬送了自己的大好前程。这，你可明白啊？"

王大爷带伤饿了三天，屁股上又吃了杀威的大板，已是一副奄奄一息的样子，勉力听着钱大人的亲切训导，头都不敢抬，只把颤抖的双手硬撑在砖地上，讷讷着回话："是……是……小……小民明白……"

钱大人继续说："不过嘛，该说的话，本县还得让你说，本县大堂之上明镜高悬，就是问你个斩立决，也得让你死得服服帖帖嘛！"

王大爷这才挂着满脸泪水，对钱大人说："大人，小……小民实是冤呀……"

钱大人最恨人犯说起这个"冤"字，以为王大爷还没被修理好，立时挂起了长脸，拖着漫长的鼻音"嗯"了一声。

鼻音未落，王大爷已省悟了过来，再不提冤字了，连连认罪说："小……小民该死！小……小民罪该万死！小民目无钱大人，聚众滋事，死伤人命，按……按律当诛……当诛……"

钱大人脸上复又有了笑模样："就是嘛，打死了三个人，你这首恶元凶倒叫起了冤，岂不是天大的笑话？再者说了，是你王西山带人打到了肖太平窑上，又不是肖太平打到你的窑上。"

王大爷饮泣着说："大人，小……小民带人打……打到肖太平窑上也……也有两条隐情哩。"

钱大人握着茶壶，悠然喝着香茶："有哪两条隐情啊？你倒说说。"

王大爷说："头一条隐情是……是肖太平先……先挖了王家窑下的炭……"

钱大人说："这个嘛，本县已派员看过，你们两家的窑地连在一起，你说他挖了你的炭，他说你挖了他的炭，哪个说得清呢？退一步说，就算肖太平挖了你的炭，你也可以到本县这里据实诉讼嘛！怎可聚众械殴呢？没有王法了?!"

王大爷只得承认："小民糊……糊涂，当时气得昏了头。"

钱大人放下茶壶，半眯着眼，又拖着长腔问："还有啥隐情呀?"

王大爷跪得直了一些，眼睛也亮了许多："大人，小……小的这气，一者是为了自家窑上的炭被……被肖太平挖了，二者，却是……却是气肖太平和肖家窑上的那帮侉子俱……俱为作乱的捻贼啊！肖太平正是那捻贼的二团总……"

钱大人半眯着的眼骤然睁开了，愣了好半天才问："此……此话当真?"

王大爷一边磕头，一边连连道："小……小民不敢乱说，不敢乱说……”

钱大人一拍惊堂木："既知肖太平是捻贼头目，你为啥早不向官府举发？”

王大爷迟疑了一下，说："小……小民也……也是在打架前刚……刚知道的……”

钱大人追问："你是咋着知道的呢？有啥干证啊？”

王大爷努力回忆着，终于想起了在当年“反贼自供状”上画押的那个侉子，遂兴奋地说："大人，侉……侉子坡上有……有个叫曹八斤的人，对这事最是清楚，大人快……快拿了这人，就啥都知道了……”

见王大爷说得有鼻子有眼，又有名有姓，钱大人知道事情严重了，心里一下子慌乱得很。钱大人在问案前原已想定了，要护住懂道理的肖太平，榨干不懂道理的王大爷，再断王大爷一个斩立决或斩监候。现在看来可能不行了，肖太平真要是捻贼头目，这麻烦就大了。

钱大人苍白着脸想了想，决定先退堂，让衙役暂先将王大爷拖了下去。

这一日，钱大人极是苦恼，啥人不见，自己关着门想心事。

最先想到的是明哲保身，再不管肖太平如何懂道理了，先拘了再说。转而一想，拘来却不好。真要把肖太平拘了来，问定了一个反罪，肖太平的命必得葬送掉，他每月一百两银子的月规就没人孝敬了。因着月规，就想速速透个口风给肖太平，勒他一注好银子让他逃掉。可往细处深处一想，又觉得不行。肖太平若是日后被抓供出他来，只怕他也得赔上个斩罪。再者，从生意角度看也不是十分的合算，就算是如愿勒到了这注银子，日后也只有风险，再无进项了，十足是杀鸡取蛋的办法。与其如此，倒不如把这反贼养在眼皮底下了：若平安无事，便细水长流地诈这反贼的好银子；一旦有事，捉起来就可杀掉，岂不两全其美?!

想出了这上好的主意，钱大人乐了，再不想明里暗里为肖太平开脱，却想坐实肖太平的谋反大罪。次日一早，派出两个换了便装的亲信捕快，急速赶往侉子坡去拿王大爷供出的曹八斤。不曾想，当晚两个捕快赶回来禀报说，这个曹八斤早在同治十年就死于窑口的事故，王大爷断不可能从死了好多年的曹八斤嘴里听到捻贼的秘幕。两个捕快都认定王大爷是因着和肖太平的窑业相争，有仇隙，胡说八道。

钱大人偏不认为这是胡说八道，极有精神地连夜过堂，再审王大爷："……王西山，你这个无赖，胆子不小，敢诈本县！本县问你，曹八斤已死了多年，你如何会从这死鬼嘴里知道捻贼的秘事？"

王大爷听说曹八斤已死了多年，脸一下子白了，愣了好半天才叫道："大……大人，那必……必是肖太平杀人灭口哩！"

钱大人说："曹八斤不是这几日才死的，却是死在同治十年！肖太平如何知道会有今天？又如何会早早地杀人灭口？我看这里必有隐情！快老实招来！"

王大爷这才把隐情说了出来："大人，小……小民该死，小……小民对捻贼一事，早……早在同治十年就知道了，只……只因着当时糊涂，没……没到官府举发……"

钱大人很是高兴，连连说："现在举发也不算晚，快说，快说，除了这个曹八斤，还有哪个人可做干证？"

王大爷说："白二先生、李五爷都能做干证的。同治十年，原在白家窑上的章三爷拿着曹八斤的'反贼自供状'找我，我本想告官，却被李五爷拦了……"

钱大人越发高兴："那个章三爷现在何处？"

王大爷说："章三爷已死了多年，只怕也死得有名堂哩。"

钱大人问："章三爷死得又有啥名堂？"

王大爷却说不出来。

……

问来问去，事情也就这么多了。

退堂后，钱大人的愉快消退了不少，觉得这事还是有些难办。曹八斤和章三爷这两个主要证人全死于同治十年，而活着的白二先生和李五爷都是肖太平联手弄窑的至交，要他们来证死肖太平怕是不易。不说他们之间的关系和利益，就是因着长期窝贼的罪名，他们也不会站出来举证肖太平的。

钱大人却仍是于心不甘，再派便衣捕快秘密去拿李五爷。李五爷没拿到，捕快回来说，李五爷随船队到江南卖炭去了，一时半会儿回不来。钱大人便及时盯上了白二先生。白二先生是漠河最有权势的头号绅耆，公然和私下都不便用铁索去拿。钱大人只好自己出面，请白二先生吃酒密谈，想从白二先生的嘴里套出些有用的话来。

吃着酒，扮着热火的笑脸，钱大人把关乎章三爷的话头提了出来，漫不经心地问白二先生："……听说你们白家窑上过去有个章三爷？还做过窑掌柜，是不是？"

白二先生怔了一下，说："哎，大人，你咋想起这人来了？"

钱大人说："我也是随便一问罢了。"

白二先生说："这章三爷真是提不得哩！放着好好的日子不过，又嫖又赌，一夜输了几千两银子，自己也落到了下窑背煤的地步，都把我气死了！"

钱大人问："章三爷身为白家窑的掌柜，咋会下窑背煤呢？"

白二先生说："肖太平眼下做着窑主，往天不也给我背过煤么？!"

钱大人说："是吗？肖太平也背过煤？真是想不出哩！"

白二先生不愿深谈："来，大人，喝酒，喝酒，咱不谈他们了……"

钱大人非要谈："这章三爷当年咋就会冻死在花船上？"

白二先生说："这我哪知道？你去问章三爷吧。"

钱大人只好把王大爷端了出来，问白二先生："据王大爷供称，这肖太平和侉子坡上的侉子们都是捻党余孽哩，肖太平还是二团总，不知先生可知道啊？"

白二先生放下酒杯，来了气："我说王西山是无赖，果然就是一个无赖！他自己聚众械殴，打出了三条人命，就血口喷人！你钱大人要信他这话，就把肖太平拘起来问罪，问实了肖太平，再来问我一个窝贼的罪好了！"

钱大人忙说："哪里，哪里！二先生，你又不是不知道？本县和肖老弟是什么关系？割头不换的兄弟！别说是王西山这无赖诬人，就算肖太平真是捻贼，我也得生法放他一马的！先生你就更不必说了，真窝了贼，也还有我做主哩。"

白二先生叹了口气："算了，算了，钱大人，我知道你是心存疑忌，我也不多说啥了，你还是自己到侉子坡上查访王大爷诬下的那帮捻党余孽吧……"

钱大人当然要去查访的，这涉及大把的银子，哪能不查个仔细？只可惜，钱大人到侉子坡，没见到满坡的捻党余孽，倒见了满坡的土屋草房和野草般疯长的孩子。大白日里，男人们大多去下了窑，没见到几个，谋反的证据更寻不着……

钱大人这才泄了气，回衙后先把王大爷提到堂前一顿好打，日后过堂，也只问械殴杀人，再不问捻乱的事了……

暂先忘却了捻乱，钱大人一心对付不懂道理的王大爷。

钱大人对王大爷信口开河地说："……王西山，你这个混账的王八蛋，实是气死了本县！本县为救你不死，便想坐实捻案，七下侉子坡私访暗察，六次让绿营官军满坡搜查，连捻毛也没查到一根，反倒贴了不少银子！你狗东西说咋办吧！本县白忙活倒也算了，手下弟兄连个茶水钱都捞不着，你他妈就好意思？"

王大爷偏就好意思，案发至今茶水钱只孝敬了区区二十两银子。

钱大人只好继续开导王大爷，给王大爷上了夹棍，顺带掌了嘴。

看着王大爷瘫在地上痛苦哀号，钱大人有板有眼地说："……夹你王西山的狗腿，是让你赔本县和绿营弟兄们的鞋底钱。掌你的狗嘴，是因着你要无赖，诬人清白。落到本县手上，你再要无赖是不可以的，本县就是要让你懂些道理。"

王大爷嘴上直说自己懂道理了，收回了捻党一说，认了诬人清白的罪名，可就是不掏银子。

钱大人更气，再次用刑，更明确地开导王大爷说："……本县告诉你，你狗东西罪大了！诬人死罪便要反坐一个死罪。械杀三条人命，又是一个死罪。你的这条狗命已攥在本县手里，就是家有万贯，银子堆成山，本县问你个斩立决，你也花不上了。”

王大爷直到这时候，才真正懂了道理，先让家人把多年积下的五千两银子全都悄悄地送给了钱大人，免去了一个诬人反坐的死罪。继而钱大人又和已懂了道理的王大爷友好协商，谈定了一个公平的价码：王大爷再出五千两银子，械杀三条人命的死罪亦可设法免去。

为这五千两银子，王大爷只好卖窑。想到自己落到这一步，全是因着反贼肖太平，王大爷便不愿把窑卖给肖太平，让自己亲弟弟找了白二先生和李五爷。白二先生和李五爷偏与肖太平一个鼻孔喘气，都不要王家窑。实在没办法了，王大爷最后才以五千二百两银子的极低价码，把煤窑连同窑地一起卖给了肖太平。

这五千两银子再送给了钱大人，钱大人自然大大地开恩了，只问了王大爷一个斩监候，说是待秋审时再帮着到抚台衙门运动一下，必可免了死罪。然而，王大爷实是命运不济，因为打架受了伤，入狱后又吃了钱大人不下十几种刑罚，身体完全垮了，没能等到秋审便病死狱中。

桥头镇又一个家道殷实的大户人家就这样毁在了钱大人手上。

王大爷的家破人亡，在客观上成全了肖太平。让肖太平夺到了自己梦寐以求的王家窑，实际垄断了桥头镇全部煤窑不说，也一举成了桥头镇最大的窑主。

然而，没容肖太平认真得意起来，钱大人头脑一热，再次想起了银光灿灿的捻党余孽案，一双痴情的眼睛又盯上了肖太平……

第三十七章　天大的买卖

肖太平从白二先生嘴里得知了钱大人对自己的非凡兴趣之后，最初是有些紧张的。想到的第一个念头就是先跟着煤船逃到江南避风头。白二先生不赞同，道是章三爷和曹八斤已死了多年，那份“反贼自供状”又没落到官府手上，钱知县只是乱诈而已，不逃也许没事，逃走反会让钱知县生疑。肖太平想想也对，便静下心来看钱大人咋着把这出拿贼好戏唱将下去。钱大人却也狡诈，四处嗅着，没嗅到猎物的气味，便没把这出好戏往死里唱，戏路子一改，抓住了倒霉的王大爷猫玩耗子似的反复摆弄，竟还在无意中成全了肖太平。

王大爷的亲兄弟王二爷找到肖太平窑上时，肖太平真吃了一惊，一时间竟不敢答应用现银买下王家窑。倒不是怕王家族人找后账，而是怕这窑买下后，捻案发作，自己想带着银子逃走都做不到，会落得人财两空。可肖太平却又太爱王大爷的窑了，想了两天，心一狠还是买下了。买下就想，这一回真不走了，就算钱大人要唱捻案的连本大戏，他也得陪着唱了。和钱大人三年相处下来，肖太平自认为是看透了钱大人的，只要价钱公道，钱大人连亲爹都敢卖，了不起再和钱大人做笔买卖就是。

果不其然，王大爷死后没多久，钱大人就到桥头镇来找肖太平了。钱大人一反常态地热情，不要肖太平请酒，却要请肖太平吃一回酒，还是花酒，在玉骨儿的暖香阁吃。说是吃花酒，钱大人却又不要姑娘们陪，连玉骨儿想留在房里给钱大人倒酒，钱大人都不许。肖太平装糊涂，说是钱大人最喜尝鲜，要玉骨儿找个没人动过的俏姑娘来陪钱大人。

钱大人这才话里有话，把吃酒的目的说破了：“……啊呀肖老弟，咱今日可是要谈一桩天大的买卖呢，除了你我兄弟，谁也别在跟前最好。”

肖太平笑问:“大人,这天大的买卖到底有多大呀?”

钱大人说:“你老弟先喝酒,咱酒过三巡再说不迟。”

于是,喝酒。

三杯下肚,钱大人说话了:“肖团总,你问我这买卖有多大?我这么说吧,闹不好得搭上咱俩的身家性命哩。你说这买卖能小了么?”

肖太平不动声色地笑道:“大人开玩笑吧?你做你的七品知县,我做我的煤窑窑主,大家活得好好的,咋会搭上你我的身家性命呢?哎,肖团总是咋回事?”

钱大人用筷头点着肖太平,更明确地喊起了二团总:“二团总,你这就不够意思了,我和你都说到了这地步,你还和我装糊涂!”

肖太平说:“我不是装糊涂,确……确是不知道出了啥事呀。”

钱大人火了,桌子一拍:“好,好!你既这么说,今日我就不和你谈了,咱明日大堂上见吧——本县原倒以为你肖某懂道理,把你看做体己兄弟,叫你到暖香阁来谈,就是想谈得好些,别撕破了兄弟间的脸皮……”

肖太平这才认真了:“哎,钱大人,您别气,是不是谁诬了我什么?大人您说清楚,也……也好让我心里有数嘛!”

钱大人叹了口气,添油加醋地把王大爷的话复述了一遍,道是自己如何为肖太平担心着急,竟头一回枉了天大的法,给王大爷用尽酷刑,才逼得王大爷改了供单,认下了诬罪,救下了肖太平。

肖太平忙向钱大人道谢,很懂道理地说:“大人,就……就冲着您给兄弟辩诬,兄弟也得谢您一千两银子——大人您千万别推,这是兄弟的一点心意……”

钱大人不接肖太平的话头,却说:“捻乱可是仅次于长毛的经年大乱呀,捻党余孽案可是惊天钦案呀,为你肖团总,我可真是押上了这捐来的七品知县,还押上了身家性命哩。”

肖太平说:“兄弟若真是捻党二团总,大人可不真是把啥都押上了!”

钱大人冷冷一笑:“肖团总,你还真以为王西山诬了你?”

肖太平也绷起了脸:“可不就是诬了我么?!”

钱大人点点头："这么说，你肖团总是不领本县的人情喽？"

肖太平直摆手："这可不是！兄弟咋敢不领大人您的情呢？您为兄弟我辩了诬，省却了兄弟一场招惹官司的大麻烦，兄弟自是不敢忘记的。大人眼下若是手头紧，就说个数，即便谢大人两千两，兄弟也……也没二话。"

钱大人捏着下巴沉吟着。

肖太平以为钱大人在考虑他开出的价码，心里已定下许多，还做好了进一步退却的准备，打算在钱大人开口讨价还价时，再给钱大人加上一千两。

却不料，一向热爱银子的钱大人这回仍是不谈银子，只问肖太平："哎，肖团总，你倒说说看，凭本县我问案的能耐，真就问不出个捻党余孽案来么？"

这话冷飕飕的，让肖太平禁不住打了个寒战："大人，这……这是什么意思？"

钱大人说："什么意思？你肖团总想呀，本县要是让巡防营的官兵把侉子坡一围，把那些讲侉子话的男人都带到本县大堂上去过过堂，好好修理一通，再费点精神，把十几套刑具也动上一动，不敢说多，十个八个具供的侉子大约总还找得到吧？啊？"

这个钱大人简直是天生的魔鬼。肖太平知道，钱大人真要来这一手，别说十个八个，只怕八十个具供的弟兄都能找到。光绪八年的侉子坡已不是同治七年的侉子坡了，曹团的窑工弟兄再不会护着他这个发了大财的二团总，倒是会趁机拼掉他这个大窑主的。

肖太平想到的，钱大人自然也想到了。接下来，钱大人话说得更明白："肖团总呀，侉子坡本县可是亲自去过的呀，真是个穷气熏天的鬼地方！满坡光屁股的穷小子，听说有些女人都没遮羞之布。本县站在坡上就想了，要是本县发发善心，对那帮穷急了眼的侉子们说，本县只办首恶，一般穷侉子非但不办，还给愿做干证的穷侉子每人发上个三五两的赏银，哎，你说还问不出一两个二团总来么？不至于吧？啊？"

肖太平头上冒出了一层冷汗。

钱大人很满意自己讹诈的效果，不再多说了，扮出一副笑脸，端起酒杯道："来，来，公事先不谈了，喝酒，喝酒！咱今日总还是兄弟相会嘛！"

肖太平努力镇定着，把一杯酒端起，一饮而尽。

钱大人为肖太平叫好："喝得痛快！好，就这样喝，再来一杯！"

便又来了一杯。

这杯酒下去，肖太平开了口："钱大人，兄弟真……真是服了您了！"

钱大人盯着肖太平，很和蔼地问："说说看，你服我什么呀？"

肖太平说："服您问案的高明。就您这问法，无须让巡防营动手，谁也不必拘，只要把兄弟我一人拘起来，十几套刑具动动，兄弟自己就得招了，大人您让我招啥我招啥。别说让我认下一个捻党的二团总，您……您就是叫我认做长毛伪朝的亲王，我……我也不敢不认呀！"

钱大人一点不恼，指着肖太平直笑："肖老弟，你骂我，你骂我——我哪会对老弟你动刑呢？咱们谁跟谁呀？我只对那些穷侉子动刑嘛！没有十个以上的穷侉子证死了你，我都不传你老弟！我估计少说也得有二十个穷侉子证死你。你想呀，当年你们都是两手空空到桥头镇来的，这十二年过去后，他们没发，你肖太平发了，他们谁还会替你说话？不信，哥哥我和你赌上一千两银子。怎么样？"

肖太平心里清楚，自己这一次是逃不过去了。虽说到现在为止钱大人还没拿到捻乱的证据，可这条恶狗只要这样坚持不懈地追下去，证据必能拿到，而到那时再和钱大人谈这笔买卖，只怕价码会更高。

于是，肖太平无可奈何地说："算了，算了，钱大人，我不和你赌了！咱俩相交不是一日，都是痛快人，你……你就给这盘买卖开个实价吧！"

钱大人高兴了，桌子一拍，忘形地站了起来，说："好！肖老弟，你这人不错，就是懂道理！很懂道理！哎，这就好办了，我这价码早想好了，现在就说与你听，你看公道不公道？——两千两银子是你老弟硬要送我的，还不许我推，哥哥我就不推了。这是第一笔。第二笔，是哥哥我冒险赔上这条性命的命金，不问老弟多要，咱公公道道地过秤，哥哥有几多重量，老弟你就付几多银子，这叫再造金身。这笔再造金身的银子出了，哥哥日后就是为你老弟这捻案问了斩罪，老弟也不必愧了。第三笔，就是哥哥我这七品乌纱的价金了，少算些，就五千两吧！”

肖太平惊呆了，再也想不到钱大人的胃口这么大。第一笔两千两加第三笔五千两，就是七千两银子了。第二笔按钱大人的重量算，只怕也得三千多两，合计就是一万多两银子。真把这一万多两银子付出去，他除了手上的两座煤窑和那些窑地，现银积蓄就空了。于是，便把话挑明了说：“大……大人，这……这买卖好像不……不是太公道吧？况且兄弟一下子也……也拿不出这么多现银啊！”

钱大人认为这买卖很公道，不退不让地说：“哥哥我一口不说二价，就这样了。银子不够，你老弟可以去借些凑凑，少欠哥哥一点，哥哥也不会逼你上吊。”

肖太平心里极是痛苦，阴阴地看着钱大人不说话。

钱大人又说：“肖团总呀，你不想想，这是什么案子呀，哥哥我要担多大的风险呀？这价码还算高么？不瞒你说，王大爷只一个聚众械殴，死在号子里不算，最后还硬给了我一万两银子呢！”

肖太平这才强忍着钻心的疼痛，点头认了：“那……那我也硬给你这……这一万两银子吧！”

钱大人做买卖挺认真，立即指出：“哎，你老弟可不是一万两啊！七千两是死的，命金得过秤哩，我不讹你老弟，你也别欺哥哥我，称出多少算多少。”

肖太平上上下下打量着钱大人，想占下一点可怜的便宜，说：“大人……大人这身子重量不过一百七八十斤么？就算个三千两也……也说得过去了……”

钱大人直摆手：“不止，不止！咱一称便知。”

钱大人也真做得出，当下开了门，叫过玉骨儿，吩咐找杆大秤来。玉骨儿不知二位爷好好喝着酒，为啥要找秤？原倒想问问，可一见肖太平黑着脸，便不敢问了，当下叫手下人到炭场找了杆称炭的大秤来，又亲自送到钱大人和肖太平房里。

肖太平一人称不起来。钱大人又喊玉骨儿，要玉骨儿和肖太平抬着称他。见玉骨儿很惊愕，钱大人便对玉骨儿说："本县和肖大爷打了个赌——我说我有二百斤重，肖大爷就是不信，偏说我只有一百八，那只好当场称给肖大爷看了。"

肖太平和玉骨儿抬起扁担支好秤，高高胖胖的钱大人曲身抱住秤钩子。

果然让钱大人说对了，钱大人二百斤还不止，是二百零三斤三两还高高的。

放下秤钩子，钱大人极是得意："哈哈，肖老弟，这回你可是输定了……"

玉骨儿问肖太平："肖大爷，你输了啥？"

肖太平只苦着脸叹气，不做声。

钱大人急着算账，收起笑脸赶玉骨儿出去："快走，快走，我们还有事！"

玉骨儿一走，钱大人马上算账："一斤就是十六两，二百零三斤三两，就合三千二百五十一两。肖老弟，你再算算，对是不对？加上那七千两，这笔买卖的总银子一共是一万零二百五十一两。"

肖太平点头苦笑："我……我不算了，大人生意做得那么好，总不会算错的。"

钱大人账算得果然好——既算了眼前一次性的大账，又算了将来细水长流的小账。把一次性的大账算清，钱大人愣都没打，又说起了月规的问题："……哥哥我既为你老弟枉了这么大的法，每月月规一百两就不行了！我想了一下，就一千两吧。老弟以为如何？"

肖太平实是忍无可忍了，冒着和钱大人撕破脸的危险，断然道："钱大人，我既已认了你这一万零二百多两银子，月规就不能再加了！再者说，这月规也不是我一人能做主的，白二先生和李五爷只怕也不会同意。"

钱大人说："白二先生和李五爷那里，哥哥我不要你去说，我去说嘛！

我自有办法让他们都同意——他们窝匪嘛，这罪也不小哩！”

钱大人太恶毒，竟把白二先生和李五爷也一并诈上了。

肖太平不想让好心庇护自己的白二先生和李五爷跟着受累吃诈，便狠下心，抢在钱大人前面翻了脸：“钱大人，你还当了真了？莫说没有捻案这一说，就算有，也与白二先生和李五爷无涉！我肖某真做了捻党，会去和他们说么？大人你也想清楚了，你是想做成这笔买卖，还是想毁了桥头镇的三家煤窑？我现在也和你说个清楚，你若真逼得我无路可走，我最多一死了之，咱啥买卖都甭谈了！”

这话一说，钱大人倒有些怕了——怕已到手的一注好银子飞了去，便说：“哎，别，别，肖老弟，咱再商量，再商量……”

再商量的结果是，月规每月只提到四百两。

肖太平仍想再压一下，叹着气说：“大人，每月四百两，一年又是四千八百两，我们三家窑上总共才赚多少呀？你就再让一百两，让我喘口气，行么？”

钱大人咬咬牙，做出了最后的让步：“好，好，哥哥我再让你五十两！”

肖太平见再压不下去了，只得认了这三百五十两的月规。认下之后，肖太平遂即转守为攻，要钱大人亲笔立下字据，写下这笔关乎“捻党余孽案”的交易。

这回轮到钱大人发呆了。

钱大人愣了半天，方拍着肖太平的肩头说：“肖老弟呀，咱们谁跟谁呀？你咋还不放心哥哥？哥哥和你头回会面不就说过么？受人钱财，为人消灾，哪会再做这捻案的文章？！”

肖太平说：“大人，你可记住了，今日不是大人做这捻案的文章，却是我从大人手上买下了这桩货真价实的捻案。大人也说了，是大大的枉法。那么，为防日后再有宵小借此要挟，我总得留个凭证！”

钱大人呵呵直笑：“你老弟又骂我，又骂我——哥哥知道哩，你说的宵小还不是指哥哥我么？哥哥也不气你。哥哥向你老弟发誓：哥哥最讲诚信，这桩捻案你老弟既花大价钱买下了，再出了啥事，全由哥哥替你兜着!”

肖太平说:“对,我就是要大人把这话写下来。”

钱大人认了真:“肖老弟,你该不会拿着哥哥的凭据,告哥哥一个贪墨的罪名吧?”

肖太平说:“大人,你不想想,我手里有那么多的窑,会放着太平日子不过,去招惹官司么?再者,兄弟也知道哥哥很受巡抚老大人的赏识,还敢自找麻烦?官官相护的道理谁不知道?大人,说到底,我是图个就此安生。”

钱大人这才放了心,顺着肖太平的话头说:“倒也是!你真是懂道理。不说哥哥和巡抚老大人的关系了,就是没这层关系,场面上也总是官官相护的。我这小知县贪墨,知府、道台、巡抚、总督,也是个个贪墨的,谁还有资格说别人!”

肖太平讥讽说:“不但一样贪墨,问案只怕也是一样高明的。你钱大人能问出个捻党的团总,知府大人没准就能问出个伪朝亲王……”

钱大人极是愉快,大笑着说:“聪明,聪明,你肖老弟实在是聪明!和你这聪明人做买卖哥哥放心。”

因着放心,钱大人便依着肖太平的意思,胆大包天地把凭据写了——

> 问据桥头镇王家窑窑主王西山供称,肖家窑窑主肖太平本系捻党二团总,侉子坡为捻党西二路余孽曹团部属聚集之所在,肖太平对此供认不讳。经与知县钱宝山认真商谈,肖太平以价金白银一万零二百五十一两买结此案。知县钱宝山收此白银后,永不查究,且自许押付身家,自担干系。口说无凭,立书为据。

写下这字据时,钱大人心里很得意,以为自己讹诈的手段十分高明,再没想到肖太平真就是捻党的二团总。而待得知道,一切已无法挽回了,钱大人留下了白纸黑字的贪墨通贼证据,成了捻党余孽的帮凶。此后,前曹团师爷曹复礼再度举发捻案,钱大人惊惧之下刑毙曹复礼,百般遮掩,与其说是庇护肖太平，毋宁说是庇护他自己了。还有一点钱大人也没想到，肖氏族人竟会将这一纸贪墨文字一代代地传下去。辛亥革命期间，这凭据上的内容更上了革命党的传单，作为满清官府腐败的铁证出现在桥头镇、漠河和省城的街头上……

也正因为有了这个胆大包天的钱大人，曹团参与捻乱的历史才得以在光绪八年秋天真正结束。前曹团二团总肖太平虽说替曹肖两个反叛家族付出了沉重的代价，却也换来了自己和曹肖两大家族在大清王朝统治末期的苟且和平安，且使得桥头镇的煤窑业在嗣后的风风雨雨中又有了长足的发展和兴旺。

然而，当时肖太平却没看到这一点。想来想去，总认为自己吃了大亏——是在一个最倒霉的日子里，和钱大人做了一桩最倒霉的买卖。因此便气愤难平。钱大人前脚走，肖太平后脚就怀念起曹团的反叛生涯来，自认为对官逼民反的老道理又有了新的认识。这就差点儿铸下大错……

第三十八章　肖大爷不能走

玉骨儿眼见着肖太平扮着和气的笑脸把钱大人送走，又眼见着肖太平石像一般在暖香阁门前呆呆立着。钱大人的蓝呢大轿已走了好远了，肖太平失神的目光仍未收回来，脸上硬扮出的笑也凝结了，要多难看有多难看。

当时，玉骨儿就站在肖太平的身边。钱大人到暖香阁来，她这作鸨母的不能不送。送走钱大人，玉骨儿看着肖太平的这副模样，就知道事情不对头，可又不好直接去问，便招呼说："肖大爷，再回房坐坐？"

肖太平像没听到。

玉骨儿上去扯了肖太平一把："愣在这儿干啥？钱大人已走远了。"

肖太平这才回过神来，深深地叹了口气，随玉骨儿回了房里。

回房之后，肖太平闷闷地抱起酒壶喝了一气酒，继而便指名道姓地切齿大骂："钱宝山，我日你亲娘，你他妈的是条恶狗饿狼啊！"

玉骨儿这才想到，无墨不贪的钱大人今日大约是贪到肖太平头上了，便深有同感地说："肖大爷，你今日才知道这位钱大人是饿狼恶狗呀？姑奶奶可是早就知道了！你猜猜，这几年钱大人从姑奶奶这暖香阁弄走了多少？"

肖太平没心思猜，也猜不出。

玉骨儿便说："这恶狗竟勒了我一千多两银子的花规，还不算他和他手下那帮差人白吃白日的烂账！"

肖太平瞅着玉骨儿苦苦一笑："为一千多两银子你就叫了？你知道他今日诈了我多少？嘴一张就是一万零二百五十一两！以后每月还得给他三百五十两银子的窑规！"

玉骨儿吃了一惊:“这……这也太过分了!”

身为煤窑窑主的肖太平和身为花窑窑主的玉骨儿关系本就不一般,现在又因着同病相怜的缘故,心贴得更近了。肖太平红着眼圈,拉过玉骨儿,颇动感情地说:“……玉骨儿,在桥头镇别人不知道我,你该知道我的。你还记得么?十二年前——就是同治八年那个夜里,我为了能有今天做窑主这好日子,深更半夜站在三孔桥头等章三爷,等得容易么?章三爷骂我,说我当时恨不能喊他爹——这骂得真不错哩!对别人我不承认,对你这老相好我承认,当时章三爷若不是那么坏,若真劝说白二先生让我包窑,我真能跪下去喊他爹的……”

玉骨儿心里也不好受,抚着肖太平的脸膛说:“别说了,今日终究不是往日,老天有眼哩,再怎么难,咱还不都成事了么?你成了桥头镇最大的窑主,连白家都比不了你了!我借了你们煤窑兴盛的力,也得了肖大爷你的抬举,有了这家暖香阁……”

肖太平仍自顾自地说:“那时,我和手下的弟兄都住在侉子坡上,真是穷酸得很,总共只有十五两银子——这十五两银子我用一块红绸布包着,每到夜晚,就拿出来盘,常盘得一手汗。今日倒好,钱宝山这条饿狗开口就是一万零二百五十一两!”

玉骨儿实在不明白,钱大人咋敢开这么大的口,便问:“这恶狗该不是找到你什么碴了吧?”

肖太平迟疑了一下,还是说了:“他从死去的王大爷口里得了诬供,便一把赖定我是捻党二团总,要我花这笔巨银买案……”

玉骨儿大吃一惊,马上想到了十八姐的死。钱大人能以捻案赖上肖太平,也必能以十八姐的命案赖上她的。所幸的是,十八姐的命案还没被这条恶狗盯上,她才得以付着寻常花规平安度日。日后却说不准哩,万一王大肚皮那边露出一丝风声,只怕她也会变成第二个肖太平的。

这几年,玉骨儿也有一本难忘的经。

同治十一年被郑老大害了一次后,玉骨儿就警觉了,从清州一回来便把十八姐聘下的船丁都辞光了,护窑护姑娘的事就交给了王大肚皮和王大肚皮手下的一帮弟兄。王大肚皮开头还好，后来心就野了，说是也要买些姑娘来和她合伙，露出了打她主意的苗头。她愣都没打，又把王大肚皮手下的弟兄大多辞了，找到肖太平那里，请下了肖太忠护窑队的一帮弟兄。如今花船变成花窑，暖香阁的名号已越来越响，王大肚皮便越发眼红，不明不白的话说了不少，说是没有他王大肚皮，就没有今日的暖香阁。

玉骨儿想到的事，肖太平也想到了。

肖太平明确地对玉骨儿说："……玉骨儿，你可记住了，万不可把什么话头、把柄落到钱宝山手上，一旦有啥落到他手上，就不是一千两寻常花规能打发得了的。你也知道，为着狗屁教案，秀才爷一家败完了。因着械殴，王大爷一家完了。现在又轮到了大爷我！"

玉骨儿很感激肖太平的关照，对肖太平点了点头。点头时，玉骨儿已想要和王大肚皮好好谈一次，让他识相些——说到底，十八姐还是王大肚皮杀的，她当时留一手，真是聪明哩。

肖太平却又冷笑了："不过，我肖某可不是秀才爷和王大爷，终没落到这恶狗的号子里去。老子惹不起，总还躲得起吧？三十六计里还有一条'走为上'呢。真不行，老子就歇了镇上的窑，带着挣下的银子走人。那一万零二百五十一两银子叫他自己从煤窑里掏吧！他要敢四处追我，我就一不做二不休，带着他贪墨的证据到巡抚衙门告他！"

玉骨儿听得这话，不禁有些慌："肖大爷，你……你若真走了，桥头镇不就完了？这镇上的煤窑谁侍弄？"

肖太平叹着气说："这我就管不了了，终还有白二先生和李五爷，让他们先顶着，待得过些年，钱宝山离了漠河，我再回来不迟……"

玉骨儿心里更冷。肖太平若是真走了，她的麻烦就大了。一来煤窑不兴，花窑必衰，再没有那么多银子好赚；二来没有肖太平这大个子在前面挡着，钱大人势必得瞄上她，没准就会瞄出个谋杀命案来；三来自己手下又用着肖太忠一帮窑丁，若无肖太平的威势镇着，只怕也会有麻烦。

于是，玉骨儿便温存地搂着肖太平，细声细气地说："肖大爷，这你可得想好呢！现如今真到非走不可的地步了么？就算你把挣下的银子都带走，也是个死数吧？桥头镇的煤窑你带不走吧？这些窑可都是摇钱树呀，每年总能摇下个万儿八千两银子吧？真走上三五年，那不亏大了？”

肖太平一怔，不做声了。

玉骨儿把肖太平拉到窗前，指着窗外桥头镇上的景致，又说：“刚才，你还说起同治八年，你想想，同治八年这镇上是啥模样？这十二年过去，如今的桥头镇又是啥模样？你看看这条盛平路，两边的店家都满了，连钱庄票号都有了三家，你就忍心甩了它，毁了它？”

看着盛平路上的风物景致，肖太平也很动情——这一片繁华实是他肖太平和他的煤窑一手造就的哩，对钱宝山气归气，真要就此离去，他也实是不忍。

肖太平这才和玉骨儿说：“我也是随便说说，不一定真走的。我只是气，想想，真恨不能就做个捻子的二团总，反了这狗日的官府。”

玉骨儿笑道：“算了，我看，你既别走，也别反，就把这窑弄下去。我也知道，窑就是你的命，硬赶你走，只怕你也不会走的。说实话，我也不想让你走。你一走，窑一败，谁还到我这暖香阁来耍？你肖大爷不容易，我玉骨儿就容易么？当年我不连腚都卖给你了？你若是和我有一丝真情义，都不该说出走的话来气我。”

肖太平想着当年和玉骨儿在小花船上的情形，动了真情，紧紧搂着玉骨儿说：“别气，别气，就冲着你这有情有义的玉骨儿，我也不走了。”

玉骨儿果然有情有义，当下便吊着肖太平的脖子，将肖太平坠到了床上，可心尽意地和肖太平做起了那事。肖太平开初仍是心事重重，没有多少想做的意思，可禁不住玉骨儿风情万种的撩拨，就渐渐地来了兴趣和精神，待得玉骨儿跨到身上时，满眼满心已全是香软的白肉了……

到离开暖香阁时，肖太平心情好了许多，亲着玉骨儿的香腮说：“……玉骨儿，整个桥头镇也只有你最知我的心。是哩，我真是离不开这些窑的，不是为夺王大爷的窑，还没这一出哩！现在王家窑总算到了我手上，我也不能算太亏。我想好了，这一万零二百五十一两银子老子就给钱宝山！不一次给，是慢慢地给，权当王家窑五年不赚钱。另外咱这儿力夫早不缺了，三省四县里来这儿吃窑饭的人又多，老子还能在工价上找补些回来，也不怕谁闹的。”

玉骨儿手一拍说：“这就对了嘛！这一来，你肖大爷没准不亏反会赚哩。从良心上也是说得过去的，钱大人这样黑心地诈了你，你降点工价也是自然，这叫有难同当嘛。”

送走肖太平，已是夜色迷蒙的晚上。暖香阁门前甚是热闹，车马轿子停了一大片。大红灯笼下，花枝招展的姑娘们在施展着各自的手段招揽挑逗来客。形形色色的男人三五成群地往门前拥。灯火通明的院子里，打情骂俏的声音此起彼伏，不绝于耳。

默默看着这熟稔的一切，玉骨儿心情极是舒畅，认定自己这日做了一件聪明事，不但保住了暖香阁的娼盛，也在一个历史性的重要关头救下了桥头镇未来的繁荣。玉骨儿真诚地认为，桥头镇没谁都行，就是不能没有她和肖大爷。桥头镇没有她和肖大爷，没有肖大爷的煤窑和她的花窑还能叫桥头镇么？

第三十九章　降窑饷

这天早上，太阳挺好，曹二顺从白家老窑下夜窑回来，照例坐在院内的一块石头上，晒着太阳让老婆大妮给他擦洗身子。因着头痒，还解了盘在头上的辫子洗了头。洗下的两盆水都是黑的，盆底竟还有不少黄豆大小的炭粒子。

这是曹二顺一天中唯一的享受时刻。

早些年，大妮给他洗得极是认真，就像洗一只要吃进肚里去的猪羊，连耳朵眼里的炭灰都用细柴棒缠着棉絮掏出来。后来不行了，孩子多了，闹得凶，大妮身子骨也坏了，站得久了头就昏，洗得便也潦草了。有时洗过后，两只眼圈竟还是黑的，脚丫缝里还能掏出小炭块来。

早先干那事也总是在这擦洗的时候。那时也不知咋的，劲就那么大，下了一天窑也不知道累，大妮湿淋淋的手往他身上一搭，他就耐不住了，也不管身子洗净没洗净，搂着大妮就弄。和大妮弄时，冷不丁还会想到当年立在大妮身上的那个了不起的志向，总以为又占了大妮五升高粱的便宜。这一来二去的，一个个娃儿就赛跑一样出世了，日子越来越穷困。不是让好心的詹姆斯牧师带走了秋旺，这些年只怕更难。就在秋旺和詹姆斯牧师去上海的那年，老六够够又出世了，去年又添了个小七多子，都是儿子。

现在，曹二顺真是弄不动，也不敢再弄了。只盼着在家养着的五个儿子和一个丫头能像地里的庄稼似的快快长大，各自出去自己挣口饭吃。十二岁的大儿子春旺去年第一个出息了，专为窑上编背炭的柳筐，已能挣钱补贴家用。三儿子冬旺和四儿子夏旺再过几年也能去编柳筐了。到那时就好了，有四个儿子帮着他养家，他就能再和大妮弄了，就算再生出个老八、老九来也是不怕的……

这天曹二顺没想和大妮弄。三儿子冬旺正病着，两天没吃东西，大热天里盖了床破棉被昏睡在土炕上，让他心情抑郁。再加上又背了一夜煤，累得不行，往院里的石头上一坐，腚就沉得很，胳膊腿都不想动。这时的太阳是很好的，暖暖地照在曹二顺水淋淋的身上，渐渐地让曹二顺的抑郁的心绪好了些。曹二顺便想快快洗完吃点饭，先到煤码头上应个卯，打个盹，再到桥头镇詹姆斯牧师那儿跑上一趟，给冬旺讨些诊病的药来。

偏在这时，教友曹复成来了，带来了窑上降饷的消息。

曹二顺根本不信，让大妮去照应冬旺和孩子们，自己擦着身上的水，一边穿着破衣服，一边懒懒地和曹复成说："……胡说，肯定是胡说哩！咱窑上的饷是同治七年人家白二先生定下的，都十二年了。"

曹复成说："同治七年是同治七年，这会儿是这会儿。这会儿咱桥头镇三家窑全在肖太平手上了，白二先生说了不算数，只有肖太平说了才算数哩。肖太平要降饷，你我有啥法子？"

曹二顺仍是不信，用湿手拍着曹复成的肩头说："肖太平就更不会降饷了，窑上的生意那么好，一船船的炭不住地往江南卖着，他就算不愿给咱加饷，也断不会降咱饷的。这你放心。"

曹复成摇着头苦笑道："我的好二哥哟，倒好像窑上的家是你当的！肖太平降饷的令箭都发到三家窑上了，你知道么？筐头、柜头们已言明了，就是从今日夜窑开始，每个窑的窑饷从五升降为四升。"

曹二顺这才呆住了。

曹复成又苦着脸说："一听这话，我……我心里就凉了半截，二哥你想呀，我五个孩子呀，最大的才九岁，最小的只一岁多，原来就够紧的，再降了饷，我……我可咋活呀？"

曹二顺讷讷着："是哩，是哩……"

曹复成叹着气说："我知道，你和我一样难，又觉得你好歹总是肖大爷的亲舅子，就……就想让你出面找肖大爷说说，求……求他把这令箭收了！让他看在当年曹团的分上，允咱这班穷弟兄喘口气吧。"

曹二顺一听这话就火了："什么？求他？让我求他？求他肖太平？我……我不是要求他，却是要和他拼了！他狗日的凭啥降饷？凭啥？打从同治七年有这煤窑起就是五升的窑饷，他想黑咱一升？办不到！"

曹复成问："二哥，你……你想咋办？"

曹二顺也不知该咋办，只昂着脖子说："反……反正降饷就是不行！"

曹复成试探着说："他……他或许不降你的。"

曹二顺说："一样的窑工就得一样看待，他降了谁的也不行！这不公道！他肖太平这么做连上帝都不会答应。上帝让我们用诚实的劳动换取每日的饭食，没让我们累死累活再被他克扣！"

曹复成说："是哩，肖太平的心现在是黑透了，上帝都会赞同咱和他拼一场的。"

曹二顺想了想，对曹复成说："咱马上在坡上串串，看看大家伙都是啥意思。若是大家伙都不怕事，咱就一起到肖家掌柜房找肖太平去论个理，论赢则罢，论不赢，咱……咱也闹一回歇窑！你看行么？"

曹复成问："二哥，这回，你……你敢出个头么？"

曹二顺胸脯一拍："咋不敢？！这回是他肖太平黑咱，咱在理哩！"

曹复成高兴了："那好，咱今日就去桥头镇——我知道的，一听说降饷，许多弟兄都骂起来了，个个气得直咬牙，现在就缺个敢出头去和肖太平办交涉的人。你既敢出头为弟兄们做主，弟兄们就全跟你走了。这交涉能办成最好，真要办不成，你二哥说声歇窑，咱……咱就歇他娘的！"说毕，曹复成满坡串联人去了。

这番对话，让房里的大妮全听到了。大妮有些怕，待曹复成一走，马上过来打着手势劝曹二顺，要曹二顺快快吃了饭去煤码头上工去，别跟着曹复成一帮人胡闹。大妮认为，肖太平终究是曹二顺的妹夫，不论怎么降别人的饷，也不会降曹二顺的饷。因此还是不闹的好，更不要出这个头。

曹二顺很不高兴，一把把大妮推出好远，闷声闷气地说："……旺他娘，你懂个屁！若是只为了自己，老子早到肖太平手下当工头挣大钱了。别说一天五升高粱，就是五斗高粱也挣得到！老子正因为有志气，不愿沾他肖太平的光才白日去看炭场，夜里去下窑，凭诚实的劳动挣每日的饭食！”

大妮苦着脸，指着房里病着的冬旺，又打着手势说：孩子病成这样，你得赶快到詹姆斯牧师那里去讨药，还闹个啥？闹得肖太平翻了脸，你连四升高粱也挣不上。

曹二顺也记起了病中的儿子，便说：“冬旺的事我想着哩，到桥头镇办交涉时，我就顺便到詹牧师那里去一下。”

大妮见劝不下曹二顺，先是眼泪汪汪，后就哭了起来。

曹二顺这才好言好语地对大妮说：“……旺他娘，你别害怕，我还是那句老话，这世上饿不死肯出力的人！肖太平这么欺人，上帝都不会答应哩。上帝崇尚公义，我们就要讲公义，不能只想着自己，不顾公义……”

为了公义，当天下晚，曹二顺带着侉子坡上近七十号弟兄拥到了桥头镇肖家窑掌柜房去见肖太平。肖太平不在。大伙儿又找到了白家窑掌柜房，肖太平仍不在。有人提议，再去李家窑掌柜房上看看。曹二顺说，哪儿也不去了，咱就去肖家大屋堵他，他总得回家的。一行人便又去了肖家大屋。

肖太平显然有了准备，肖家大屋院里院外横眉竖眼的窑丁立了不少。弟兄们在曹二顺的带领下，往肖家大屋门前一站，先惊动了曹月娥。曹月娥没想到自己二哥会带人扑到自家门前来。一见曹二顺的面，脸色就很不好看，让护守家院的窑丁守着门，不放一个人进去，就像没看到曹二顺一样，对着人群问：“哎，你们这是想干啥？要行抢啊？！”

众人怯着肖太平，一时间竟没有一个敢搭茬的。

曹月娥又问：“你们到底有啥事？”

众人仍是不敢说话，目光都落到了曹二顺身上。

曹二顺这才说：“我……我们要见肖太平。”

曹月娥仿佛刚看到曹二顺，笑笑地说：“是二哥呀？你想见他还不好办？来，来，进家说吧。”

曹二顺站着不动：“是……是我们大伙都……都要见他……”

曹月娥立时翻了脸："大伙都要见他就到窑上找，跑到我家门口来干啥！"哼了一声，又指着曹二顺的额头说，"二哥，真看不出，你这几年倒是出息了，竟能带着这么多人到自己亲妹妹门口来闹了，早知你本事这么大，我该少烦多少心呀！"

曹二顺从妹妹的话中听出了鄙夷与讥讽的意味，一下子火了："你少给我说这些没滋没味的话！我们今日要见的是肖太平，又不是你！"

曹月娥哼了一声，说："你要把肖太平当你妹夫，自然想啥时见都成；若是把他当窑主，你这背煤的窑工就一边歇着去吧！"

这话太伤人，曹二顺气红了脸，正要对曹月娥发火，肖太平却从院子里出来了，往院门口的台阶上一站，问："你们见我有啥事啊？"

众人仍是看着曹二顺。

曹二顺正在气头上，倒也不怯，甩开曹月娥，盯着肖太平硬生生地说："有啥事你自己清楚！——你凭啥降我们的饷？凭啥？"

肖太平说："我降饷自有我的苦衷，也自有我的道理。"

曹二顺说："往日都是五升高粱，这是十二年的老例了！"

肖太平说："往日小窑刚开，又是大乱刚过，下窑的人少，工价自然就会高一些。如今下窑的人那么多，工价就往低走了，就是二十年的老例也没办法！"

曹二顺说："肖太平，你……你这是黑我们大家伙儿！"

肖太平说："我没黑你们大伙，倒是有人黑了我。"

曹二顺说："这不公道，过去都……都是五升！"

肖太平说："谁觉得不公道，谁别干。当年章三爷说过一句大实话，我记得真哩：三条腿的蛤蟆不好找，两条腿的人有的是！"

曹二顺心里很气，却又说不出更多的道理，只指着肖太平喊叫："你……你坑人，过去都是五升，打白二先生立窑时就是五升，你……你黑了我们一升……"

肖太平说："二哥，你别叫，你是我亲舅子，对你又当别论了。窑上该降饷就得降饷，谁也不能例外。不过窑上降了你多少，回家我补你多少，你放心，我和你妹妹都不会看着你一家人饿肚子的。既有你这个穷亲戚，我总得认。”

这话当着这么多人的面说出来，真让曹二顺难堪。

曹二顺愣都没打，便叫了起来：“老……老子再穷也……也不要你肖太平来可怜！过去没让你可怜过，往后也不会让你可怜！老……老子今日也当着这大伙儿的面和你说清楚，你背地里补一斗我也不要，这五升的老例，你少我一合也不行！”

曹月娥气道：“人世上只怕再没有像你曹老二这么不识抬举的东西了！不说我是你的亲妹妹，肖太平是你的亲妹夫，就算没这门亲，不少你的窑饷，你也不该再闹！”

曹二顺双手掐腰，毫不含糊地道：“我要的是公道！是公义！是老子和穷弟兄们都该得到的五升窑饷！”

肖太平说：“那我也和你说清楚，从今往后，再没有五升窑饷这一说了。今年是四升，明年没准就是三升，而且还得凭我高兴才能让你下这桥头镇的窑！”

曹二顺气得浑身直抖，抖了半天，猛然转过身来，对众人喊叫：“你……你们都哑巴了？咋……咋都不说话？这……这是我一人的事么？”

弟兄们你看看我，我看看你，仍不做声。

最后，还是曹复成怯怯地说话了：“肖掌柜，求您看在咱往日一起流过血的情分上，就……就饶坡上这帮老弟兄一回吧！您……您看是不是只降外来窑工的饷算了。”

肖太平阴着脸，摇起了头：“说实在话，外来窑工的饷本不该降，降你们这帮老弟兄的饷倒是应该的。我先透个话在这里：正是因着你们说的往日，我肖太平才亏了大本！亏了多大我也不说了，反正你们这群人十辈子也挣不出来！”

曹月娥插上来说：“为了你们大家，我们已倒了大霉，你们竟还好意思为了一升高粱来闹！”

肖太平缓和了一下口气："我知道你们各位老弟兄日子不好过，可我肖某的日子也不好过嘛！你们只要还是明白人，就别闹了，都老老实实回去下窑。日后窑上好了，我也缓过气了，也许窑饷还能升回来。"

弟兄们却不信肖太平的话。

一个肖姓弟兄从人群中站出来说："本家爷，您别和我们穷弟兄逗了，窑上的生意那么好，您咋会缓不过气来？咋会在乎这一升高粱？爷您就是剔剔牙缝也……也不止剔出一升高粱来哩！倒是我们……"

肖太平再不愿和弟兄们多说什么，挥挥手打断了那个肖姓弟兄的话头："好了，好了，别啰嗦了！你们要见我也见到了。我该说的话也都说了，降窑饷也是没法子的事，大家都快回去吧！我今日不怪你们，你们也别怪我，这叫有难同当，总不能让我肖某一人为过去那些烂事背黑锅。"

众人大多泄了气，一时间全没了主张。

眼见着人群要散，曹二顺急了，竟当着肖太平和曹月娥的面，公然号召起罢工来："弟兄们，别信肖太平的鬼话！他亏也好，赚也好，都和咱不相干。咱就要咱的五升高粱！谁都别孬种！肖太平不仁，咱也不义！从今夜开始，咱全给他歇窑，让他自己去背煤挖炭吧！"

人群里有几个弟兄马上跟着喊：

"对，让姓肖的自己挣这四升高粱去吧！"

"歇窑！都歇他娘的！"

"歇就歇，都别当孬种！"

……

肖太平火了，脚一跺，吼道："你们别搞错了！今日已不是往天，老子不愁窑工不足，倒是愁着人多得用不完！你们谁想歇窑谁就去歇！歇了窑就再别想回到老子窑上做！"

曹二顺决意拼到底了，手指着肖太平，大睁着一只独眼说："肖太平，你别吓唬人！再不到你窑上做咋啦？我曹二顺就不信离了你肖太平，大伙儿就活不下去！就不信这天底下能饿死我们这些肯出力的弟兄！此地不养爷，自有养爷处！"

肖太平像不认识曹二顺似的，阴阴地问："你曹二顺还真有本事领着大家闹歇窑？你……你会闹么？"

曹二顺不再理睬肖太平，冲着肖太平"呸"了一口，转过身子对众人说："弟兄们，明日咱谁都别去下窑，也别坐在侉子坡上晒太阳，咱全都到窑口去，对三省四县跑来下窑的穷弟兄说清楚：桥头镇窑饷从来就是五升高粱，不是四升，让他们都和咱一起歇窑，让四家窑全歇下来！"

曹月娥当即叫了起来："曹二顺，你……你明日真敢这么胡闹，我……我就没你这个哥了！"

曹二顺指着自己瞎了的左眼，冲着曹月娥道："打从肖太平打瞎了我这只眼，你们……你们肖家的人我就全不认了！"

曹月娥哭了起来，边哭边喊："滚！你们都滚！"

曹二顺手一挥："弟兄们，咱走，快回去睡觉，养足精神明日好去守窑口。"

肖太平冲着众人道："我再说一遍：谁跟着曹二顺闹窑，就永世别想再吃这碗窑饭！"

众人不应，都随着曹二顺往回走。

肖太平又喊："曹二顺，你回来，我还有话和你说！"

曹二顺回过头说："不依着五升高粱的老例，我啥话也不听了！"

肖太平气道："这世上哪有啥不变的老例？你真是疯了哩！"

……

就这样，寻求公道与公义的交涉失败了。曹二顺和自己亲妹妹曹月娥也当着众多弟兄的面完全撕破了脸。歇窑已势不可免。桥头镇历史上第一个真正代表大众利益不谋一己私利的窑工领袖，也终于在肖家大屋门前出现了。

桥头镇的良知就此记住了曹二顺。

自然，也记住了后来发生的那场悲壮而孤独的罢工。

第四十章　曹二爷讨公道

为了公义和公道，认死理的曹二顺在光绪八年仍幻想着创造一个同治八年的神话，这就使得这场罢工从一开始便带上了不可避免的悲剧色彩。曹二顺闹不懂这世界在变化，不知道光绪八年和同治八年已有了根本的区别，劳动力作为一种紧缺资源的时代已过去了。当桥头镇全部煤窑业落入肖太平手中，产业资本进入垄断的时候，肯卖力气仍有饿死的可能——尽管这种垄断还处在初期和原始阶段。

不少聪明的弟兄看到了这一点，当晚回到侉子坡，就有个识趣的弟兄和曹二顺说："……二哥，不行就算了吧！今日可不是往天了，往天咱不下肖家窑、白家窑，能下李家窑、王家窑。如今桥头镇的煤窑都在肖太平一人手上，咱真闹砸了饭碗就完蛋了，一家老小得喝西北风哩。"

还有弟兄说："也是哩，萝卜青菜多了还掉价，何况人力了？这十二年窑饷没动，也算窑上仁义了，不好说人家就该给咱这么多。咱真歇窑不干了，这周围三省四县的窑工还不照来干？谁会傻乎乎的跟咱歇窑呀？"

就连曹复成都说："……二哥，我看咱真得再好生想想，把啥事都想周全了。现在窑上总是不缺人手的，咱歇窑只怕拿不住肖太平，反会砸了自己的饭碗哩！要不咱先忍忍，待日后有了机会，窑上人手紧起来，咱再和肖太平算账，也黑他一把，歇下窑来逼他升窑饷……"

曹二顺火透了，跳起来叫道："你们咋这么孬种？这么没骨气？咋说起这些屁话来了？我曹老二是为自己么？你们都知道的，肖太平是我妹夫，降谁的窑饷也降不到我头上！就是现在我不闹歇窑了，肖太平也亏不了我！我闹歇窑是为着咱老少爷们十二年的老例！是为了讨回一份公道！谁……谁要再说这孬种话，我……我日他祖宗！"

听曹二顺这么一说，曹复成和弟兄们惭愧起来。大家都没想到素常窝囊无用的曹二顺，这一次这么硬气，又这么的义气。为了坡上的穷弟兄，在肖家大屋门口和妹夫肖太平闹翻了不算，还和亲妹妹撕破了脸。

曹二顺又说——仍是说来说去的老话："……五升就是五升，十二年来都是这样的。这不是谁赏的，这是咱应得的。说窑上仁义？咱就不仁义么？为这五升的窑饷，咱这十二年来下的力气少了？没咱累死累活挖炭背煤，肖太平盖得成肖家大屋么?！他盖肖家大屋咱也不眼红，该给咱的给了，咱穷死活该。他克扣咱就不行！"临散时，曹二顺再次交代，"……咱可说清楚了：这可不是哪一个人的事，这是公义上的事，是桥头镇三家窑上所有窑工弟兄的事。在这关乎公义的事上，谁都不能做缩头王八。明日一早，咱都得到窑上去，告诉每个来下窑的弟兄：老例就是五升，下一个窑就得问肖太平要五升高粱的窑饷。我就不信弟兄们不认这老例！就不信三省四县来下窑的弟兄不想多挣这一升高粱！"

曹复成和弟兄们看着固执而自信的曹二顺，不好再说什么，都点了头。

不料，次日真要到窑上去了，昨天到肖家大屋的六七十号弟兄，只剩了十八个。其他人不是先一步到窑上下了窑，就是早早爬起来躲了出去，气得曹二顺日娘捣奶奶的满坡乱骂。

这一骂，骂出了前曹团师爷曹复礼。

曹复礼已落魄得没个人样了，五十岁不到，看起来却像有六七十，身子弯驼得恍若一只弓。辫发几乎全白了，手里还拄了一根树枝做的拐棍，身上穿的衣服也破得不成样子，补丁摞补丁，已看不出原布的颜色。

曹复礼抹着清鼻涕，上气不接下气地说："……二老弟，好……好样的，你……你到底还……还是咱老团总的儿啊！今日总算站……站出来了！"

曹二顺仍在骂："日他祖宗，这些孬种，昨天说得好好的，今日又不来了！"

曹复礼说："二老弟，你……你别骂，这些孬种骂不回头。任谁孬，你都别孬，就……就带着这十八个弟兄走！当年你那爹咱那老团总，就是靠我们十六个老……老弟兄拉起了西路捻军的曹团！就……就轰而烈之闹……闹了这许多年！”

曹二顺有了些信心，对曹复礼说：“师爷哥，你说得对，别说还……还有十八个弟兄，就……就算只剩我一人，我……我也得和肖太平拼到底！”

曹复礼点点头，庄重地说：“不会只剩你一人，至少是两个人——还有一个是我！哥也要和肖太平拼到底，就算是和肖太平同归于尽，我……我也认了！”

那当儿，曹二顺可不知道这个老而无用的师爷哥咋着和肖太平拼，对曹复礼的话也没太当回事。

当着曹复礼的面，曹二顺把十八个有骨气继续追随他歇窑的弟兄分成了三拨。自己带着一拨去白家老窑，让曹复成带着一拨去肖家窑，另一拨由一个肖姓弟兄领着去了李家窑。走时，曹二顺已想到可能要打架，对曹复成和那个肖姓弟兄交代说：“……咱现在人少，不能和肖太平手下的那些窑丁动硬的，免得吃亏。他们的窑场咱别进，就在窑场外的路道上截那些去下窑的弟兄。”

真让曹二顺想到了，三拨人到了三座窑上，两拨挨了打。曹复成在肖家窑叉道口上被打断了一根肋骨，同去的六个人个个挨了打，有三个挨了打后又去下了窑。去李家窑的那一拨四人没挨打，却在护窑队棍棒的胁迫下全放弃了曹二顺主张的五升高粱的老例，挣起了四升高粱的新窑饷。

最惨的还是曹二顺亲率的这一拨。

曹二顺带着七个人到了白家窑窑场大门口，刚堵着旧年县来下窑的一帮弟兄，只说了说五升的老例，还未及把歇窑的主张讲出来，护窑队队总肖太忠就带着二十多个窑丁过来了。过来后，肖太忠就对那帮旧年县的弟兄嚷道：“要干活的快到窑口工房领牌，不愿干的全给老子站远点！”旧年县的那帮弟兄不敢和曹二顺啰嗦，老老实实地走过由肖太忠二十多个窑丁构成的人墙，进了白家老窑窑场的木栅门。

曹二顺不死心，冲着旧年县那帮弟兄的背影喊道：“……弟兄们，窑上老例是五升，窑上坑了你们一升高粱哩！你们得歇窑呀！”

肖太忠过来了，指着曹二顺说：“曹老二，老子和你说清楚：你想歇窑就到侉子坡上歇去，歇上十年也没人会去请你！你若在这儿和老子捣乱，老子就对你不客气！”

曹二顺不理肖太忠，见到大漠河堤上又下来一帮人，便招呼着身边的弟兄迎上去……

就在这时出了事。几个弟兄刚往大漠河堤方向走了几步，肖太忠手下的窑丁就从身后扑了上来，两三个人打一个，眨眼的工夫便把七个弟兄全打到了路下的泥沟里，还守着沟沿不让弟兄们往上爬。

肖太忠很有理地说：“这路道是窑上开的，不下窑的别占窑上的路道！”

一直到这时还没有谁向曹二顺动手。

然而，曹二顺看到手下的弟兄挨打，先火了起来，指着肖太忠骂道：“我日你祖宗肖太忠！这路道啥时成了你们窑上的了?！打从同治七年，老子第一次到白家窑下窑，这路道就有了！你别他妈仗你哥的势，就这么欺人！”

肖太忠也火了：“曹老二，往日老子总以为你是我哥的亲舅子，处处给你面子，今日你真要自找难堪，老子就成全你！你他妈的现在就给老子滚到路道下去！滚！”

曹二顺理都不理。

这当儿，大漠河堤过来的那帮窑工已走近了——不是外地的弟兄，却是桥头镇上的老弟兄，走在头里的是早先和曹二顺打过架的钱串子。

钱串子一过来就对肖太忠说：“哟，哟，肖队总，你这是干啥呀？咋讹起曹二哥了？曹二哥可是咱白家窑上有名的老实人哩！”

肖太忠眼一瞪：“没你的事，你他妈少插嘴！”

曹二顺冲着钱串子叫：“钱老弟，你……你是老人，你知道的，咱桥头镇窑上的窑饷从来都是五升的老例，是不是？他肖太平如今凭啥黑咱一升?”

钱串子说:“二哥,咋说呢?这大概就叫为富不仁吧?!”

肖太忠瞄上了钱串子:“你他妈说清楚,谁为富不仁?”

钱串子说:“有钱人都为富不仁!若是仁义,能从我们穷弟兄的穷嘴里抠这一升高粱么?”

曹二顺眼睛亮了,对钱串子说:“说得好,钱老弟!咱都别为为富不仁的肖太平卖命了!只要窑上不把这一升高粱还给咱,咱都歇窑,歇他娘的!”

肖太忠飞起一脚将曹二顺踹倒在地,又指着钱串子问:“你他妈的是不是真想歇窑?真想歇,老子不拦你,你们也给我从这儿滚开!”

钱串子还想硬下去,却被几个同来的弟兄劝住了。

一个年长的老弟兄连连对肖太忠赔着笑脸道:“钱串子没说歇窑,没说哩。他哪会歇窑呀?他一家老小不吃饭了?”

肖太忠哼了一声:“那还愣在这儿干什么?还不赶快去领工牌?去晚了领不到工牌,又他妈的要骂人家为富不仁了!”

钱串子半推半就,硬被一帮桥头镇弟兄拉走了,走了好远,还回头嚷了句:“有钱的全他娘的为富不仁!”

肖太忠却不再和钱串子纠缠,又盯上了从地上爬起来的曹二顺:“曹老二,你今天要是还识相,就赶快滚回侉子坡,要是不识相,就到沟下呆着去!”

曹二顺把一双穿着破草鞋的脚定定地踏在路道上,说:“你二爷今日哪儿也不去,就站定在这儿了,就和你们肖家拼到底了!你狗日的有本事就打死我!”

肖太忠手一挥,让几个窑丁拥到曹二顺面前,一顿没头没脑的拳脚,再次把曹二顺打倒在地,而后踢到了路下淌着污水的黑泥沟里。

路道上有二十几个窑丁守着,栽到沟下面的弟兄谁都不敢试着往上爬。只有曹二顺不服,刚落到沟里,就带着一头一脸的污泥血水,往路道上爬。肖太忠待曹二顺爬到路沿上,又是一脚,再次把曹二顺踢到了沟下。曹二顺破口大骂,挣扎着再次爬上来,还试着想搂肖太忠的腿。肖太忠身子向后退了退，躲过了，第三次把曹二顺踢到沟下。

这一次踢得很重，曹二顺在浅浅的黑水沟里挣了半天也没挣起来。一起从坡上来的弟兄都怕了，再顾不得和肖太忠一帮人争斗，抬起曹二顺，想回侉子坡。

一个弟兄仰着脸向肖太忠哀求说："肖……肖队总，你们别打我们曹二哥了，再打就……就打死了，我……我们回去……"

肖太忠说："这就对了嘛，别他妈自己讨打……"

却不料，曹二顺被抬到路道上后，竟不愿走，推开众人，晃晃地站起来，立在肖太忠面前像尊石像。肖太忠和窑丁们把他打倒一次，他爬起来一次。再打倒，再爬起来。到实在站不起来了，就坐在路道上。最后连坐也坐不住了，索性横在路道上躺下了。把肖太忠和窑丁们惊得目瞪口呆。

七个歇窑的弟兄见此情形都落了泪，后来也全躺到路道上，不论窑丁们怎么打就是不起来，生生地用自己的身子阻断了这条走人运煤的路道……

曹二顺挨打的消息传到侉子坡，大妮气疯了，扔下病得只剩一口气的冬旺不顾，抱着老七多子，扯着老六够够和五凤、夏旺冲到肖家大屋门前，要往肖太平院门上系绳上吊。曹月娥这才知道白家老窑窑场门口那血腥的一幕，忙带着家人赶到窑场门口，恶骂了肖太忠一通，把曹二顺抬回了肖家大屋，还连夜请了居仁堂的王老先生给曹二顺诊伤。

刚抬进家时，曹二顺昏迷着人事不省，到半夜里才醒了。

曹月娥守在床头哭着说："……二哥，你……你这是图啥呀？莫不是真的疯了？太平当着众人的面和你说得那么清楚，少谁的饷也少不了你的，你……你竟还是这么闹。"

曹二顺闭起眼不理睬。

曹月娥又抹着泪说："二哥，你知道么？黑心的钱知县一下子就诈去了肖太平一万多两银子啊，你说，肖太平能不降点饷么？他也有他的难处呀……"

曹二顺仍是不睬。

曹月娥还想再说什么时，曹二顺已试着往起坐。待得坐起来，马上把曹月娥推开了，摇摇晃晃地下床要回家。曹月娥见拦不住，拿出二十两银子塞到曹二顺手上。曹二顺狠狠地将银子摔到曹月娥脚下，顺手又把桌上的一套细瓷茶具扫到地下摔个稀碎。

曹月娥一屁股跌坐到地上哭了起来，边哭边讷讷说："咱曹家咋闹到了这……这地步？咋闹到了这……这地步呀……"

跌跌撞撞回到侉子坡家里，曹二顺又听到了老婆大妮和一屋孩子的哭声。

就在这天夜里，病了多日的冬旺死了。一直到死，一门心思闹歇窑的曹二顺都没到詹姆斯牧师那里去讨过药，更没请詹姆斯牧师来为冬旺诊过病。曹二顺像遭了雷击，一时间连哭都哭不出，只是禁不住地默默流泪。后来被一屋子的哭声闹得受不了了，就拖着带伤的身子，独自挪到土院里，坐在那块惯常坐的石头上发呆。

这时，月光下步履蹒跚地走过来一个人，是前曹团钱粮师爷曹复礼。

曹复礼走到曹二顺的对面蹲下了，哆嗦着手挖出一锅烟来吸。

曹二顺也闷头吸着烟。

过了好一会儿，曹二顺才对曹复礼说："师爷哥，我……我家冬……冬旺死了，是……是我害死了他哩。"

曹复礼点点头，也开腔了——没接曹二顺的话，只说自己的事："二老弟，我想好了，总算想好了，我……我就陪着肖太平死一回算了！不蓄私银的曹团再没有了，我……我还活个啥劲？"

曹二顺对曹复礼说："我……我要是早到詹牧师那里去讨药，冬旺不会死。"

曹复礼对曹二顺说："我……我明日就去漠河出首告官，只告一个肖太平！我是捻子的钱粮师爷，肖太平是捻子的二团总，其他弟兄我……我都不提……"

曹二顺对曹复礼说："冬旺也是肖太平害死的，不为歇窑我哪会不管冬旺啊？"

曹复礼对曹二顺说："我……我只说我和肖太平是趁乱混到你们逃荒的人群里来侉子坡的……"

曹二顺对曹复礼说："他肖太平只……只要打不死我，这……这窑我就得歇下去，我……我就得让三省四县的新窑工都知道，老例就是五升高粱……"

曹复礼磕磕烟锅起了身，对曹二顺说："告官这事你知道就行了，别再和别人说了。"

曹二顺却也不想问，只点点头说："我知道哩。"

曹复礼挺伤心地说："那我……我就走了？"

曹二顺木然说："师爷哥，你……你走好……"

待得曹复礼走后，曹二顺才对着光绪八年可耻的夜空呜呜痛哭起来……

曹二顺根本不知道曹复礼都和他说了些啥——待得后来知道却已晚了，这位师爷哥没能如愿以捻乱之罪和肖太平同归于尽，而是被漠河钱大人以一个诬告罪活活弄死在县大衙的号子里了。

第四十一章　新时代的曙光

詹姆斯牧师说："……耶稣基督被钉在十字架上，他没有罪，却因为担当我们的罪而在十字架上经受着苦难和折磨。万能的无所不在的主，我们天上的父，献出自己的儿子救赎着我们人类……"

詹姆斯牧师说："……耶稣基督没有死，他升天了。耶稣基督把左手放在胸膛上，抬高右手，降福人群。他缓缓转了一圈，降福整个世界。耶稣基督被钉过的伤口喷射出无边的光，合着天上的光洒向人间。耶稣基督在圣光中缓慢旋转上升，越升越高，融入了高天，进入了天国……"

詹姆斯牧师说："……耶稣基督还会复临，复临后要按各人的行为审判各人。耶稣基督要和我们同住，擦去我们的眼泪，不再有死亡，也不再有哭号、痛苦和悲哀。主的国和主的旨意要在地上实现和施行，如同在天上一样……"

詹姆斯牧师说："……耶稣基督使我们在罪上死，就得以在义上活……"

……

在曹二顺肉体和灵魂最痛苦的日子里，詹姆斯牧师跛着脚一次次到侉子坡上来，给曹二顺一家送来药物，送来粮食，也送来上帝的声音。正因为有了詹姆斯牧师真诚的物资帮助，曹二顺才得以在整个桥头镇两千窑工都屈服后，仍独自一人把歇窑斗争进行了下去。每每望着詹姆斯牧师充满慈爱的笑脸，曹二顺就禁不住想哭。然而，詹姆斯牧师赞赏曹二顺的公义精神，看重曹二顺的道德勇气，却对曹二顺的固执和曹二顺提到的五升窑饷的老例不以为然，头一次来给曹二顺诊伤时就婉转地劝过曹二顺。

詹姆斯牧师说:“……我的兄弟,你要知道,在上帝赐予我们的这个世界上从来就没有一成不变的东西。过去做一个工是五升高粱,并不等于永远都应该是五升高粱。工价变化并不奇怪,反倒是工价没有变化才奇怪哩!当然,我所说的变化,并不是仅指降低工价,也包括增加工价。”

曹二顺说:“那么,肖太平为啥不增加工价呢?他赚了这么多钱,自己开了肖家窑,又买了王家窑,还包了白二先生的白家窑和李五爷的李家窑,整个桥头镇的煤窑都落到了他一人手上,财发得那么大,不该降饷,倒该加饷呀。”

詹姆斯牧师说:“是的,如果站在公义和公理上讲,是该加饷。但是,这世上的商人总是只讲赚钱,不讲公义的。当没人为他做工时,他的工价必然要付得高一些,而当大家都抢着为他做工时,工价就会低下来。这是一种很自然的商业现象,不但在桥头镇,就是走遍世界也是一样的。”

曹二顺说:“可这不公平!挣五升高粱时,我出这么大的力,挣四升高粱,我还得出这么大的力。我力气没少出,我累驼了脊背,流尽了血汗,几次差点儿被砸死在窑下,怎么该少挣这一升高粱呢?!詹牧师,我们……我们可以去问问上帝,这样……这样欺人的事上帝赞成么?上帝要赞成这样欺人的事,我……我宁愿去信奉魔鬼撒旦!”

詹姆斯牧师怔了一下,呆呆地看着曹二顺,一时没说出话来。

置身于这样一个一无所有的贫穷家庭,面对着这么一个愤怒而倔强的窑工,詹姆斯牧师知道自己已不能用正常逻辑和他对话了。这样对话实是太苍白,不但说服不了卫护自己劳动利益的曹二顺,只怕还会失却上帝的荣耀。况且,也许这个愤怒而倔强的窑工是对的。

詹姆斯牧师放弃了自己劝说的努力,很动感情地说:“我的兄弟,上帝和你同在。在上帝面前,不论穷人、富人都是一样的。上帝从来不赞同富人把自己的财富和自己的欢乐建立在穷人的痛苦和血泪上。那些只顾赚钱,不讲公义和良知的富人,都是被魔鬼撒旦迷住了心,最终是要受到上帝惩罚的。”

曹二顺说:“那好,我就和这些魔鬼撒旦们拼到底了!伤好以后,我这窑还得歇下去！我还要到三家窑上去说，这五升高粱是该得的！上帝让我们用诚实的劳动去换取每日的饭食，没让我们流尽血汗还活活饿死！”

詹姆斯牧师叹了口气说：“我的兄弟，我没有别的办法帮助你，只能天天为你祈祷，也要教友们都为你祈祷，求上帝保佑你和你的一家！保佑你早把自己应该得到的五升高粱争到手。”

曹二顺说：“詹牧师，不是我和我一家，而是大家伙哩！大家伙都该得到这五升高粱的窑饷。我要的就是桥头镇三家窑上两千个下窑弟兄都有的公道和公义。”

詹姆斯牧师说：“那么，我就为桥头镇所有的窑工弟兄祈祷吧！愿上帝与你们同在，公道和公义与你们同在……”

于是，曹二顺孤独而悲壮的歇窑继续进行着。

六天后的一个早上，曹二顺带着伤又到了白家老窑窑场门口，向每一个去白家老窑下窑的弟兄宣传他那关于五升高粱的主张。嘶哑着嗓子恳求熟识或不熟识的弟兄们都站出来为他们自己这五升高粱的权益而歇窑。来下窑的弟兄们虽不敢跟着闹歇窑，可大都很同情也很敬重曹二顺。然而，怯着门口满面凶光的肖太忠和窑丁们，谁也不敢和曹二顺多说什么。有些好心的窑工怕曹二顺歇了窑一家老小挨饿，就悄悄地把带来的吃食送给曹二顺。只几拨人过后，曹二顺脚下就放了一堆。有煎饼，有烙馍，也有些窝窝头。钱串子还特意送了曹二顺一把锋利的短刀，要曹二顺留着“防狗”。

狗们却不敢再扑上来打曹二顺了。自从那日挨了曹月娥的骂，肖太忠和手下的窑丁们对曹二顺只当看不见。肖太平也交代了，只要曹二顺不闯进窑场大门去闹，他爱说啥让他说去。

曹二顺便天天去说，三家窑上轮着去，翻来覆去仍是那么几句话：“……我知道哩，打从同治七年起，窑饷就是五升高粱。他肖太平凭啥黑咱一升？咱都得歇窑哩！咱大家齐着心，都歇了窑，这一升高粱就能争回来！咱每个人都得讲公义，不能自己顾自己。都只顾自己，这窑饷没准就会降成三升、两升。可老例就是五升，都十二年了……”

时间长了，当衣衫褴褛的曹二顺成为窑场门外一道熟悉的风景以后，弟兄们的同情和敬重就渐渐消失了。许多弟兄再不愿多理睬曹二顺，还有些人竟和曹二顺开玩笑，大老远就和曹二顺打招呼说："哟，二哥，又来给窑上站哨了？也不嫌累！"

更有人说："曹老哥，你真有这闹歇窑的劲头，倒不如下窑挣那四升高粱啦，图啥呀！"

曹二顺讷讷地说："我……我就图个公道和公义……"

听到这话的弟兄都摇头。

曹二顺也摇头，心里更难过，觉得这些弟兄不为自己应得的窑饷而歇窑，反倒笑他，实是傻得不可救药了。

入冬了，头场雪下过，三省四县拥到桥头镇上来的季节性窑工多了起来，挤得镇上四处都是。曹二顺遂改了主张，不大到三家窑上去了，专站在镇中心三孔桥上和那些季节窑工说。开始情况还好，听的人不少，还有人附和，道是曹二顺说的没错，去年这时还是五升哩。自然，时间一长，又没人理睬曹二顺了。

有时，一伙季节工走过来，曹二顺刚要开口说话，人家倒抢先说了："我们知道，都知道呢，'往天的窑饷是五升高粱，这是十二年的老例了'……"

曹二顺便追着人家说："你们既然知道，就该问窑上要啊，这不是哪一个人的事，是咱大家伙的事……"

……

让整个桥头镇惊讶的是，曹二顺这独自一人的罢工竟然从光绪八年秋天坚持到光绪九年春天，历时六个月零二十一天，成了桥头镇煤炭业一百二十五年历史上延续时间最长的一次罢工——尽管只是一个人的罢工。

于风霜雨雪之中肃立在三孔桥头，曹二顺总会想到被钉在十字架上的耶稣基督，进而就会觉得自己是被公道和公义钉在桥头上了。当"五升老例"的话头成为众人的笑柄以后，曹二顺挂在嘴上常说的便是公道与公义了。

公道和公义全不存在。苟且和麻木使散沙般的两千多名窑工在早期原始资本的残酷压榨下丧失了最后反抗的可能。没有哪个人在曹二顺固执而悲壮的举动中看到那抹新时代的曙光。整个桥头镇人反都认为曹二顺疯了。就连已经到李家窑上做了推车童工的大儿子春旺和老婆大妮也认为曹二顺的头脑有了毛病。

只有詹姆斯牧师敬重着曹二顺。

詹姆斯牧师断然说："……桥头镇因为有了这个曹二顺，基督精神才得到了荣耀，公理和公义才没有在金钱和肉欲的肮脏堕落中最后死去……"

……

理解曹二顺这场孤独而悲壮的罢工，用去了桥头镇人整整四十年的时间。

民国十四年，当桥头镇八千窑工伴着长鸣的汽笛，在"劳工神圣"大旗的引导下，走向盛平路上的大洋楼进行针对英国SPRO中国煤矿公司大罢工时，曹二顺的名字和那场孤独的罢工才重新被人们一次又一次提起。人们才恍然想到，往昔的一场场罢工造就过肖窑主，造就过曹筐头，还造就过好多崭新或不崭新的爷，就是没有造就过一个"曹二爷"。若不是为了光绪八年桥头镇一代窑工的整体利益，曹二顺本可以不进行那场孤独的罢工的。

因此，在"五卅惨案"的血雨腥风中，面对英商总买办曹杰克月薪一千大洋的收买利诱和军阀督办龙玉清士兵的枪口，当年的尿壶、国民党籍工团领袖肖阳拒绝出卖工人利益，曾这样对自己的二表哥曹杰克说过："……我有一个榜样，就是我的舅舅、曹买办的父亲曹二顺。曹买办问我要什么？光绪八年，曹二顺不要肖家窑主赏赐的一己私利，要的是桥头镇一代窑工的公理与公义。今日，我要的仍然是公理与公义——天下的公理与公义，一个没有帝国主义资本势力压迫残害中国劳工的青天白日满地红的天下……"

然而，站在光绪八年的桥头镇上，曹二顺却不知道自己将借着献身一代窑工的公理和公义而走进历史。桥头镇人没从他身上看到未来那抹新时代的曙光，他自己也同样没看到。那时，桥头镇的未来还笼在撩拨不开的重重迷雾之中，曹二顺经常想到的不是渺茫的未来，而是梦也似的过去。

不知咋的，置身于熙攘的人群中，看着面前过来过去的本地或外乡窑工，听着远处暖香阁传来的淫声浪语，嗅着弥漫在空气中的糜烂的脂粉味，曹二顺就禁不住一次次忆起了在战火中铸就的不蓄私银的曹团。就觉得过来过去的窑工弟兄脸孔都很熟识，耳旁便会隐隐响起同治七年弟兄们泻满大漠河畔的欢笑声……

同治七年八月的那个傍晚曹二顺记得十分真切，就是到死也不会忘了。

那是他们曹团三百零四名男女老少在桥头镇窑区落地生根的日子，也是曹团最后完结的日子。那日，老团总爹爹已经走不得路了，他把载着爹爹的独轮车拼力往大漠河堤的路道上推，肖太忠在前面死命拉。一不小心，独轮车翻了，爹爹从独轮车上滚落下来，二团总肖太平就过来骂……

那时真好，曹肖两大家族三百零四人好得就像一家人。饿了分着吃最后一口馍，渴了抱着一个水葫芦喝水。谁能想到会有这贫富两极分化的今天呢？谁会想到肖太平这个曾和大家一样贫穷的二团总会把人家整个桥头镇的煤窑都弄到自己手里呢？这都是咋回事呀？是因着肖太平本事大，还是因着肖太平命太好？

自然，那时也没有谁想到这小小的桥头镇会在十二年里变得如此热闹繁华，煤窑花窑双窑并立，竟引来了三省四县那么多人，都快赶过漠河城里了……

一九九六年二月于 南京兰园

二零一一年一月修订于 南京碧树园